有爱的青春陪伴者

卿卿入我心

薄骨生香 著

孔學堂書局

图书在版编目（CIP）数据

卿卿入我心 / 薄骨生香著．— 贵阳 ： 孔学堂书局，2022.4

ISBN 978-7-80770-328-0

Ⅰ．①卿… Ⅱ．①薄… Ⅲ．①长篇小说－中国－当代 Ⅳ．①I247.5

中国版本图书馆 CIP 数据核字（2022）第 018816 号

卿卿入我心　薄骨生香　著

QINGQING RU WOXIN

责任编辑：张　莹　胡　馨

责任校对：窦玥声　胡国浚

责任印制：刘思妤

出　　品：贵州日报当代融媒体集团

出版发行：孔学堂书局

地　　址：贵阳市云岩区宝山北路 372 号

　　　　　贵阳市花溪区孔学堂中华文化国际研修园 1 号楼

印　　制：长沙鸿安印刷有限公司

开　　本：880mm×1230mm　1/32

字　　数：208 千字

印　　张：9

版　　次：2022 年 4 月第 1 版

印　　次：2022 年 4 月第 1 次

书　　号：ISBN 978-7-80770-328-0

定　　价：39.80 元

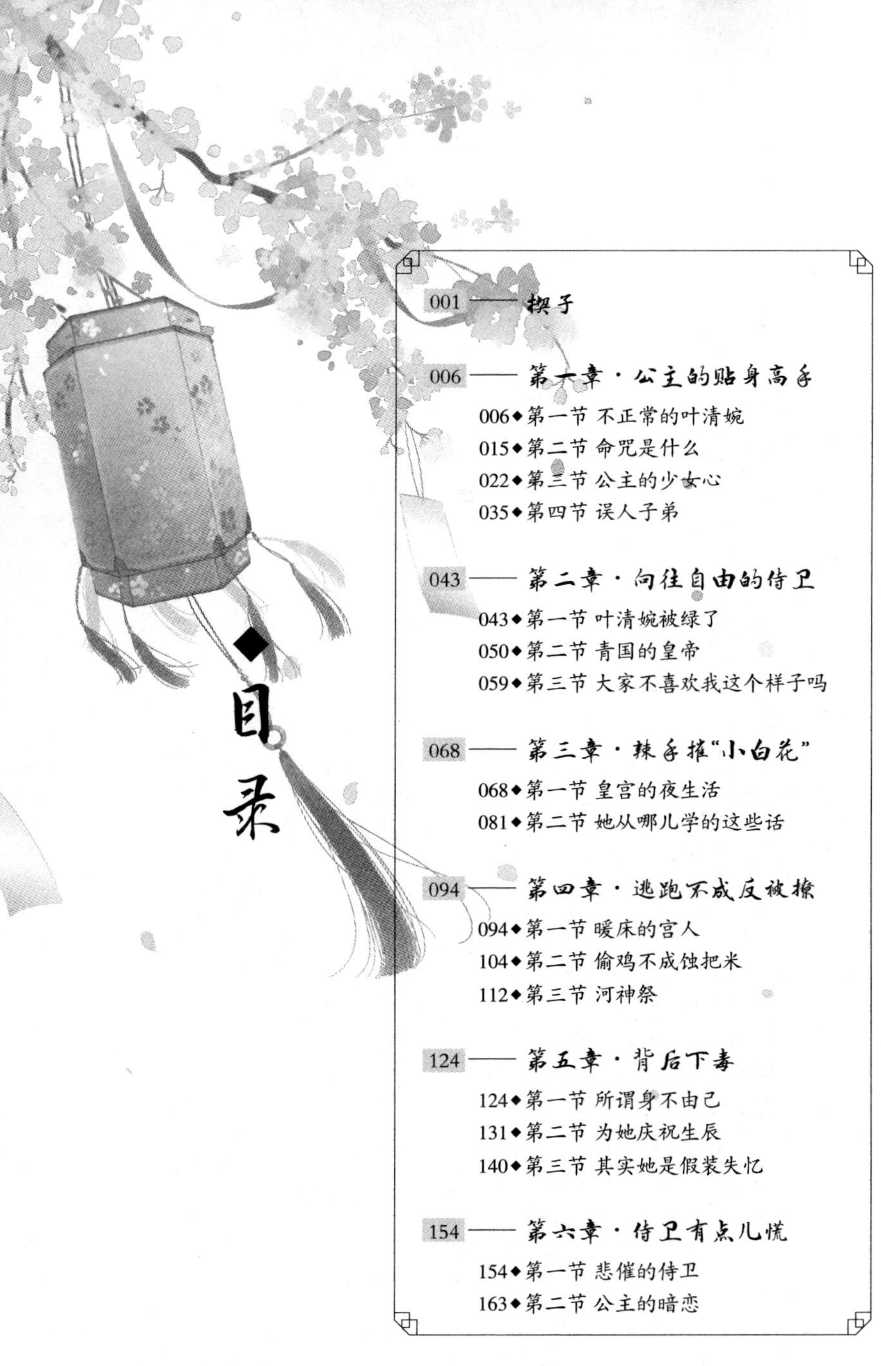

目录

目录

楔子

钟子归第一次外出执行任务的时候才九岁，任务完成得很成功，但也快要了他半条命。

冷宫的一处荒草堆里，钟子归眯着眼看着蔚蓝的天，突然觉得，与其死在“炼狱”那阴冷恶臭的地牢里，不如死在这样的阳光下，这也算是一件很幸福的事情。

他变成猫咪的模样，浑身是血地躺在草丛里，春日里明媚的阳光似乎驱散了身体上的疼痛，意识的涣散让他感觉到了解脱的快乐。

冷不丁地，灌木丛里发出窸窸窣窣的声音，草丛里的小猫猛抬头，暗忖：难道这里也有老鼠？可千万别！

“喵喵？”一道稚嫩的、充满疑惑的女童声响起。

浑身是伤的小猫半眯着眼，看着站在自己跟前的满脸是灰的女童，余光一扫，看见一旁的狗洞。

“公主，球捡到了吗？”墙外，有女童喊着。

公主？钟子归愣了愣，反应过来后，他的嘴角抽搐着。没想到，

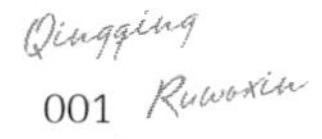

一国公主居然自己钻狗洞到冷宫里捡球？

“小猫猫，你……”小公主逐渐靠近灰色小猫，慢慢伸出脏兮兮的小胖手。

钟子归踉踉跄跄地站起，低叫了一声，试图让女童别靠近自己。“炼狱”的生活让他无法相信任何一个人，尤其是他现在毫无反抗能力，总觉得下一刻对方会突然给自己一刀。

“喵……”很快，他因为体力不支倒在了地上。

小公主紧张地看着小猫，有些不知所措。

他还在凄厉地叫着，不许她靠近自己，只是几次尝试着站立都以失败告终后，他越发觉得头重脚轻，身上鲜血的味道充斥在他的鼻尖。

“公主，你怎么了？怎么还没有出来啊？”

钟子归歪倒在草丛里，看着跟前的小公主转过身遮住他，用软糯的嗓音道：“我这就来。”

钟子归瞳孔微张，眼前重影不断，看着那个朝远处跑去的小小身影，他自嘲一笑，他命如草芥，谁都不要他，谁也不爱他。

他是死是活，对谁来说都不重要。

他慢慢闭上眼睛，睡意铺天盖地朝他袭来。

一只体形不大的小猫昏睡在草丛里，原本跑远的小公主突然停住脚步，半路折了回来，将地上的小猫小心翼翼地抱起来，爬出了狗洞。

再次睁开眼的时候，钟子归以为自己到了地狱，入眼皆是一片漆黑，可是下一秒，满室的烛火让他晃了神。

他被人藏在了柜子里，而藏他的那个人，正是眼前这个粉雕玉琢、

笑靥如花的小公主。

“小猫猫，你醒啦？”奶声奶气的小公主歪着脑袋看着小猫。

钟子归这才发现，自己身上的伤被上了药。

“我还以为你醒不来了，太医伯伯果然没有骗我。”小公主将小猫从柜子里抱出来，放在膝头，小胖手不停地顺着小猫的毛。

钟子归浑身一僵，他还是第一次被人这么亲近，身体下意识挣扎。

“喵……”他倒吸一口凉气，由于动作幅度太大，伤口二次撕裂了。

小公主连忙紧张地看着他，发现他身上包扎好的伤口又在流血。小公主满眼歉意：“对不起！我忘记了，太医伯伯说过不能动你的。”

她小心翼翼地把他放回柜子里，摸了摸他的脑袋道：“那你好好睡哦，母妃说多休息才能养好伤，这就是你的新家了，要乖乖哦。”

被一个三四岁的女娃娃哄，钟子归觉得自己头顶有一排乌鸦飞过。看来，他不是被人藏了起来，只是小公主把柜子做成了猫咪小窝，不过……他看着再次被盖上的柜子盖，自己没被闷死简直是老天保佑。

再次陷入黑暗，钟子归叹了一口气，死没死成，倒是被人给救了。一位公主请太医救了他这只猫，估计动静不小，“炼狱”那边应该很快就会找到他。

未按任务规定时间回“炼狱”，不知道会有什么样的责罚等着他。

他动了动身子，浑身的痛意提醒着他，反正回去已经迟了，再晚点回去惩罚也不会少，不如先养好伤。

未来的一段日子里，钟子归天天看见那个粉雕玉琢的糯米团子。年纪虽然不小，但是钟子归从这位小公主的眼中，看出了她对他美色

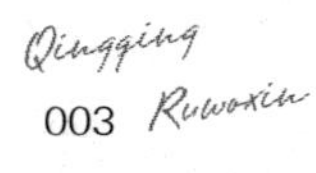

的垂涎。

小公主经常在钟子归吃东西的时候，暗暗朝他伸出胖乎乎的小手，只是每次在快挨近他脑袋的时候，被他一个眼神，吓得委屈巴巴地缩回了手；偶尔在他睡觉的时候，小公主才敢大着胆子顺着他的毛。

不可否认，钟子归被摸得很舒服，毕竟他骨子里有猫的血统，时间久了，发现小公主只是单纯贪图他的美色，对他并没有恶意，便睁一只闭一只眼，让她摸。

最近，钟子归发现自己在睡觉的时候，小公主对他又做出了匪夷所思的动作，那就是不停地翻着他的脑袋。

“轻罗，你说这样，可不可以给他睡出像九妹妹那样漂亮的小脑袋？”奶声奶气的女声响起。

假装熟睡的灰色小猫嘴角一抽，“九妹妹”正是宫里前段时间出生的九公主，“漂亮的脑袋”大概是指给襁褓中的小孩子翻睡觉姿势，好睡出一个完美头形。

钟子归陷入自我怀疑，他的头形还不够完美吗？

“公主，小猫这样不是很可爱吗？”轻罗问出了钟子归心中所想。

“可爱啊，”小公主用力地点头，“但我觉得他看起来太圆了太傻了，有些不太聪明的样子，我怕他以后这样傻傻的容易被别的猫欺负。”

钟子归心道：谢谢您嘞……不太聪明，他还是第一次听见别人敢这样说他，不过看在她是出于担心他的分上，也就原谅这个无知稚童了。

于是，在一个月黑风高的夜晚，钟子归终于被小公主“睡头形”的手法扭到了脖子，成了一只“歪脖子猫”。

日子在钟子归每日吐槽小公主中度过，直到一个黑影出现在他跟前，他才发现，自己离开“炼狱”已经有两个多月的时间了。

他陷入沉思，以前的他从来不觉得时间过得会有那么快，为什么这两个月时间飞逝。

他侧过脸看向床上躺着的小姑娘，眼中的情绪逐渐复杂了起来。

“钟子归，该走了。”

有人叫他的名字。

钟子归的思绪回到现实，终究不是一路人，光明温暖也不属于他，他也该回去面对黑暗了。

脚尖一点，他跟着黑衣人消失在夜色中。

第二天，丢了小猫的小公主哭得伤心欲绝。

温柔的少妇抱着怀中的小公主，轻声哄着：“小婉不要哭了，说不定小猫是回家了呢？”

眼泪汪汪的小公主仰起头看着自己的母亲道：“我……我是怕……小猫猫……被别的猫……欺负……呜呜呜……为什么……要离开我……我不好吗……”

少妇轻笑一声，看向远方道：“小婉，如果命中注定不是你的，你怎么也留不住；如果命中注定是你的，他终归会自己回来的。”

小公主想不明白什么命不命的，哭得越发难过起来。

第一章
公主的贴身高手

第一节 不正常的叶清婉

钟子归收到召令，八百里加急赶回皇宫。回来的时候，整个皇宫笼罩在月色下，显得庄严而又肃静。

青国的皇宫设有宵禁，过了戌时宫门就要落锁。虽然按照规矩，钟子归此刻是不能入宫的，但他想到手上那份印有凤凰印的紧急召令，最终还是决定入宫去看看到底发生了什么。

只是，不走寻常大门。

应该也没人会想到，他上午还在苏州，这会儿就回到了皇宫吧？钟子归拎着出任务前叶清婉让他带的苏州糕点，脚尖一点，越过朱门高墙，轻轻地落在了一棵梧桐树的树枝上。他看着脚下戒备森严、不停来回巡视的禁卫军，越发觉得奇怪。

这皇宫跟往日也没什么不一样，为什么叶清婉那么着急让他回来？她素日里遇事沉着冷静，没道理平白无故地紧急召他回来的。

钟子归带着疑惑，朝栖梧宫的方向看了一眼，身形一掠，梧桐树叶飒飒作响。树下的禁卫军听到动静抬头一看，只见几只飞鸟扑腾着翅膀从树上飞起，除此之外，并无异状。

钟子归在栖梧宫的墙头上看了一眼灯火通明的内殿，有些诧异。

都这个时辰了，叶清婉怎么还没睡？

他警惕地环视了一圈，选了一个没人的墙角跳下，落地的瞬间，原本身材颀长、模样俊朗的男人，一抖脑袋就变成了一只灰黑色的短尾小猫，圆头圆脑，煞是可爱。

钟子归睁着乌黑明亮的大眼睛，叼起一旁的糕点，翘着尾巴就这样大摇大摆地往叶清婉的寝宫跑去。一路上，偶有看见他的宫人也没有拦着他，只是惊奇地说：“这猫又出现了。”

整个皇宫的人都知道，他们的太女殿下叶清婉养了一只灰黑色的短尾小猫。殿下养得很随意，所以，在栖梧宫内不常看得到这猫的踪影。叶清婉曾下过令，无论在哪儿，看见这只猫的宫人都不许捉它、逗它或碰它。之前有宫女不知情，见这猫可爱，就拿了绳子套住，想将这猫私藏起来偷偷养，结果被叶清婉知晓后，这宫女直接被罚去了慎刑司。自那以后，宫人便将这猫看得跟正经主子一样重要，知道这猫碰不得，对于猫的时而消失时而出现，宫人们只是惊奇却不敢上前逗弄。

钟子归一路畅通无阻地来到叶清婉的房门外，他正准备变幻成人形，门“吱”的一声从里打开，一个穿着白裙、披散着乌发的俏丽少女与他四目相对。那少女的水眸似有一层薄雾，像是一只懵懵懂懂迷路的小鹿，有些茫然不知所措，看见他，眼中还有一丝好奇。

是叶清婉，钟子归眼睛一亮。

与往日里穿着一身宫装威而不怒的她相比，这样的叶清婉倒显得有些娇俏可爱。

钟子归正准备叫她的名字，却忘记自己嘴巴里还叼着糕点，一张口，糕点便掉在了地上。钟子归伸出自己的小爪子想要扶正那糕点，下一秒，视线里就多了一双雪白玉足，他还没反应过来，整个猫身就被人提着尾巴倒拎起来。

“小猫？”女子清脆的声音响起，语气中带着欣喜。

钟子归胡乱地蹬着他的小短腿，原本这个姿势就容易脑充血，现在又是这个高度，而他面前是少女的……胸！钟子归用双爪捂住鼻子，他快要流鼻血了！

叶清婉今日是抽什么风？钟子归在心里咆哮着。

就在他大脑充血快要晕过去的时候，叶清婉将它抱在了怀里。钟子归深吸一口气，心道：世界……终于不是倒着的了。

可是下一刻，意识到自己身处在一个怎样的位置后，钟子归浑身僵硬起来，他睁大眼睛往上看去，正好对上对方探究的眼睛。

叶清婉往怀中小猫的下身一扫，脸上突然扬起明媚的笑容道：“是公的？”

钟子归立马夹紧自己的小短腿，惊悚地看着叶清婉，一副活见鬼的模样，他刚才这是被上级性骚扰了吗？

“叶清婉！”钟子归咬牙切齿地喊出她的名字，她那么紧急地叫他回来，就是为了“调戏”他吗？

抱着他的少女微微一愣，随后双手托住他的腋下举着他仔细瞧着，

道：“哎？会说话的小公猫！”

怀中的短尾小猫瞪圆了眼睛，很明显，是懵圈了！

钟子归压根儿没想到叶清婉会一而再再而三地“调戏”他，瞬间一种叫作“自尊心”的东西爆炸了，他胡乱蹬着小腿，也不顾忌四周有没有人，幻化成了人形。

叶清婉愣了愣，看着手中握着的粉嫩猫爪变成了一只骨节分明且修长有力的手。她抬起头，面前站着一个身材颀长的男人，穿着一件鸦色箭袖服，一双桃花眼眼尾上挑，数不尽的风流俊俏。只是此刻，这双桃花眼流露出来的神情有些阴恻恻的。

“叶清婉……”

钟子归还没有发作，就听见少女特有的软糯声音，喃喃地吐出两个字：“男……人？”

钟子归怔了怔，半眯起眼打量着眼前的白衣少女，视线最终落到了她光洁白皙的双足上。青国的贵女们，平日里最讲究的就是姿容仪态，即便是睡觉，那也是老老实实，纹丝不动，更何况她还是公主？

况且从叶清婉往日的行为举止来看，她根本不会随意成这个样子。尤其是见到他还这副反应，这样的叶清婉无疑很奇怪！

身后响起细碎的脚步声，钟子归未转过身，而是直接开口问身后的来人：“公主怎么了？”

叶清婉看到来人，嘴角扬起一抹明媚的笑容，她松开握着钟子归的手，欢快地跑到那人身边，语气亲昵道：“轻罗，你怎么才回来啊？”

钟子归眉头一挑，转过身，他身后之人正是叶清婉身边的一等宫女轻罗。

轻罗没先回答他的话，而是低声哄着叶清婉道：“公主怎么不穿鞋就出来了呢？”

叶清婉雪白的脸上浮现一抹羞赧，扯住轻罗的衣袖摇了摇道：“我忘记了……”

一旁的钟子归看傻了眼，与轻罗四目相对。

轻罗点了点头，叹息一声道：“没错，公主就是……”

“她中邪了？”

就知道他最不正经！轻罗咬着牙啐了一口道：“公主是中毒后失忆了！”

“被人下毒了？还失忆了？”钟子归眉毛都快拧到一起了。他看着眼前明眸巧盼但懵懵懂懂的女子，也就可以理解她刚才不正常的举动了。

“进屋再说吧。”轻罗看了看四周，牵着叶清婉往寝殿内走去。

“七日前，公主饮用了一杯茶水后，突然吐出一口黑血，我见状就慌忙宣太医，结果被公主阻止了。”进了屋，轻罗就开始将事情的来龙去脉说给钟子归听，“公主让我不要闹出动静，她服用了清宁丸解了毒，但是醒来后整个人却失去了记忆。”

钟子归沉吟道：“有调查到刺客的踪迹吗？”

轻罗摇了摇头，半跪着给叶清婉穿好鞋子后，看向钟子归道：“没有，你也看到了公主如今的状态，现在刺客在暗，我们在明，我一个人无法时时刻刻守着公主。所以，我就用了公主的凤凰印紧急召你回来，你得保护好公主，公主不能再出什么闪失了。”

虽然钟子归看起来不太靠谱，但轻罗知道，只要他回来了，公主就一定不会有事。眼下这件事不能让外人知道，而叶清婉的身边必须有人守护。于是，轻罗紧急召回了钟子归。

钟子归神色凝重地点了点头，对轻罗郑重道：“放心，守护公主一直是我的责任。”

轻罗正准备说些什么，一直安静听轻罗跟钟子归说话的少女捂着肚子开口道：“轻罗，我饿了。”

轻罗福了福身子道：“那奴婢这就去给公主准备一些糕点。”说完，回头给钟子归使了一个眼色。

钟子归摆摆手道：“放心放心，有我看着呢！你去吧！”

轻罗又交代了几句后，才真正放心退了下去，房间里只剩下钟子归跟晃着双腿四处张望的叶清婉。

钟子归盯着这样的叶清婉，有些稀奇，他走到她跟前蹲下，试探道：“叶清婉？”

听到有人叫她的名字，叶清婉回过头看向跟前的男人，大眼睛一闪一闪的，有些不解。

钟子归嘴角慢慢扬起，然后伸出右手，用手指弹了一下叶清婉的脑门。

叶清婉猝不及防，捂着额头，眼泪迅速在眼眶里打转，委屈巴巴地看着他。

一瞧这反应，钟子归乐了。往日里，她叶清婉何时何地不是绷着一张脸？明明十七八岁的小姑娘，就因为娘不在、爹严厉的原因，整

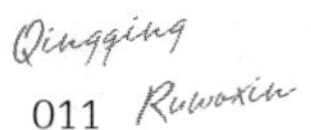

天不苟言笑，严肃得像个老妪！要是从前他敢这样对她，她早就直接将他丢出去罚了，哪能这个样子瞧着他？

看样子，她是真的失忆了。

“疼吗？”钟子归吊儿郎当地问道。

叶清婉用轻柔的声音软绵绵地吐出一个字：“疼！”

钟子归心满意足地笑了，他道：“疼就对了，这叫什么？出来混迟早是要还的！你以前罚人的疼可比这要疼多了。”

叶清婉的眼底快速闪过一缕光。

“可是，真的好疼好疼。”叶清婉松开捂着额头的手，只见白皙的皮肤上突兀地出现了一块红。钟子归愣了愣，满脑子都还是她怎么这么细皮嫩肉的时候，她的眼泪“哗”地就流出眼眶，把钟子归惊得跳了起来。

她……她哭了！她叶清婉一个比男人还要强的人，居然哭了！这样的冲击对于钟子归来说，像是青天白日里撞上鬼！

钟子归跟在叶清婉身边五六年，除了在她母亲的忌日时瞧见她流过一次泪，他何曾见过叶清婉因为其他事情流泪？哪怕是练武受伤，她一个小姑娘都会咬紧牙关，从不会在外人面前吭一下声，如今因为被弹脑门哭了？！钟子归感觉自己的三观和认知瞬间土崩瓦解了。

“喂……那啥，你别哭啊！”钟子归头皮一麻，他从未见过叶清婉哭，也自然不知道该怎么哄她，一想到这场景待会儿要是被“护犊子第一人”的轻罗看见了，钟子归就一个头两个大。

“哎！你不要哭啊！对了，你不是饿了吗？我给你带了你最爱吃

的苏州糕点！”钟子归连忙拿起放在一旁的苏州糕点，献宝般呈在叶清婉跟前。

盯着他认真的脸，叶清婉的哭声小了下去，只是呜咽着，像是受了什么委屈一般，抽抽搭搭地开口道：“能变个猫让我摸摸吗？”

钟子归：“……”

他以为她饿了，没想到她惦记的却是他的美色。

白衣少女眼底有些许期待的光，怯怯地看着钟子归。

钟子归头皮发麻，他素日里见惯了叶清婉老僧入定般清心寡欲的模样，这般活泼娇俏的她，倒让他一时不知道该如何是好。

变猫给她玩，那是不可能的！他难道不要面子的吗！

“你知道我是谁吗？”钟子归故作一副高深莫测的样子。

“不知。”叶清婉乖巧地摇了摇头。

钟子归正感叹叶清婉失忆就这点好时，却听到叶清婉继续开口道：“但我刚才听你跟轻罗的对话，我知道你是我的侍卫。”

钟子归：“……”他忘记了叶清婉只是失忆，不是变成了傻子。

钟子归将手握成拳头放在嘴巴边上干咳了两声，大脑飞快地转着：“你失忆了，所以有些事情记不得很正常，我虽然表面上是你的侍卫，其实私底下，我是你老大，你得听我的。”

“轻罗知道吗？”叶清婉问。

她倒是聪明，还知道问轻罗知不知道？钟子归腹诽一声后，继续胡编乱造道：“轻罗当然不知道，这是我俩之间的秘密，你毕竟是公主，让别人知道一个侍卫是你老大，自然是有损面子的，所以外人是不知道的，明白吗？”

叶清婉点了点头。

“既然我是你老大，自然是不能变成猫给你玩的。”

“哦……”

见少女眼中有失望之色，钟子归嘴角疯狂上扬，一种翻身农奴把歌唱的喜悦之情从心底喷涌出来。看着可以随意让他拿捏的叶清婉，钟子归双手环胸，斜靠在桌边，懒洋洋道：“既然知道了我是老大，还不叫一个来听听？”

“老大。”

“啧。”钟子归的薄唇勾出一个完美的弧度。他大概是要转运了，叶清婉都叫他老大了！

失忆真好！感谢失忆！

“再叫一声来听听。”

就在钟子归陷入对自己未来美好的畅想中时，叶清婉却“噔噔”跑到他跟前，踮起脚尖拉住他的衣领，迫使他弯下腰。

钟子归一脸茫然，看着近在咫尺的小脸。

“老大，我要吹吹。”

雾蒙蒙的水眸里隐约可见钟子归的脸，钟子归盯着那扬起的小脸，莫名地心口一跳。可是对方的眼里哪有他想的那么复杂，只是无辜地看着他。

“吹吹？”钟子归僵硬地扯了扯嘴角。

“嗯嗯，之前我的手擦破了皮，轻罗就是帮我吹一吹就好了，你不会吗？”

钟子归不知道自己是该说会还是不会。

"不会我教你，就像这样。"叶清婉嘟起红润的唇，捧住钟子归的脑袋，朝他脑门吹气。温热的气体拂过脸，就像一股电流，酥酥麻麻地传遍钟子归的全身，让他瞬间石化。

"会了吗？"叶清婉睁大了眼睛看着他。

钟子归鬼使神差地点了点头。叶清婉大喜过望，扬起笑脸看着他。

她的睫毛又密又长，像是一把精致好看的小扇子，每一下眨动，他的心尖就像是有一根羽毛在轻扫着一般。

他知道她模样好看，只是素日里板着一张脸，难免让人忘记她还是个少女。

"老大，吹吹。"

钟子归有些意外，这家伙还挺会卖乖的。

"行吧，看在你叫我老大的分上。"钟子归慢慢弯下腰。叶清婉的眼底泛起丝丝涟漪，钟子归还没吹，一声暴呵制止住了钟子归接下来的动作。

"钟子归，你在干什么？"

钟子归身子骤然一僵，看向门口，说话的正是去拿糕点折回来的轻罗，而她的身侧还有青国的大公主叶玥。

真是怕什么来什么！

第二节 命咒是什么

青国大公主叶玥是皇帝叶天与第一任皇后所生，叶玥的母亲病逝后，叶清婉的母亲成为叶天的第二任皇后，叶玥也就在叶清婉的母亲膝下抚养成人，虽不是一母所出，但叶玥与叶清婉感情极好。

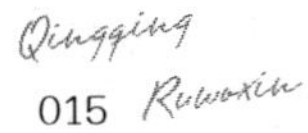

叶玥自幼身体不好，常年久居深宫，不怎么露面。后来，叶清婉的母亲病逝，青国皇帝再也没有立皇后，叶清婉及笄后也有了自己的封殿，两姐妹虽见面的次数少了，但感情依旧。

自那日“吹吹”事件过去了五六日后，叶玥邀了叶清婉在御花园赏花。

亭檐上，钟子归叼着一根狗尾巴草，双手枕在脑袋下，舒适地晒着太阳；亭内，叶玥正拉着叶清婉说着话。

“我瞧你这段时间气色不太好，你也不要太过劳累，不要把自己逼得太紧，功课可以放一放，身子最重要，知道吗？”

叶清婉垂着头，轻轻地“嗯”了一声，似乎多说一个字就似要成仙了般。这是轻罗教叶清婉与人相处的法子，与外人说话尽量少说，不说或者只回答“嗯”都没关系，因为从前的叶清婉就是这副样子。少说不会让人起疑，言多则必失。虽然叶玥跟叶清婉关系很好，但是叶清婉失忆一事，能少一个人知道，便对她更有利一点儿。

叶玥见叶清婉有点儿心不在焉的样子，觉得还是有必要跟这个妹妹说一下她的心中所想。她想着那晚所见，忍不住语重心长道：“我今天约你出来，实则是想说另一件事。”

叶清婉抬眸看向她。

“阿婉现在长大了，皇姐知道阿婉正是情窦初开的年纪，但是也切莫随便就被男人的几句花言巧语给诓骗了。你那个侍卫模样倒是好，素日里说话也讨喜，你若是喜欢，可以先收房，这样你们在一起也算名正言顺。这次是皇姐看见了，皇姐不会说什么。倘若下次是旁人瞧见了，指不定要在背后议论你，最后被人告诉给父皇听，那你就……”

钟子归听到“收房”两个字时，吓得差点儿就从亭檐上滚了下来。他脑补了自己哀怨地坐在床边绞着手帕等待叶清婉临幸的情景，一个激灵。

不过，钟子归回想起那天晚上的情况，他跟叶清婉的那个样子确实容易让人产生误会。

当时轻罗跟叶玥一起来到殿内，就看见叶清婉正揪着钟子归胸前的衣服，而钟子归半弯着腰，两人的样子真是让人没眼看，只不过是被她们进来给打断了。当时轻罗以为钟子归是要趁着叶清婉什么都记不得的时候对她图谋不轨，正准备“护犊子”时，叶清婉抓住轻罗的手道：“轻罗，是我不小心磕到了头，让他帮我吹吹。”

轻罗抬眸便看到了叶清婉红肿的额头，才知道是自己误会了。

而钟子归觉得郁闷的是，那天他一定是被鬼迷了心窍，才会做出“吹吹”这种不符合他的直男身份的动作。

好在叶玥还是未出阁的公主，说到男女之情的时候只是含糊带过，话题很快又转到叶清婉气色不好上，叶玥嘱咐叶清婉多吃些补气血的食物。钟子归在亭檐上听着听着，不禁打了一个哈欠，待到轻罗送大公主离去的脚步声渐行渐远后，钟子归才睁开一双清明的眼，翻身下了亭檐。

这几日，轻罗跟防贼一样盯着他，生怕他对叶清婉又做出什么越矩的行为，但是叶清婉身边又需要人保护，所以便让他与叶清婉保持五米远的距离。

可规矩什么的，对钟子归来说一向是身外之物。

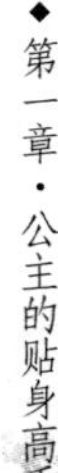

“是你？你从哪里冒出来的啊？”亭内的叶清婉眼睛一亮。

“是我，公主殿下有没有想我啊？”从前他出任务回来就这般戏弄叶清婉，要是寻常小姑娘早就被他弄得含羞带臊，但是叶清婉总是不接他的茬。

钟子归又开始习惯性嘴上没规矩了，但他没想到叶清婉会拉过他的手，重重点了点头，仰面看着他，可怜地控诉道：“想！我一直在等你出现。”

少女清脆的声音里带着一丝丝委屈，钟子归看着她，有些发怔，他从来没有得到过叶清婉的回应，也没想过会得到她的回应！他看着她，才发现她今天梳了双环髻，缀了珠花，穿了一身粉白，怪不得莫名地觉得她灵动可爱。

钟子归轻轻咳一声，回过神道：“我就在公主身边，只是公主没发现而已。”

闻言，叶清婉突然神色警惕地朝四处看了看，然后拉着他一起蹲在了石桌下面。

钟子归被她这突如其来的警惕弄得眼皮一跳，从前她的警惕性就高，莫不是发现了什么吧！可是，他并没有察觉到什么啊？

“公主，怎么了？”

“嘘。”

叶清婉比画了一个噤声的动作，然后盯着钟子归严肃地说道：“轻罗上次说你跑得快，下次看见你，要把你的皮给剥了。”

钟子归一下子乐了，他看着面前神情严肃紧张的女子，从前她可是第一个想剥了他皮的人，没想到有一天她会害怕他被别人给剥皮？

钟子归挂上玩世不恭的笑容道："公主这是在担心我吗？"

叶清婉看着他，再次重重地点了一下头。

钟子归原以为叶清婉这次会羞涩，没想到她的心思已经纯洁得像孩童一般，毫无保留。从前的他怎么戏弄她都得不到回应，如今次次有了回应后，钟子归反倒有些不太适应了。

"公主为什么会担心我？"

"因为我喜欢你啊！"少女将喜欢大胆直接地说了出来，面前的男人愣了愣，随后哑然失笑。

她口中的"喜欢"，应该是对小猫小狗的那种喜欢。

"公主既然喜欢我，那能不能帮我一个忙？"钟子归盯着握住他手的叶清婉，徐徐诱之，"公主能否解开我身上的咒语？不对，公主可还记得我身上有咒语？"

青国所在的大陆并不只有青国一个国家，也不是只有黑眼睛黑头发的人。在大陆遥远的北边，有一个神秘的玄幻古国，里面的人不仅可以拥有人的外貌，还可以幻化作动物的模样。这种人兽共存的生命体，成了各国趋之若鹜的对象。

人与兽的结合，无论是爆发性、敏捷度还是伪装术，都让这类人非常适合用来培养成间谍与密探。但是，这类人身上天生的兽性让其无法臣服于人。于是，玄幻古国里的人被各国猎手捕杀，几乎殆尽。随着这类人种的销声匿迹，后来的人们一直以为这样的人根本不存在，是先人凭空捏造出来的。

钟子归，正是这类人的血脉。他的父母死于其他国家猎手的捕杀，

尚在襁褓里的他无意间被青国“炼狱”的人发现，便将他抓了进去。

青国这个叫“炼狱”的秘密组织，是专门训练、培养顶尖暗卫的，凡是能从“炼狱”走出来的人，一定是高手中的高手。钟子归十六岁时便被列入了叶清婉的暗卫名单中，倒不是他武功有多高强，而是因为他亦人亦兽，有着寻常人没有的优势——可以以动物的样貌作为伪装，自由穿梭在不同的地方。为了防止叛变，历代选出来的暗卫身上都会被主人下认主的咒，只有原主将咒解开，他才可以自由。

当初送到叶清婉身边的暗卫一共有四个，只有他吊儿郎当，最不像暗卫。也许是因为他知道自己能力比不上其他三个，迟早要被送回“炼狱”里去的，钟子归便尽情地享受着“炼狱”外的世界，很是不正经、不上进。可是，没想到叶清婉在选择最终的贴身暗卫时选择了他。

叶清婉给他下的咒，他自始至终都不知道是什么。而解开咒获得自由，是他的毕生目标。他这么一个向往自由的人，怎么可能甘心一辈子做别人的奴隶？更何况他骨子里可是猫欸，只有别人伺候他的份儿，怎么能让他伺候别人？

不过好在如今的叶清婉不再是当初那个一板一眼的小公主了，套她的话应该非常容易！

闻言，原本上一秒还似骄阳的叶清婉，立马拉下了一张小脸，她低声道：“你想离开我？”

这样的语气，这样的神色，有一瞬间钟子归还以为叶清婉是在跟他假装失忆。

钟子归张了张口，还没说什么，突然神色一变，他一把揽过叶清婉扑倒在地：“公主……小心！”

“咻！”

空中一支利箭飞过，箭头直直地嵌入石凳之中，足见射箭之人的武功高深。钟子归抬眼扫见御花园的花丛中有一道黑影闪过，刚要上去追，衣袖却被人抓住。他低头看去，身下的少女脸色苍白，看着他道：“子归，我怕……”

钟子归的心理防线瞬间被这软软糯糯的一句所击塌，以前咋没发现，这叶清婉磨起人来这么要命呢！

“公主，我得离开……”

话还没有说完，叶清婉朱唇轻启，吐出两个字：“闭嘴！”

一瞬间，原本还压在她身上的高大男人变成了一只小胳膊小腿的灰色小猫，瞪着像铜铃一般大的眼睛看着她，满眼不可置信。

这世界若说一物降一物，那么叶清婉则一定是来克他的。

“果真……”叶清婉看着怀中呆萌呆萌的小猫，愣了愣，随即笑靥如花地抱起他，“轻罗说了，如果你对我说‘咒语’两个字，那一定就是想背叛我，让我对你说出‘闭嘴’二字，就可以牢牢制伏你。”

钟子归额角的青筋欢快地跳起，这个轻罗！他就说叶清婉不是失忆了吗，怎么还记得他身上的命咒。

这个世上，只有一个人可以违背他自己的意愿将他变成猫，那就是叶清婉，因为她是他的主子。而“闭嘴”二字，正是当初叶清婉嫌他聒噪，正巧那时她需要想一个可以驯服他的咒语，她便想出了这么一个简单粗暴的词。

钟子归在叶清婉怀中“喵喵”地抗议着，命咒生效的四个时辰内，他不能说人话也无法自己变回人身。

“哇，好可爱！”叶清婉捉住钟子归乱动的两只前爪，看着怀中虎头虎脑的小猫，越发爱不释手，她用脸颊蹭了蹭他的脸，怀中的猫瞬间石化。

他的“节操”，即将不保！

第三节 公主的少女心

“我查看了一下那支箭，上面淬了百日散的毒汁。对方来势汹汹，看样子应该跟上次给公主下毒的是同一个人。”栖梧宫内，轻罗抿着嘴角看着眼前的小猫，努力不让自己笑出声，明明是一件很严肃的事情，但是无奈叶清婉变化太多，总是做着与之前不相符的事情。

“喵喵喵？！（笑什么笑！）”钟子归努力抗议着，试图用自己的小胳膊、小短腿，扯掉脖子上那个“娘里娘气”的蝴蝶结，这是叶清婉给他系的。

叶清婉还是早点恢复记忆比较好！不然，这次给他系蝴蝶结，下次指不定还要给他穿花裙子呢！她一个钢铁直女，怎么失个忆就这么少女心泛滥了！钟子归气结。

“公主虽然失忆了，但是不傻。钟子归，别试图趁机逃跑，从‘炼狱’走出来的人，生是皇家的人，死也是皇家的鬼。”轻罗敛去笑容，警告他。

钟子归翻了个白眼，这些人不就是看着他可爱才这样对他的吗？

钟子归可变成猫的这件事，除了“炼狱”的狱头知道外，就只有叶清婉、轻罗以及当今皇帝叶天知道了。

“公主要是喜欢这猫，就给这猫净身吧，这样猫也会少生病，活得也长。”栖梧宫内，打扫的宫女看着一旁逗弄着猫咪的叶清婉，开口提议。

原本伏在叶清婉膝头恹恹的钟子归一听，瞬间一个激灵，“喵喵”地叫了起来。他长这么大，一心为了事业，连恋爱都没有谈，这些人就想对这么可爱的他下如此狠手？！

见他这个反应，叶清婉嘴角弯了弯，却在钟子归求救的眼神看过来的时候，撇开视线，一脸天真地道：“真的吗？”

“对啊。”打扫的宫女认真道，“宫中也有不少野猫，马上到了动物的发情期，公主的这只猫又那么俊，到时候整个皇宫的母猫都会围着栖梧宫叫，扰了公主的清净倒是不好了。”说完，那宫女像是想起来什么，自告奋勇，“公主若是放心，不如将这猫咪交给奴婢，奴婢知道有一位公公，已有三十年的净身经验，人称‘一剪没’，一剪子下去，绝对干净利索，保证不藕断丝连。”

光是听着，钟子归就已经觉得很疼了！他脑补了一下那个血腥的场面，四脚并用地往叶清婉的身上爬，生怕以她现在的智商真的相信了那宫女的话，要把他交给那宫女。

“你说的也是，本宫的猫除了长得好看以外也没什么优点了，也不跟本宫亲近，还不萌；整天给本宫摆着脸色也就算了，到时候若还给本宫招来了那么多母猫，扰了本宫的清净可就不好了。”

闻言，钟子归努力瞪大自己的眼睛，耷拉着自己的耳朵，一个劲地卖着他之前深以为耻的萌。

我们一起学猫叫，一起喵喵喵喵喵？

叶清婉眼中闪过一丝笑意，故意忽略扒在她胸口努力卖着萌的短

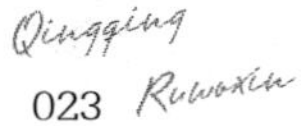

腿小猫。钟子归见叶清婉不看他，一个纵身便跳到她的肩膀上坐着，小爪子抬起拍了拍叶清婉的脸，示意她看他。

叶清婉被他的小爪子摸得脸上发痒，她如他所愿，侧过脸看向他。与此同时，钟子归正凑过小脑袋嗅着叶清婉的脸，她的身上，有种很好闻的清香。

叶清婉的唇就这样不经意间擦过钟子归的鼻尖，虽然在外人面前他还是一只猫的模样，但是这个无意的举动就在钟子归的心里掀起了滔天的巨浪。

灰色小猫的前爪交叉，摸着自己的鼻子，直直地从叶清婉的肩头倒了下去。

变成猫之后，钟子归最敏感的地方就是他的鼻子，刚才那种软软的、酥酥的感觉还停留在他的鼻尖。

“公主，奴婢就说快到发情期了吧，你看这猫，都流鼻血了。”宫女的话喋喋不休地响起。

钟子归一跃从地上弹起，冲向门外。

宫女惊恐的声音在身后响起：“公主，你快看，这猫都同手同脚走路了！”

钟子归：“……”

钟子归也不知道跑到了哪里，他找了一块有太阳的地方趴下，距离他变成人还有一炷香的工夫，他打算先就这样，等他变成人，再看看自己身处何处吧。

阳光下，灰色小猫的尾巴有一下没一下地敲打着地面，钟子归半

眯起眼，这叶清婉失忆了不正常，怎么害得他也跟着变得有些不正常起来。

太阳暖暖地晒着，整齐划一的朗读声从远处传来。钟子归竖起一只耳朵，好了，他不用看也知道了，他跑到国子监来了。

青国设立国子监跟其他王朝的意义并不一样。青国的国子监既是世家子弟读书的地方，又是青国的文官机构所在，基本上所有文官都在这里工作。

怎么跑到这令人头大的地方来了？钟子归忍不住想起那些年在国子监待着的日子。

作为叶清婉的贴身侍卫，不仅武功要好，还要博览群书，毕竟他服务的对象是未来的青国女帝。奈何钟子归生性跳脱，让他老老实实地待在一个地方，他会憋死的。尤其叶清婉还是公主，课业多，有时候要陪她在学堂从早待到晚，钟子归常常耐不住性子，上课要么走神，要么就想办法到处晃悠。这样的生活不知道有多无趣！简直快逼疯他了！

凡是让他觉得无聊枯燥的，钟子归都只想赶快逃离。所以，钟子归并不喜欢国子监。

耳边书声琅琅，钟子归翻坐起身，时间一到，他又变成了那个可以说话的大活人钟子归。

“一群木头疙瘩，大好的青春就困死在这一方天地了！”他痛心疾首道。

“大胆奴才！怎敢跑到国子监的墙头上坐着！”

一个熟悉的男声响起，钟子归挖了挖耳朵，转过身看向地面上站着的两个男人，俊俏的脸上堆满笑意道："跟班一号，好久不见？"

"钟子归？"被钟子归称作"跟班一号"的少年瞪大了眼睛，反应过来钟子归叫他什么后，雪白的脸立刻涨得通红，恼怒道，"你给我下来，太没规矩了！"

"规矩是死的，人是活的！跟班一号，你才多大啊，怎么跟国子监里的那些老头一样，一口一个'没规矩'，无趣不无趣？再说了，你一个小小跟班，冲我大呼小叫，谁才没规矩？"

"你！"

"肖绥。"站在"跟班一号"身边的那个穿着绛紫色衣袍的男人终于开口发话，声音如泠泠泉上音，悦耳好听。

"少保。"被叫到名字的少年缩了缩脖子，瞪了一眼墙头上放浪不羁的钟子归，不再与钟子归白费口舌。

钟子归瞧着那绛紫色衣袍的男人慢慢转过身，带着人似乎要往栖梧宫的方向走去。

"孟景行。"钟子归开口喊住那绛紫衣袍的男人。孟景行闻声抬头，看向钟子归。

对上那狭长的凤眸，钟子归眸色晦暗道："你应该知道吧？"以叶清婉跟孟景行的关系，他肯定是知道叶清婉失忆了。

一旁的肖绥一头雾水地看着笑容尽敛的钟子归，又看了看身旁的年轻男子，一脸疑惑，他心想：这是在打什么哑谜？知道什么？宫中流行的新接头暗号？

孟景行看了钟子归一眼，并没有回答他。钟子归又扬起那抹不羁的笑容，对着孟景行道："公主课业那边，孟少保可要好好上心了。"

孟景行收回视线，带着肖绥继续往前行。钟子归看着离去的两人，轻身一跃，便跳下了墙头。

有孟景行在，叶清婉那边就没他什么事了，去外面浪喽！

钟子归的身影一跃，便消失了。肖绥扭过头就看到这一幕，微微睁大了眼，他知道钟子归武功好，但还是有些吃惊。

“少保，你刚才跟那家伙在说什么啊？”肖绥有些好奇道。

孟景行启唇道：“非礼勿听。”

“哦……”

青国皇室一般都是立嫡不立贤，如果皇后生的是男孩，那么这一届青国就是立太子；如果皇后生的是女孩，那么这一届青国立的就是太女。

叶天曾立过两位皇后，但两任皇后都暴毙而亡。第一任皇后留下一女，就是叶玥；第二任皇后继位后，叶清婉就取代了叶玥的嫡女之位，及笄后，她理所应当地成了青国的新太女。待到叶清婉的母亲去世后，叶天似乎对立后之事有些心力交瘁，不顾群臣异议，没有再立过新皇后。所以，叶清婉便一直是青国的太女。

在钟子归眼中，青国除了立继承者的规矩有些奇葩以外，最奇葩的还属太女身边必须从小就选配伴读这个规定！前者钟子归勉强可以理解为青国是为了保证皇室血统出自正统，所以才立嫡不立贤，但是后者就有些一言难尽了。

一般来说，立太子，太子身边挑选世家大族与太子适龄的儿童作为伴读，这是一件很正常不过的事情了，毕竟一个人念书寂寞。但是

太女立伴读，就不那么简单了，它还有着另一层意味。

青国太女挑伴读，那是冲着给太女找夫婿的标准去挑的，无论是家世还是长相，都得要好。青国先祖担心女子在处理政务时会有妇人之仁、优柔寡断，希望伴读成为太女的左膀右臂，甚至成为太女的“夫君”，可以帮着太女一起治理国家，毕竟男女搭配，干活不累嘛。

孟景行就是这么一个伴读，钟子归称呼他为“小灭绝的童养夫”，而“灭绝”正是钟子归给叶清婉起的外号，来自于钟子归看的一个话本里，某一灭情灭爱的门派的师太名号，与叶清婉形象气质十分贴合。

太女的伴读一般会挑选四人左右，如果碰上更换太女的情况，则伴读全部替换。但是孟景行是个特例，他一开始是叶玥的伴读，可大公主叶玥自小就身体不好，虽然读了两年书，但是她读书的时间零零散散加起来根本不到常人半年时间，并且叶玥还没有学多久就遇上母后去世，太女之位被叶清婉替代。

原本按照规矩，叶清婉的伴读不得再用叶玥的，但是因为孟景行的品行在世家大族之间口碑太好，而且文武双全，样貌出众，青国皇帝挑来挑去都没能从世家子弟中选出比孟景行更好的第二个人才出来。所以，本着肥水不流外人田的心思，青国皇帝破天荒地让孟景行做了叶清婉的伴读。

在钟子归眼中，孟景行跟叶清婉简直天生一对，一个少年老成、一个不苟言笑，两个人凑在一起，堪比青国寒冬，可以把他活活冻死！现在孟景行跟叶清婉还没有成婚倒还好，以后成婚了，他岂不是得天天遭受冰雪摧残？一想到此，钟子归打了一个寒战。

钟子归在外面浪了一天，再回到栖梧宫内时，已是踏着月色。

轻罗黑着脸道："你这一天又跑到哪里去了？"

话音刚落，钟子归就朝她的方向扔了一个东西，轻罗立马接住。是一个箭头，正是上次钟子归在御花园替叶清婉挡掉的那支箭的箭头。

"我查了一下，这支箭虽然从外形上看与普通的箭别无二致，但是箭头上却有特殊的标志。我今天跑遍了京城内的铁匠铺，并没有任何人见过这种花纹，由此可见，杀手不是江湖组织。"

"你的意思是，对方可能是在……"轻罗指了一下地面。

"嗯。"钟子归颔首，"但这只是我目前的猜测。"

轻罗明白，道："我还以为你今天又跑哪儿去浪了，还算你有点儿良心，知道主动去调查。"

钟子归不置可否："公主呢？"

"屋里温书呢。"轻罗开口，"这里你守着，我去派人查一下这个标志。"

"好。"

待轻罗走后，钟子归笑眯眯地推开了紧闭的房门。

屋内，身着粉衣的女子规规矩矩地跪坐在案牍前，她乌发半挽，只用一根碧色的簪子做装饰，如玉的脸庞在烛火的照映下更增添了几分暖意。

钟子归看着叶清婉挺得笔直的脊背，暗叹这刻在骨子里的太女习惯即便是失了记忆，叶清婉在坐姿上面还是那么一丝不苟。

"公主？"钟子归小声地唤了一声，声音虽然不大，但是在静谧的房间里，倒也能让人听得很是清楚。可是公主并没有理他，只是低着头练字。

咦？不理他还是听不见？

钟子归一屁股坐在了叶清婉的对面，敲了敲桌面，但叶清婉翻书的动作未有片刻迟疑，仿佛钟子归是空气一般的存在。

见她这副模样，钟子归感到奇怪，失忆后的叶清婉倒是比没失忆的心思更难猜一些。

他伸出手，一把拿住她手中的书，这下叶清婉无法看书了，慢慢抬起头看向他。

“公主为什么生气了？”

钟子归还不至于傻到连一个人的情绪是好是坏都分辨不出来，见叶清婉不理他，自然知道她是生气了。她失忆了，但是脾气还真是一点儿也没有变，脸臭得可以。

“本宫没有生气。”叶清婉松开手，既然他喜欢这本书，那就给他！

死鸭子嘴硬，钟子归觉得好笑，都开始自称“本宫”了，还说自己没生气？

他随手拿过案牍上的一支毛笔，在叶清婉的脸上不停地比画着。

“你干什么？”叶清婉的肩膀往后缩了缩。

“我在想，公主的嘴巴噘得那么高，放一支笔应该是可以放稳的吧。”钟子归打趣着叶清婉。

“哼。”叶清婉从鼻腔挤出一个轻音，撇过脸去不看钟子归。

钟子归感叹一声，之前觉得叶清婉很冷，但是从没感觉她还可以这么奶凶奶凶的，就像一只小奶狗，明明叫声那么萌，却非要扮凶嗷

嗷叫，看得他不仅不觉得想避开，反倒更想去捉弄她。

“好吧。”钟子归故作黯然神伤的模样，慢慢站起身子，“既然公主不想看见我，那我就走了，一辈子不出现在公主跟前。”说完，就要朝着大门的方向走去。

“哎？你……你站住！”叶清婉一瞧他真要走，连忙开口喊住他。

钟子归肩膀一耸一耸的，快要笑疯了。

他越发觉得叶清婉好玩极了。

“你……你今天一天都跑去哪儿了？怎么都不在我身边？”叶清婉终是忍不住开口道。

钟子归挑了挑眉，就为这个生气？他转过身，看着站在烛台边的明媚少女，神神秘秘道：“我给公主挑礼物去了。”

“礼物？”

“对！”

钟子归像变戏法一般拿出一根白玉簪子，递到叶清婉跟前道：“今天出去办了一些事情，回来的路上看到这根簪子，觉得很适合公主。”

女人嘛，谁不喜欢得到礼物？钟子归看到叶清婉的神色有些动摇，但还是没有任何动作。

他没有说谎，从铁匠铺出来以后，他在一个小摊上看到这根簪子的第一眼不知为什么就想到那天她光着脚出现在他面前的样子。

“我为公主戴上。”他身子前倾，将手中白玉簪子插入她的发髻，看了一眼后低下头对叶清婉笑道，“我就说很适合嘛。”

叶清婉看着他，眸光晦暗不明，可钟子归没注意到，他的目光落到了桌上摆着的两瓶密封的青瓷瓶上。其实，从刚才进来他就看见这东西了，他明知故问道：“公主，这是什么？”

叶清婉扫了一眼那青瓷瓶子道：“轻罗说是江南进贡的杏花酒。”

杏花酒？钟子归眼睛瞬间一亮，那可是江南的名酒啊！

“公主……”钟子归眼睛一转，“来而不往非礼也，我送了公主簪子，作为回礼，公主要送我什么呢？”

“你想要什么？我这里好像没有什么东西可以送你。”

“有啊！这酒啊！”钟子归垂涎道，如今叶清婉失了忆，应该早就忘记了她说过的话吧。

“酒？”叶清婉皱紧眉头。

关于酒，叶清婉曾经下过令，不准钟子归喝。

钟子归记不起到底是因为他喝完酒对叶清婉做了什么，还是因为他真的酒品很差，她才不准他喝酒。但就像是看到喜欢的话本子，就想强烈地告诉所有人这话本子好看，想让所有人都去看一样，钟子归对于酒也是这种心理。他觉得，如果让叶清婉也尝一尝酒的美味，可能她就会理解他，并解除对他的这一禁令，只是苦于一直没有机会。但这下好了，她失忆了，记不起来了！

“你若喜欢的话，你便拿去，我闻着不太喜欢。”叶清婉将青瓷瓶推到他跟前。

什么叫作得来全不费工夫？这就是啊！可是……不喜欢？这等上好名酒，她不喜欢，真的是太没品位了！

“公主，酒是要靠品的，你等我一下！”

钟子归拿了叶清婉屋内的两个茶杯过来，分别倒满酒，然后兴致勃勃地递到叶清婉跟前，还没待叶清婉喝，自己倒先连饮了三杯。

“这么好喝吗？”叶清婉见钟子归畅快的表情，有些跃跃欲试。

“当然。”钟子归坑蒙拐骗道，“而且要一口就喝掉，不然就喝不出来好喝的滋味。”

叶清婉盯着手中的杯子，就在钟子归以为还要多怂恿几句时，叶清婉突然端起杯子，仰头一饮而尽。

“喝完了。”叶清婉眨巴着眼睛看着钟子归，将手里的空杯倒过来，示意自己没有说谎。

钟子归傻在那里，这……这就完了？

怎么剧情发展得跟他想象的一点儿也不一样呢？

“不……不辣吗？”

“辣啊，但是……”叶清婉歪着头认真道，“比我想象的要好喝很多。”

“也不晕吗？”

“不晕。”叶清婉扬着小脸，将空杯举到钟子归跟前，“再来一杯吧！”

“嗯？！”

轻罗回来的时候，叶清婉的屋外根本就没有钟子归的声音，轻罗暗骂了一声“不靠谱的钟子归”后，推门而入，就被屋内的一幕惊在了原地。

屋内。

钟子归伏在案头，大着舌头含混不清地道：“来！再来！我怎么……怎么可以……比你……要……早倒下去……来！”

而坐在他对面的少女闻言，乖巧地给他倒满了一杯酒，钟子归还没喝，就滚到了叶清婉的身边，盯着她的脸道：“好……好多……叶……叶清婉……”说完，一头扎进叶清婉的怀中醉晕了过去。

“钟子归！”轻罗尖叫一声，跑上前将钟子归从叶清婉的身上踹开，“公主，你没事吧！这个酒鬼没对你做什么吧！”

趴在地上的钟子归堪堪抬起头，努力辨认出刚才飞过来的人影是轻罗后，嘟囔一声：“暴力……女……”然后在地上睡成了死鱼。

看到这一幕的叶清婉眼睛眨了眨，她扭过头对着轻罗道：“你为什么是暴力女？”

轻罗：“……”

“我这样很可爱吗？”叶清婉脑海里回想着刚才喝醉的钟子归对她说的话——“叶……叶清婉……失忆……后的……你……真的……可爱……”

“啊？”轻罗诧异道。

“酒品这样差，下次禁止他喝酒。”

轻罗微怔，看着叶清婉，试探道：“公主是想起来什么了吗？”

叶清婉茫然地看向她。

轻罗道：“公主曾经说过一模一样的话，禁止钟子归喝酒。”

轻罗忆起那日是先皇后的忌日，每年这个时候，叶清婉都会独自一人在梧桐小苑内待着。那天，钟子归不知道为什么会出现在那里，等轻罗发现的时候，叶清婉让她将喝醉的钟子归抬回去绑起来，并堵住他的嘴，然后下了一道令，禁止钟子归喝酒。

钟子归模样好，有不少小宫女爱慕他，那天当值的宫女没舍得在

绑住钟子归后还堵住他的嘴，事后证明，绑起钟子归外加堵住他的嘴是正确的，因为这个人爱酒，但酒量浅且酒品极差。差也就算了吧，关键是永远记不起喝酒时发生了什么！对于自己喝酒后喜欢吐槽甚至调戏别人的行为拒不承认，态度极其恶劣，甚至在醒后被人质问时撂下了一句——“我酒品差？不可能！不存在！没道理！”的三连否认名言。

虽然钟子归被绑住了，但是一张嘴絮絮叨叨直到半夜，如果不绑住，后果恐怕难以想象。所以，轻罗有时候在想，那天在梧桐小苑，自家公主跟钟子归到底发生了什么？

第四节 误人子弟

宿醉的结果，那就是第二天头痛欲裂地醒来。钟子归睁开眼的那一瞬间，大脑还是晕晕的。

我是谁？我在哪里？天还没亮吗？

钟子归甩了甩脑袋，挥了挥手，发现自己什么都看不见后，还以为自己酒喝多了，瞎了，吓得一激灵。其实他是身在一个伸手不见五指但又很温暖的地方。

“公主，今天的课就讲到此，若有什么问题，可来国子监问臣。”

钟子归又一个激灵，这不是孟景行的声音吗？

随后，钟子归就听见一个女声轻轻地“嗯”了一声，还没待钟子归反应过来，一只柔若无骨的小手便摸上了他的身体，撸了又撸。

钟子归浑身一僵，他……他此刻该不会在叶清婉的袖子里吧。

“喵？”他试探地叫了一声。

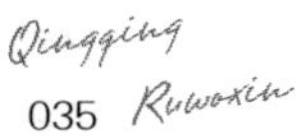

果然，视线里乍出一团刺眼的白光，他不适应地眯起眼睛，被人搂在怀里道："你醒啦？"

近在咫尺的小脸笑吟吟地看着他，钟子归伸出猫爪抵住叶清婉的下巴，禁止她套近乎。

她居然又把他变成猫！还趁着他睡死，在他毫不知情的情况下撸他？是可忍孰不可忍！

"这就是公主的猫？"孟景行看向叶清婉怀中的灰黑小猫，许是睡了太久，还有些奓毛。

他确实听说过叶清婉养了一只猫，却一直未见过。

叶清婉像献宝一般抱着钟子归往前凑道："是不是很可爱？"

孟景行扫了他一眼，评价道："是憨态可掬。"

即便是知道钟子归可化猫形的轻罗都很诧异钟子归作为猫的样子，因为，跟钟子归俊美明朗的长相相反，作为猫猫的他有着圆圆的脑袋、呆萌的大眼睛，还有短小的四肢跟尾巴，十分呆萌，是那种姑娘一看就恨不得抱在怀里"亲亲抱抱举高高"的萌宠。

但凡是个男生，尤其是钢铁般的直男，应该都讨厌别人评价他可爱吧？要不是现在是猫的样子，叶清婉一定可以看见钟子归黑成锅底的脸。

孟景行倒是没有太关注叶清婉的猫，轻罗进来后朝他福了福身。

孟景行点了点头，问道："钟侍卫呢？"

轻罗往叶清婉怀里瞄了一眼后道："钟侍卫帮公主办事去了。"

"办什么事？"

"被……"轻罗差点儿嘴瓢把"被撸"二字说出来，她连忙将话在嘴里打了一个圈儿，“被公主叫出宫帮她买绢花去了。”

孟景行半敛眼睑道：“公主现在失忆了，最重要的就是安全问题，下次这种事情交给其他人去做，钟子归得守在公主身边。”

“是。”

“待他回来，告诉他，明日议事。”

果然，钟子归心道，作为叶清婉的未婚夫，还真的是什么都知晓，估计又是轻罗对孟景行说的，这种事情钟子归倒是见怪不怪，轻罗差不多已经把孟景行当成半个主子了。

不过叶清婉现在倒是没有什么安全问题，反倒是钟子归的人身问题快要受到了威胁！因为叶清婉在帮他梳毛，他真的被梳得很舒服啊！骨子里的猫咪本性瞬间爆发出来，再这样梳下去，给他一根逗猫棒，他说不定什么都听你的。

待孟景行走后，钟子归瞬间变成了人形。

时间掐得正好，刚好是四个时辰，若是早一点，说不定孟景行就知道他口中“憨态可掬”的小猫就是钟子归，那可就丢脸丢大了。

“我觉得我们有必要好好聊一聊了！”钟子归看着意犹未尽的叶清婉，一脸严肃道。他得趁着她什么都记不得，把规矩好好立一立！

叶清婉眨了眨眼睛，道：“聊什么？”

“你以后，不能随意把我变成猫。”

听到这话，叶清婉一下犯了难，她咬着唇，有些可怜巴巴地道：“可是……可是……”

“没有可是，就算是觊觎我的美色，想摸我也不行！我是老大，

我说了算！”钟子归超凶道。

叶清婉抬起一双雾眸看着他道：“可是昨天你喝多了，轻罗说要把你拖出去扔进池子里喂鲤鱼，我担心你不会游泳，但是你打呼声实在是太大，我睡不着，所以才把你变成小猫的……”越说到最后，叶清婉的声音越小，像是做错了什么事般，她伸出小手道，“你要是生气了，老大你就打我吧。”

钟子归愣住，他没想到事情原来是这个样子的，他居然还错怪了叶清婉？不对，他俊美如斯一男人怎么会睡觉打呼？

看着跟前害怕得都缩起肩膀的少女，钟子归心情复杂，甚至生出了一种欺凌弱小的负罪感。他陡然怀念起从前的叶清婉，最起码她不会这么可怜巴巴地让他有些不知所措，让他想搞事情都莫名有些心虚。

“是我错了。”钟子归叹了一口气，“是我不分青红皂白怪罪你，我不打你。”

“真的？”叶清婉猛地抬起头笑了，一张脸瞬间动人起来。

钟子归跟在叶清婉身边这几年，见她笑的次数加起来都没有这几天多。

他真想吼一声：叶清婉，来打架吧！“男人”之间的较量的那种！

可是叶清婉失忆了，还变成了爱笑爱哭的小姑娘，他觉得人生真的是寂寞如雪……

孟景行上完课后例行给叶清婉留了一些课业。

钟子归觉得都这种时候了，孟景行还给叶清婉留课业，他实在是个狠人！失忆的人就等于是病人，不让病人休息还让做功课，那可真的是天理难容！况且孟景行还是叶清婉未来的丈夫，钟子归只能感叹：优秀到变态的人对另一半的要求不会因为另一半变成什么样子而改变。

往常这种时候，钟子归早就溜到皇宫外面去玩了，但是自从上次刺客在皇宫内敢直接对叶清婉下手后，钟子归便日日跟在了叶清婉身边保护她，这次，他也跟着她到藏书阁去了。

藏书阁内，檀香缭绕。

钟子归斜倚在书架边，随手翻看着手中的图册。

青国皇宫的藏书阁里，网罗世间所有的书籍，哪怕是市集里贩卖的最便宜的连环画，藏书阁都会有一份。

钟子归看的图册正是兵器谱，他正试图在这些书里面寻找到上次那枚箭头上的花纹的来历。

看的时间久了，脖子便有些僵硬了，他仰头活动了一下筋骨，视线瞥向叶清婉。

原本在做功课的她，此时不知道在看什么，正紧锁着眉头。

钟子归嘴角一勾，上前走到叶清婉对面坐下，托着腮懒洋洋道："公主要有不会的，可以来问我啊。"

他实在是太想捉弄她了。

闻言，叶清婉抬起头看向他，拿起手中的书，还真有问题问他："为什么云云会疼？张公子不是说要对她好吗？"

钟子归被问得有些云里雾里，什么云云、张公子的？待他接过书一看，一张脸像是打翻的染色缸一般，五颜六色的。他瞥了一眼叶清婉，对方明亮的眼中满是求知欲。

他怎么会把这本书拿给她啊，钟子归暗骂一声自己太过粗心大意，大概是刚才帮她拿书的时候没在意，随手抽了一本跟她那堆书混在了一起。

钟子归干咳一声，合上书道：“公主，功课都做完了吗？”

叶清婉道：“还没有……”

“没做完是不能看别的书的，也不能问无关课业的问题。”钟子归没想到有一天他也会说出这样的话。

“哦……”

钟子归见叶清婉低下头开始拿着毛笔继续做功课，长舒了一口气，看样子他是成功转移了话题！他低头看了一眼自己手中的书封——《云云秘传》，他不禁火冒三丈，这种误人子弟的书，藏书阁怎么也会有，该烧了！

钟子归边想着，边转过身子，开始翻着看，平淡的生活还是需要一点儿激情的。

随着时间推移，原本从雕花窗子照进来的阳光还能洒满地，现在只留了一抹长长的孤影，照射着藏书阁内翻飞的尘埃。

钟子归正看到高潮，看到张公子询问云云“疼吗”时，耳边有温热的气体一拂，略有些懵懂的声音响起：“疼吗？”

钟子归心神一颤，一下跳起来，就看见抱着书本的叶清婉站在原地看着他道：“云云疼吗？”

此时快过申时，藏书阁要落锁，闲杂人等不得入内，宫人正做着最后清点书目的工作。叶清婉的声音不大不小，但在静谧的藏书阁内却如珠玉落地般清脆动人。钟子归一把捂住叶清婉的嘴，看向身边清场的宫人，头皮发麻道："公主课业做完了？"

叶清婉点了点头。

他将手里的书随手插进一边的书架中，拉过叶清婉道："那我们走吧。"

"唔唔唔！"

"那本书好看吗？"出了藏书阁，叶清婉追在钟子归身后问道。

"不好看。"

"可是你看了一下午哎。"叶清婉的眼神有些幽暗。

钟子归："……"

从前他觉得叶清婉不爱说话，他跟在旁边是真的很无聊，现在她很爱说话，他又感觉自己话痨的人生遇到了劲敌！

话多不可怕，就怕句句让人尴尬！

钟子归无可奈何地转过身，终于理解从前叶清婉看他跟看苍蝇一样的眼神了。

"叶清婉，做公主话不能那么多的。"钟子归长叹息以掩涕兮。

叶清婉道："那你要吻我让我不说话吗？"

钟子归一脸惊悚，这家伙到底看了《云云秘传》多少内容！果然少儿不宜的"不宜"终究是有它的道理存在的，看多了是真的误人子弟啊！从前叶清婉是多么端庄的一位公主，现在居然可以直接说出这种话！

"公主，你还记得你中的是什么毒失忆的吗？我想再给你来一杯。"

叶清婉："嗯？"

“既然你不愿意告诉我云云为什么会疼，那就不说了。”叶清婉有些不太开心地道。

“真的假的？这么善解人意？”钟子归诧异。

“我是有条件的！”叶清婉仰起小脑袋看着钟子归，伸出右手小指天真无邪地道，“我要你答应我，有那么一天一定要告诉我云云为什么会疼。”

钟子归看着眼前的叶清婉，风吹起她如墨的青丝，只簪一根白玉簪子的她犹如春日枝头上最清妍的花。

袅娜少女羞，岁月无忧愁。

钟子归没想到有一天，会被叶清婉给撩了！

第二章
向往自由的侍卫

第一节 叶清婉被绿了

由于叶清婉中毒一事太过蹊跷，外加上次暗箭一事，不难看出对方的目的是想杀了叶清婉。

“我查了一下，这箭头上的花纹应该是最近才出现的一个组织所用，名叫‘帝女花’。”身着鸦色箭袖服的男人轻轻将箭头放在案牍之上，锐利的箭头凝着一点儿白光。

孟景行点了点头，然后从怀里掏出一枚一模一样的箭头放在桌上。

“你怎么会有这个？”钟子归眸色一沉。

“这一枚，是昨天我出宫的路上射进我马车内的。”

钟子归与孟景行四目相对，彼此眼中都闪现了然。

“对方射杀的人除了你还有叶清婉，叶清婉作为青国太女，是日后青国唯一的继承人，而你作为青国第一文臣，又是以后青国帝王最重要的辅臣，对方想要害你跟叶清婉，那么目的肯定是叶清婉的位置。”

钟子归抽丝剥茧道，“能在宫里对叶清婉动手的，最大的嫌疑人便是那些后妃。”

自从叶清婉的母亲去世后，青国皇后的位置便一直悬着，只要叶清婉还没有当上女帝，那么有一个人登上皇后之位或者是叶清婉死去，太女之位便将会再次易主。

孟景行点了点头道：“如今后宫位分最高的是商贵妃商攸兰，但商贵妃无子女，这么多年对公主也很好，当皇后的第一条件就是膝下得有亲子，即便她想当皇后，目前也还不够条件，至于其他的妃子跟皇子公主……”

钟子归瞬间头大道：“皇子和公主加起来一共三十三个，有作案嫌疑的妃子就有二十一个。”

不得不说皇帝的后宫真能生，但此刻也没了别的法子，只能一个个查了。

“箭头上都淬了百日散的毒汁，而宫内是没有此等毒物的，我们要在宫外调查。不过，眼下之急除了找到刺客以外，还得让公主早点恢复记忆。”

钟子归愣住，道：“你有办法让公主恢复记忆吗？”

孟景行颔首：“我认识宫外的一位神医，是否能恢复记忆我没有万分把握，但总归要试一试的，你需要做的就是把公主带出宫。”

钟子归摸着下巴，万一叶清婉记忆恢复了，又想起来这些天他对她的所作所为以及她那么爱哭爱笑的表现，会不会为了维护尊严要杀他灭口呢？恢复记忆有风险！

栖梧宫内。

轻罗将换好国子监男学子装的叶清婉带到钟子归的跟前。

钟子归绕着叶清婉转了一圈，真的是“横看成岭侧成峰”，话本子里说女扮男装认不出来的人都是瞎的吗！

“轻罗，你没给公主缠那啥吗？”钟子归在轻罗跟前比画着。

“缠什么？”轻罗愣了愣，明白过来后脸爆红。她知道钟子归不正经，但是他怎么可以直接在公主跟前说！

轻罗狠狠瞪了他一眼道：“当……当然了！”只是……

轻罗偷瞄了一眼自家公主还有些起伏的胸口，刚才给叶清婉缠裹胸布的时候叶清婉一直嘟囔自己喘不过来气了，她能有什么办法，公主身材实在是太好了，她也很绝望啊！

闻言，钟子归一挑眉，看不出来嘛，叶清婉身材那么好？

他斜睨了一眼一旁的博古架，从上面拿了几本叶清婉平时放的书，塞到叶清婉怀中让她抱着给他看看。

“这样应该会好点儿吧……”

“钟子归！再看把你眼睛戳瞎！”轻罗在旁边嗷嗷叫，她可怜失忆的公主，就这样被钟子归占了便宜！

“知道了知道了。”钟子归神色正经道，他口味还没有重到会对叶清婉下手的。让叶清婉换成国子监书生的装扮，是为了让她待会儿跟着孟景行出宫。现在他们在明处，敌人在暗处，这栖梧宫内有很多双眼睛在盯着他们的一举一动，他们自然要小心行事。

“那我们就在宫外会合喽。”钟子归笑眯眯地看着老实巴交的小书生叶清婉。

叶清婉突然拽住他的衣袖道：“你别跑了，让我找不到。”

钟子归一怔，他是想跑，但是这前提也是得找到刺客。他想好了，如果叶清婉一辈子都记不起来了，那么她给他下过什么咒也就无所谓了。如果她记起来了，那他自然是得赶紧找到解开他身上命咒的答案，然后趁着她还没剥了他的皮之前跑路。

钟子归预想得很完美！但是，她怎么看出来的？难道他把“想跑”二字写在了脸上吗？

“别人我不认识，我有些害怕。”叶清婉小声道。

别人？钟子归眉骨上扬，她说的是她的“童养夫”孟景行吗？

孟景行说的神医身在红袖阁，一开始听到“红袖阁”这三个字时，钟子归都愣住了，因为红袖阁是京城最大的青楼，什么神医不在世外桃源会在红袖阁？

当见到神医本人时，钟子归眼神复杂了，因为与想象中胡子花白仙风道骨的老头子不同，神医是一个二十岁出头的姑娘，还是红袖阁内有名的优伶。

沦落风尘却妙手回春的妙龄女子跟站在一旁的世家公子、一朝文臣、未来驸马，钟子归脑补了一出绝美狗血、荡气回肠、爱而不得的万字话本。

意犹未尽地收回神后，钟子归看了看孟景行跟那女子，又看了看被把着脉一脸茫然的叶清婉，叹息一声，摇了摇头。

失忆就算了吧，叶清婉还被绿了；绿了也就算了吧，还是失忆被当面绿。

惨还是叶清婉惨！

一抬头，发现屋内三个人都在看着叹气的他，钟子归心肝一颤，连忙摆上一副紧张的神色道："可否医治？"

那女人睨了钟子归一眼，开口道："需针灸试一试，但并没有万分把握，你们先出去吧。"

"好。"钟子归连忙转身朝门外走去。

钟子归是怕叶清婉扎着扎着突然就好了，对他道："钟子归，我想起来了，老大是吧？看三流话本是吧？你死定了！"

想想就恐怖！

日暮西下，红袖阁内也随着夜色降临而热闹非凡。

"公子，一个人？"有女子妖娆上前递过一杯酒。

钟子归笑了笑，接过酒仰头饮下。

钟子归跟孟景行出来后找了一间厢房坐下，但他天生是无法待在一个地方不动的，尤其还是在红袖阁这么热闹的地方，所以他便一个人出来逛，没想到没一会儿工夫，就有一位美人献酒。

像这种地方，他以前出任务的时候也来过几次，他外表出众，性子不羁，很讨女子的青睐，一般想知道什么，套起话来也很容易。

"你知道那间房的姑娘是谁吗？"钟子归指的房间，正是那位神医的房间，他实在是好奇得紧，想知道那女子跟孟景行是怎么认识的。

见钟子归指了别的女人的房间，献酒的女子有些不满道："公子是不是觉得奴家长得比不上那位？可惜，那位只卖艺不卖身。"

钟子归从怀里掏出一锭银子，那女子立刻眉开眼笑。好看的男人少，好看又识趣的男人更是少之又少。

那女子正准备说什么，走廊的一角传来起哄的声音，钟子归看了过去，便看见一张粉白的俏脸，被红袖阁的一群女人围住。

“哟！哪儿来的小公子啊，这么俊！”

“我看是小姑娘吧！”有人调笑着上手摸了叶清婉一把。

“别碰我！”

钟子归轻笑出声，看着叶清婉被一群女人调戏得又羞又气，觉得好玩极了，从前可是见不到她脸上有这样丰富的表情的。

原本拿着银子的女人被钟子归嘴角的笑给迷得晃了神，一时情动，伸出纤纤玉手抚上钟子归的胸口。

远处的叶清婉正好看到这一幕，一张小脸瞬间凝住。

“公子……”

“不好意思，我的主人此刻需要我。”钟子归轻笑一声，拿开那女人的手，大步上前去解救叶清婉。

“叶清婉。”钟子归拨开人群，一把握住叶清婉的手。

叶清婉像根木头一般被钟子归拉着进了房间，从屏风后面绕出来的女人对钟子归道：“她不肯让我解她衣服，刚才跑了出去。”

钟子归知道叶清婉的公主病又犯了，她是有洁癖的人，除了轻罗可以近身伺候以外，其他人她都不能忍受。

“你也别碰我。”叶清婉回过神后推了一把钟子归。

钟子归有些蒙，怎么他也不给碰了？

叶清婉道：“从今往后，你不是我的人了，以后别跟着我了！”

“啊？”钟子归有些没搞清楚到底发生了什么。

叶清婉撇过脸去不看他，小嘴嘟囔着自我安慰道：“我以后会有很多猫的，让别人摸不给我摸的猫，我才不要。”

钟子归一下乐了，敢情是刚才看到别的女人碰他，她不高兴了？他怎么之前不晓得她占有欲那么强呢？

“怎么了？”进屋的孟景行看着屋里面的情况问道。

钟子归回头道：“她不让别人碰，要针灸恐怕得把她的穴位封了才可以进行。”

“那只能如此了。”

钟子归将叶清婉的穴位封了。

叶清婉一下动弹不得，只能瞪大了眼睛无声控诉着钟子归的罪行。

“你抱还是我抱？”钟子归对着孟景行道，毕竟正牌“童养夫”在此。

“男女授受不亲。”孟景行淡淡道。

行吧，他是猫，可以授受亲。钟子归看着叶清婉，故意狡黠道：“不让碰也没办法啦。”说完，他将叶清婉横抱起来，走向屏风后面的大床，将她轻轻放在上面。

叶清婉涨红着脸瞪着钟子归，钟子归不怕事地对她眨巴眨巴一双漂亮的桃花眼，仿佛在说：“你能奈我何？”

“公主，你以后会有很多猫的，但是只有我这么一只猫能文能武还英俊帅气。”钟子归压低声音在她耳边道。

叶清婉气极了，闭上眼睛，动了动唇，钟子归哑然失笑。

小姑娘在说：不听不听，王八念经。

“钟子归。”屏风外面孟景行的声音突然响起，“将人抱起速回，轻罗派人来说家中来人了。”

他们不好在外面说明自己的身份，家中自然是指皇宫，而情况这么紧急，这个人很有可能是青国的皇帝、叶清婉的父亲叶天。

钟子归眸色一凛道："现在回去已经来不及了，我们得先去找商莜兰。"

第二节 青国的皇帝

叶清婉跟着商莜兰一踏入栖梧宫的门，就听见院内一片哭喊声。

叶天在殿内怒不可遏地吼道："太女失踪了你们都不知道，养你们这帮奴才有何用？拖下去打！"

"皇上饶命啊！皇上！"

"奴婢知错了！求皇上开恩！"

叶清婉跟商莜兰对视一眼，齐齐上前。

"父皇！"

"皇上。"

商莜兰快步走到叶天身边，转过头对着准备行刑的太监们吩咐道："都下去吧。"

说完，商莜兰伸出手顺着叶天的胸口道："皇上息怒，公主没失踪，这不，公主在这儿呢！"

叶清婉上前，福了福身子道："父皇，儿臣在这儿。"

叶天的视线从商莜兰身上落到她身后的叶清婉身上，气极道："你跑去哪儿了？居然满宫的宫人没一个知道？"

叶天原本刚批完折子是打算直接回寝宫的，路过栖梧宫便想起有些时日没有来他这个二女儿这里问功课了，便直接命人停了轿，可进来后发现，叶清婉竟然不在。派下人去找公主回来见他，宫人们一个个动作犹犹豫豫，他一问公主去了哪儿，居然支支吾吾地没有一个宫人能答得出来？这还有点儿规矩吗！

“皇上消消气。”商莜兰笑着，“公主是上臣妾那儿去了。”

“身边的宫女为何不知？”叶天怒指地上跪伏着的轻罗。

轻罗浑身一颤。

“是儿臣让轻罗不要说的。”叶清婉处变不惊道。

在门外偷看的钟子归摸了摸下巴，别说，小姑娘装得还挺像那么一回事的。

闻言，叶天狐疑地看向她。

“父皇有一段时间没来看儿臣了，儿臣思念父皇思念得紧。儿臣知道最近国事繁忙，父皇批改奏折废寝忘食，近几日胃病常犯，儿臣便找了商贵妃，想让商贵妃教儿臣做药膳叶子糕。儿臣不敢叨扰父皇来看儿臣，但儿臣也想让父皇多注意身体，儿臣不让身边的大宫女说，做好后还让商贵妃送，就是担心父皇知道了，觉得儿臣荒废了学业，不准儿臣再做，让儿臣连一点儿心意都无法表示。”

因为是太女，所以在学业上叶天一直对叶清婉要求极高。

叶天没想到竟是这个原因，他动容道：“这两天商贵妃送来的叶子糕是你做的？”

“嗯。”叶清婉颔首，她抬起一双水眸，盈盈看向叶天，“还请父皇开恩，饶了儿臣宫内的宫人吧。”

商莜兰看了一眼叶清婉，又看了看叶天，连忙打着圆场道：“你这孩子说的什么话？你父皇有说过要治你宫人的罪了吗？他主要是担心你的安全，瞧见你没事，其实他早就不生气了。”

“谢父皇，谢商贵妃。”

叶天冷哼一声，但火气明显比刚才进门时要小很多。他对叶清婉道：“君子远庖厨。你身为太女，以后像这样的事交给御膳房的人去做就行了。”

“父皇教训的是。”叶清婉顺从道，“刚才赶来得太匆忙，叶子糕忘记带来了，还留在贵妃娘娘的宫里。”

话点到即止，叶天看了一眼商莜兰，起身道：“既然如此，去爱妃那里吧，朕突然觉得有些饿了。”

商莜兰大喜过望，她感激地看了叶清婉一眼，然后扶着叶天朝外走去。

叶清婉福了福身子道：“儿臣恭送父皇、贵妃娘娘。”

待叶天跟商莜兰走后，跪在地上的轻罗一下趴在了地上，跪得太久又太惊心动魄，无论是身体还是心灵，都有些发颤。

“啊，轻罗！你没事吧？”上一秒还是高冷之花的叶清婉，下一秒看见软倒在地上的轻罗，吓得就像一只小兔子。

“奴婢没事，公主是怎么晓得去找商贵妃帮忙的？”轻罗被叶清婉扶起，边揉着膝盖边道。

“她现在这个样子自然是不知道要找商贵妃帮忙，这个主意是我想的。”钟子归负手从门口进来。

他看向叶清婉，好奇道：“最后一句，是孟景行教你的？”

因为得到消息太过突然，就算他们以最快的速度回宫，依旧会耽

误一炷香的工夫，所以为了合理解释为什么叶清婉会不见、宫人们也不知道这两个问题，钟子归想到了商贵妃。

商莜兰一直对叶清婉很好，所以请她出面帮忙，她肯定会帮的。

当叶清婉跟孟景行出现在商莜兰宫内时，商莜兰虽吓了一大跳，但见他俩行色匆匆，下意识就让贴身大宫女将门窗关好。

孟景行面不红心不跳地撒了一个大谎，说他带着叶清婉出宫玩闹了。因为此事关乎公主清誉，所以并没有几个人知道，而此时叶天在栖梧宫，找不到叶清婉肯定会大发雷霆，希望商莜兰能够出面，说是叶清婉在她那里，并编出了一段刚才叶清婉说的那段说辞，让叶清婉到时候就这么说。

商莜兰理所应当地就以为孟景行跟叶清婉两个人互相喜欢，但又碍于宫规与世俗眼光，彼此之间又耐不住想见对方的心，所以两个人今夜便偷偷溜出宫约会。

饶是这两个人以后一定会成亲，但一向在后宫规规矩矩的商莜兰听到后还是忍不住严厉地训斥了一声："你们太胡闹了！"

孟景行瞬间半跪下，一旁的叶清婉也跟着跪了下去。虽然这是钟子归事先说好的剧情，但他在屋顶上看见时还是忍不住眉心突突地跳。

"公主、孟大人，你们！"商莜兰倒吸了一口凉气，最终她还是如钟子归所料的一样，心软答应了。

于是便有了开头那么一出。

叶清婉摇了摇头。

"那你为什么要这么说？"钟子归眸光闪烁，神色有些耐人寻味。

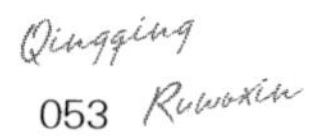

这两天的叶子糕自然不是叶清婉做的，后宫的女人费尽心机，不会放过任何一个机会去讨好叶天，而商莜兰能将自己做的糕点说成是叶清婉为叶天做的，的确是真的很疼爱叶清婉了。

“她不是帮了我吗？总感觉这样会帮到她，我看她最后的样子很开心，难道我说错话了？”没了外人在，叶清婉也没有装成从前的那副样子。

“公主没有说错话，公主做得很好。”原本商莜兰做叶子糕，就是为了让叶天看到叶子糕时能去她那儿，这回由叶清婉“顺水推舟”，算是还掉了这次的人情。

“那我刚才是不是也表现得很好？”叶清婉眼睛一弯，像个寻求表扬的孩子。

看着近在咫尺的笑脸，钟子归愣了愣。

“咳咳！”轻罗突然剧烈地咳嗽起来，她看着跟前的一男一女，心跳得有些快，她怎么感觉公主的眼里在发光？

“轻罗，你要不舒服就先下去休息吧。”叶清婉回过头看向轻罗。

轻罗看了一眼钟子归，不着痕迹地朝他比了一个拳头，警告他不要趁她不在欺负叶清婉。

轻罗福了福身退下，屋内很快就剩下叶清婉跟钟子归两人了。

“我是不是很棒，快说！”叶清婉拉住钟子归的衣角。

钟子归嘴角一勾，沉吟道：“是很好。”他一开始还有些担心她会装得不像从前的她，事实证明，他想多了。

“那你该怎么奖励我呢？”

少女笑容满面，扑上前亲昵地搂住他的脖子。

钟子归身子一僵，看着怀中双手搂住他脖子的少女，蒙圈道：“你……你干什么？”

叶清婉想着在红袖阁里看到的那一幕——一个穿着花花绿绿的女人笑靥如花地挂在身前男人的身上，娇笑着说：“那公子你该怎么奖励我呢？”

那男人手搂上那女人的腰，笑得开怀道：“你想要什么，我就给你什么。”

面前的钟子归并没有开心地问她想要什么，叶清婉微微皱眉，想着是不是自己哪一步做错了，她垂眸，果然有一步不对！

钟子归见叶清婉不说话，反而将他的手拉过来放在她的腰间，他面上更加一副活见鬼的表情。

因为钟子归的个子很高，叶清婉不得已踮起脚才能勉勉强强挂在钟子归身上，所以从钟子归的视角看，叶清婉一边努力站稳一边保持微笑，画面很是诡异。

他双手抓住她搂住他脖子的手，朝天打开摆成了一个“开花”的姿势。

叶清婉看着认真严肃的钟子归，他盯着她的脸自言自语道：“是刚才太紧张受到什么刺激了吗？”

叶清婉：“……”

“你为什么不说‘你想要什么，我就给你什么’啊？”叶清婉的脸瞬间臭了下来，小姑娘有些不太开心。

钟子归愣了愣，将她前后的话一串，这才反应过来，她是在找他要奖励。

可是要奖励就要奖励吧，干吗做出那副举动？

脑海里电光石火一闪，钟子归想到他们刚才去的是个什么地方，瞬间就明白了小姑娘是在有样学样呢。

钟子归有些啼笑皆非地开口道：“公主下回要奖励，可不能这么做了。”

“为什么？”

“因为……”钟子归看着叶清婉满是求知欲的样子，“因为这是作为公主夫君的专利，其他人没有资格让公主这样做。”

“你的意思是说，你以后做了我夫君，我才可以这样吗？”

“嗯？”钟子归一瞬间也怀疑，自己刚才给叶清婉传递的是这个意思吗？

失忆后的她，果然比没失忆前的她，逻辑更让人惊叹！

“臣的意思不是……”

“你现在做我夫君不行吗？”

钟子归叹了一口气，最终选择放弃道：“那公主说吧，公主想要什么奖励？”

叶清婉勾了勾手，钟子归挑眉心道：还是什么不能说的秘密吗？

他有些无可奈何地慢慢弯下身体。

叶清婉陡然脸色一变，揪住钟子归的耳朵吼道：“我要你，不准随便让人摸！闭嘴！”

一只灰黑色的小猫瞬间出现在了眼前，它一只耳朵被叶清婉拎着，瞪着圆溜溜的大眼睛，显然被这突如其来的吼叫震得有些发蒙。

“哼！”叶清婉将小猫抱在怀里，转身往内室走去。

虽然上一次治病的过程有突发状况发生，但为了叶清婉早日恢复记忆，钟子归跟孟景行还是选择再一次带叶清婉出宫。

“你为何不让那女神医扮成国子监的弟子进宫呢？”钟子归百思不得其解。

“谢衣有个规矩，不治皇室人，所以公主的身份是不能暴露的。”

谢衣自然是那女神医的名字，听到这个古怪的规矩，钟子归来了兴趣道：“我听说的神医，都是什么恶棍、坏人、害人者不救，怎么到她那儿了，居然是皇室人不救？皇室人跟她有仇吗？”

孟景行看着钟子归，不急不慢道：“谢衣是前太医院谢院使的独女。”

闻言，钟子归笑容一敛。

他虽年纪轻，但也听说过当年谢院使因救治不当而害死皇后被斩，谢家上下三百口人连坐，为奴为娼，只是没想到，这个谢衣就是谢院使的女儿。

不过若是如此，倒也是可以解释为什么她年纪轻轻却得孟景行如此看重了。

“她可知晓你的身份？”钟子归问。如果他没记错的话，谢家跟孟家原来是世交，谢家落难的时候，谢衣才三岁，那么小的孩子就被送到那种地方，若是没人庇佑，恐怕也不会活到那么大。

“知道。”不出意料的答案。

钟子归想，谢衣这些年应该是得了孟家一些私下的照拂，不然谢

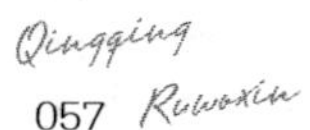

衣也不会如那个青楼女子所说，只卖艺不卖身。

再次来到红袖阁，这里的繁华与喧嚣正随着黎明的到来而一点点归于平静。

这次他们挑了子时出宫，这个时辰，叶天总不可能突然从梦中醒来，要来栖梧宫看一看叶清婉了吧！

给叶清婉施完针后，谢衣走到隔壁跟等候多时的孟景行与钟子归道："姑娘体内的残毒已除，但是记忆并没有恢复。"

"这是怎么回事？"孟景行皱眉道。

一旁的钟子归莫名松了一口气。

"许是余毒在体内残留时间太久的缘故，可能在以后的某个瞬间，她的记忆会突然全部恢复，也可能需要花很久的时间慢慢忆起，你们可以去有目的地唤醒她的记忆。"

"唤醒？唤醒什么？"钟子归不解地问。

"就是带她去做从前做过的事，见从前见过的人，最好这些人跟事情对于她来说，都是具有深刻意义的。"

出了红袖阁，孟景行看着抱着叶清婉的钟子归，脸上挂着万年不变的冷淡表情对他道："你与公主相处甚久，应该知道她喜好些什么，公主找回记忆这件事就交由你了，三个月之内，我要看到公主恢复记忆。"

"啊？"这事怎么还落到他的身上了？

"我先回府了，你带公主回宫吧。"孟景行不由钟子归多说，上

了一旁等候多时的马车。

马车渐渐消失在夜色里，钟子归低下头看着怀中因不准谢衣靠近而被他点了睡穴的叶清婉，眉梢一挑，脑中许多思绪飞过。

最终，他像是找到什么有意思的事情，看着怀中少女，语气恶劣道："叶清婉，你也有落到我手里的这天啊。"

第三节 大家不喜欢我这个样子吗

对于帮叶清婉恢复记忆这件事，钟子归格外上心。为此，他还制定了一份详细的帮（摧）助（残）叶清婉"早点"恢复记忆的计划。

"这……会不会过分了啊？"轻罗在看到纸上的内容时有些犹豫。

钟子归语重心长："你不懂，只有加强加量才可以刺激公主早点恢复记忆啊！你想想，公主也没什么兴趣爱好，平日里不就是学习吗？每日千篇一律地过，这样枯燥的日子能有什么深刻的记忆？我们只有加大力度，才可以刺激到公主，让她想起她从前的日子不是这样的，所谓物极必反嘛！"

轻罗觉得钟子归说得有些道理，但又感觉哪里怪怪的，她见钟子归走到叶清婉跟前，隐约觉得钟子归身后像是有一条狼尾巴在摇啊摇。

"公主。"钟子归嘴角噙着笑意，然后晃了晃手中的纸张，"明天开始我们就按照这上面的规矩来，帮助公主早日恢复记忆。"

"什么规矩？"

"寅时起床，去院里练半个时辰剑后吃早膳。注意，你只有一盏茶的时间吃早膳，一盏茶的工夫一过，就得去书房温书，到了辰时去国子监上课，回来臣要考核的……"

轻罗实在是不忍心听下去了，就算是从前的叶清婉，也不会如此高强度地一刻也不停息地忙碌。

只是轻罗不知道，这些安排其实是当年叶清婉给钟子归规定的。

虽然被选为公主的侍卫，但是钟子归却是当时送来的四个待选侍卫中能力最差的，即便从“炼狱”选出来的人都不会差，但他要保护的是帝国的继承者，只能更强！

钟子归也就是在那“黑暗”的半年时间里，被叶清婉训练成帝国第一侍卫，无论是功力还是判断能力、警惕性，都是一等一的。

如今，他拿这些去要求叶清婉，不算过分吧？

“公主，你有信心做到吗？”念完一大串后的钟子归神采奕奕地看向叶清婉。

叶清婉道：“这真的有助于我恢复记忆吗？我会不会还没想起来就直接死掉了？”

轻罗听到那个“死”字大惊，连忙跪下道：“公主千万不要说不吉利的话。”

钟子归瞅了跪在地上惊慌失措的轻罗一眼，淡笑道：“放心，臣相信公主会做到的。”

“好，那我做！”

原本钟子归都已经想好了无数种叶清婉做不到时的惩罚了，但没想到叶清婉都坚持了下来。她自小就比旁人要更加严格要求自己，所以对于钟子归册上的那些规矩，小姑娘虽忘记了许多事情，但是骨子里的毅力还是让她咬着牙都挺了过来。

只是在第五日的早晨，钟子归一如既往在等她起来练剑时，她却起来迟了。

“公主，这就坚持不了了吗？”

连续多天高强度的忙碌，叶清婉的脸色有些不太好。

钟子归看着她有些发白的脸，想着叶清婉毕竟还是个养尊处优的女孩子，他笑了笑道：“公主，你觉得，我是放过你好呢？还是惩罚你继续练好呢？”

叶清婉定定地看着他，半晌道：“你是想我变成从前那个叶清婉呢，还是一直是现在这样的叶清婉呢？”

钟子归嘴角的笑容一凝，良久后开口道：“大家都希望公主恢复成从前那个样子。”

“好。”叶清婉走上前，伸出手道，“那你罚吧。”

她眉宇之间拧上来一股倔强，钟子归不知道自己哪里说错了，让她生气了。

心里面有些异样，钟子归收回视线道：“公主待会儿还要拿笔，打板子就算了，罚早膳不许吃。”

叶清婉站在原地，拿过剑，吐出一个“好”字，下一秒，就挥着剑朝钟子归袭去。

钟子归反应极快，闪躲开来，但叶清婉像是不肯罢休一般，再次提剑而上。因为她失了忆，用剑毫无章法，此时情绪又极其不好，使剑更是随意。

此时月亮还挂在天上，明晃晃的，月光洒落院中，一地银霜，疏影横斜。

因为不能进攻以免伤着叶清婉，钟子归只能通过不断闪躲避开叶清婉的剑。他轻功极好，叶清婉怎么都打不着他，最后气极，一把将剑给甩了，然后蹲在了地上。

钟子归看了一眼被扔落在地上的剑，扭过头看向叶清婉，眸色有些深沉，他走过去道："公主，剑不可以乱扔。"

对于每一个习武之人来说，武器是他们并肩作战的朋友，不可以这般亵渎。

叶清婉蹲在地上没有说话。

钟子归面色有些冷，道："公主，去把剑捡回来。"

叶清婉的肩膀有些耸动。

"公主……"

"你不喜欢从前的我！也不喜欢现在的我！我死了，你得到自由，你才最开心，对吗？"

一双雾蒙蒙的眸子在月色下撞入钟子归的心里，钟子归看着那个蹲在地上呜咽质问着他的少女，大脑一阵轰鸣。

叶清婉捂着自己的肚子，不断地哭泣道："现在我马上就要死了，你开心了吧……"

昨天晚上回到寝殿，叶清婉就感觉浑身难受，今早起床发现，床上红了一块，出门她又对上钟子归的冷脸，只觉得心很疼。

"公主，你怎么了？"钟子归回过神发现叶清婉的不对劲，他慌忙蹲下身看着脸色越来越白的叶清婉，心中大乱。

叶清婉感觉温热的液体顺着大腿在不断流淌，她低头看去，看到裤子上暗红的一块。她一张俏脸煞白煞白的，仰头看着身侧的男人道：

"我要死了……"说完，倒在了钟子归怀里。

"叶清婉！叶清婉！"

钟子归看到了叶清婉腿上的血迹，刚才叶清婉那一声"我要死了"也在耳内回荡开来，一瞬间，他一向为傲的冷静自持瞬间崩塌得一干二净，大脑里只剩下一片空白。

快速冷静下来后，钟子归抱起叶清婉朝着轻罗的房间奔去。

"轻罗！开门！"钟子归敲着门。

拿着烛台开了门的轻罗看到了钟子归与他怀中昏迷不醒的叶清婉，吓了一大跳。

"公主这是怎么了？"

"你照看公主，我去找太医。"钟子归交代道。若是这个时候直接抱着叶清婉冲去太医院，那这件事一定会被闹大，尤其叶清婉刚被人下毒没多久，不能让躲在暗处的人发现叶清婉再次出事了，所以他去找了轻罗，准备去找太医院的人来。

"等等！"轻罗低头看到叶清婉裤子上的血迹，脸色有些古怪地抬起头看着钟子归，"不用去找太医了，公主交给我就行了。"

"你？你又不会治！"钟子归说着急匆匆就要往外走。

轻罗一把抓住钟子归，面色涨红道："不是病，当然不需要太医来治！"

"怎么可能，她都……"钟子归的声音戛然而止，等意识到那血迹是什么后，他俊俏的脸"唰"地红了。他不是什么都不知道的愣头青，女孩家的那些事情他也略有耳闻。

他轻轻咳了一声，颤抖着声音道：“那……交给你了。”

他平生第一次那么窘迫。

“嗯。”轻罗将门给关上。

站在门口的钟子归抬头看了一眼西沉的月亮，如释重负，没事就好……

窸窸窣窣的声音从一旁传来，钟子归敏锐地捕捉到这轻微的动静，他从腰间掏出一枚铜钱朝一旁射去，闷哼的声音响起，是个男人。

黑影蹿出逃走，钟子归连忙追去，这时身后有暗器朝他袭来，势如破竹。他眼神冷冽，一个侧身拔出剑，身若游龙，剑气如虹。

“当”的一声，利箭被钟子归用剑打落在地上，夜色里，钟子归早已不见人前的轻佻贵公子模样，一双桃花眼里凝着寒气，他整个人犹如蓄势待发的雄鹰。

周围只有蝉鸣之声，钟子归并没有发现射箭之人的藏身之处，对方武功很高，或许还在某处隐藏，或许已经离开，而一开始被他用铜钱伤着的男人，早已趁着这个机会逃跑了。

钟子归看着地上的箭，眸光一敛，射箭之人与上次在御花园遇到的刺客是同一人。但是钟子归有些疑惑，射箭之人跟他所伤的黑衣人，或许不是一伙的。

以射箭之人的功力来看，对方可以再一箭射杀他，但是没有，好像是故意让黑衣人有机可逃，若是一伙的，他们的目标是叶清婉，大可一起上。

到底有几路人在盯着叶清婉？钟子归眼神一寒。

翌日，栖梧宫内。

“公主，你都不知道，钟侍卫那副着急得快要发疯的样子，奴婢还是第一次看见呢。”轻罗含笑将汤婆子递给叶清婉，让她放在肚子上。

叶清婉脸一红，眼睛却是亮晶晶的。

轻罗松了一口气，她家公主打从娘胎出生就身子弱，体质偏寒，这些年全靠习武强身健体，但即便这样，夏日里手脚也还是冰凉的，连初潮也迟迟未来，这次来了，虽然过程中发生的事有些令人啼笑皆非，但终归是一件值得高兴的喜事。

“还好他是抱着公主来找我了，不然直接去了太医院，丢脸可就丢大了。”

钟子归端着姜枣茶进来的时候正好听到轻罗说这一句，他脚尖一顿，一时间不知道自己是进去呢，还是转过身飘走呢？

“钟子归！”叶清婉眼尖地看到他。

钟子归认命地进了屋，叶清婉看向轻罗道：“轻罗，你去忙你的吧。”说完，对轻罗眨了眨眼。

轻罗含笑退下。

“公主，喝茶吧。”钟子归将手中的姜枣茶递给叶清婉。

叶清婉接了过去，喝了一小口后就这么盘着腿看着钟子归：“我今天恐怕不能按照规矩上的要求去做了。”

钟子归看着她没什么血色的脸，脑子里又不由自主浮现昨天早晨那一幕，他眸光闪躲道：“一天不练也没有什么。”

“那你不会生气吗？”

“不会。”

屋子里静悄悄的，钟子归道：“公主若是没什么事，属下就退下了。”

“等等。”

钟子归看向床上的小姑娘，那小姑娘盯着他，咬了咬唇道：“你是不是很讨厌从前的我？”

钟子归突然玩味道：“公主为什么会这么说呢？”

“我总感觉你在整我……”小姑娘嘟囔一声，声音不大，但是对于听觉灵敏的钟子归来说，还是能听得一清二楚。

“但你能那么紧张我，我觉得你应该还是喜欢我的。”叶清婉扬起一抹明艳动人的笑。

钟子归眯起了一双好看的桃花眼，毫不留情地揭穿她：“公主不用试图讨好我，等你好了，训练还是要继续的。”

叶清婉的笑容瞬间垮了，表情有些可爱。

“不过……”钟子归狐狸算盘打得咣当响，他盯着床上的叶清婉，就像盯着一块到嘴的肉，眯着眼睛，“你要是对我说，‘老大，这些年我错了’，我就打算放过……”

“你”字还没有说出口，钟子归就听见叶清婉清脆爽快地说出了“老大，我错了”这五个字。一时间，钟子归有些错愕，胜利来得太过突然，他这么多年一直被叶清婉治得死死的，所以想让叶清婉在他面前做小伏低，那简直是梦，想都不敢想！

“你打算放过我了吗？”叶清婉小心翼翼道。

钟子归嘴角扬起一抹笑，他弯下腰盯着她，语气半真半假道：“你要是从前就这么软，让人这般好欺负就好了，说不定我会舍不得……”他顿了顿，到嘴的话又咽了回去，再次抬眸的时候，墨瞳深得不见底，

“公主既然不想过前段时间那样的日子，我可以答应，甚至我还可以每天带公主开心玩乐，但公主得答应我一件事。”

“什么事？”

“两个月后，无论我问一件什么事，公主都得告诉我答案。”

“如果我不知道怎么办？”

“那就答应我一件事。”

第三章
辣手摧“小白花”

第一节 皇宫的夜生活

钟子归带叶清婉去玩的计划，是属于他们两个人的秘密，所以白日里，钟子归跟叶清婉照常在书房里，一个学习，一个监督，在外人眼中并没有什么异样。但是到了晚上，钟子归就带着叶清婉上蹿下跳。叶清婉没吃过锦鲤，他就带她在御花园捉锦鲤，结果还没来得及架火烤，他们就被禁卫军发现，满皇宫逃窜；她没去过冷宫，他就带着她夜探冷宫，结果他没被鬼吓到，反倒被她的一惊一乍给吓惨了；她没看过话本，他就将他珍藏多年的话本一一推荐给她……

总之，她之前没做过的事情，钟子归都变着法地带她去尝试。

待送水果的宫人一走，叶清婉就移开面前的书，露出下面的叶子牌与钟子归继续玩。

“今晚你要带我去哪里玩啊？”

钟子归好笑地看着她的反应，桃花眼一敛道：“叶子牌好玩吗？”

叶清婉点了点头，玩得兴致勃勃。

“除了叶子牌，其实还有很多好玩的东西，今晚，臣就带公主去看一看皇宫的夜生活！”

“皇宫的夜生活？晚上大家不应该都在睡觉吗？”叶清婉歪了歪脑袋。

“那是你才会那么无聊！”对于钟子归这种夜猫子来说，皇宫的夜生活可是有数不尽的快乐。而能让他快乐的这些东西，在从前的叶清婉眼中，那都是令人玩物丧志的玩意儿！

失忆前的叶清婉，做事认真、一丝不苟，对上钟子归这种吊儿郎当的性格，那自然是各种看不惯。这些年做叶清婉的贴身侍卫，钟子归没少被叶清婉各种罚。她叶清婉当年不准这不准那，他如今偏偏要带着她犯各种“不准”，让她想起来的时候，脸黑得跟锅底一样！而那个时候，他早已经浪迹天涯，她抓不到他了！

钟子归想想就期待。

“宫女的衣服准备好了吗？”

“嗯嗯！”

浓墨绸缎似的夜空下，青国的皇宫像是一头沉睡的雄狮，让人的呼吸都不由自主地轻了起来。

寂静的皇宫里，有那么一处，灯火通明，喧嚣声不断，仿佛《聊斋志异》里只在夜晚出现的精怪之地。

“钟侍卫！”

“钟侍卫来了啊！好久不见，今天可要好好赌几把啊！”

凡是路过看到钟子归的人，无论是宫女还是太监侍卫，都与他打着招呼，很是熟络。

钟子归回眸，眼带笑意地看着跟在他身后的小宫女，她似乎不太适应有这么多人的地方，眼里有些吃惊，又有些慌张。

他轻笑一声道：“跟紧我，别走丢了。”

“哟！这不是钟侍卫吗？”一个太监迎了上来，看到他身后穿着宫女服的叶清婉，瞬间挤眉弄眼地打趣，“钟侍卫这次还带了相好过来啊？”

“相好是什么？”叶清婉问那太监。

“就是钟侍卫喜欢的人啊！”

“那我是他相好！”小姑娘笑得见牙不见眼。

钟子归跟那太监齐齐一怔。

太监最先反应过来，促狭道：“钟侍卫原来喜欢这种直爽大胆的姑娘啊，啧啧，这模样，怕是一些后宫主子都不及，哪个宫的啊？钟侍卫，我怎么没见过啊？”

“栖梧宫的人，你自然没见过了。”钟子归有些心慌地瞪了叶清婉一眼。他之所以能安心带叶清婉来这里，就是因为这里的人都是皇宫里的下等奴才，接触不到叶清婉，况且，谁都想不到，堂堂的一国太女会伪装成小宫女的模样来夜场玩乐吧。

“钟侍卫想玩什么？投壶、摇骰子还是意钱番摊？”

“番摊吧。”

“来来来，让一个番摊场子给钟侍卫！”那太监喊着，很快就有

人让出来一个空场。

钟子归带着叶清婉来到一张桌子跟前，叶清婉看见桌子的中央有一个小方块，上面分别标注着“一”“二”“三”“四”，而在那方块的中间又设计出一个凹口，里面放满了黄豆。她不解地看向钟子归。

钟子归眯着眼睛，随手拿过两个茶杯在手心里抛着，他微微侧过身子压低声音道：“公主，你不是想我带你做开心的事情吗？我带你来了我最喜欢的地方，带你体会我的世界的快乐。”

“你的世界……”叶清婉喃喃吐出这几个字，眼中荡起了涟漪。

一旁的钟子归没有发现她的异样，继续解释道：“我们玩的这叫番摊，很简单，我坐庄，你来猜。”

钟子归走到桌子的另一边，他抓了一把黄豆，然后从旁边拿过一根细长的筷子，敲了一下茶杯，对她道：“我每次都会分走四粒豆子，直到最后余数少于等于四粒，你要猜的就是这剩下的黄豆还有几粒，是会剩下一粒、两粒、三粒还是四粒，明白吗？”

叶清婉颔首，规矩很简单。

“那你要下什么作为赌注呢？”带着叶清婉来干“坏事”，他真的是浑身上下都兴奋！

“这里一般赌的是钱，除了钱，你也可以用其他的东西做赌注，比如你的簪子。”钟子归的视线落到叶清婉头上那根碧玉簪子上。

叶清婉发髻上一共簪了两根簪子，除了那根碧玉簪子，剩下的就是他上次送她的那根。

“那你呢？”叶清婉反问。

“我带了钱啊！”钟子归拍了拍自己的腰包，来夜场他怎么可能

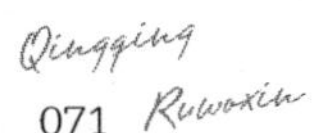

会不带钱。

叶清婉摇了摇头道："你的钱还不是我宫里发的月例，赢了也没什么乐趣。"

钟子归愣住，虽然这话说得很欠揍，但好像还真的是哎！可是等等，她怎么就笃定他会输呢？

"你不想我用钱做赌注，那么如果你赢了，你想要什么，只要我能给，我都可以给。"钟子归道。

"好。"叶清婉吐出一个字，眼睛一眨，"那我猜余数是三。"

钟子归嘴角一勾，利落地拨着豆子，最后余数剩的是二。

一个赌场新手，怎么可能会赢得过他。钟子归心里美滋滋，今晚要开虐她了！

叶清婉拿下发上的簪子，她小脸上没有任何失望的表情，一双盈盈水眸看着他道："我可以坐庄吗？"

钟子归挑了挑眉，小姑娘以为坐了庄就可以赢了？

"好。"钟子归让出位置。

番摊这个游戏所用到的工具只有一个杯子、一把黄豆跟一根长筷子，所以想在工具上面动歪脑筋基本上是不可能的，但即便如此，只要坐庄之人手上功夫了得，依旧可以掌控输赢。

在众目睽睽之下，坐庄之人通过快速拨动筷子，将杯子下面的黄豆拨到另一摊的黄豆里，就可以改变原本的结果，而这个手速，可不是一般人一日就能练就成的。

叶清婉随手盖过一摊黄豆，钟子归眸光凝了凝道："余数是一。"

叶清婉认真拨弄着杯子下的黄豆，结果很快出来了，余数是四。

“你也输了。”她歪着头道。

钟子归皱起眉头，他明明看清了黄豆数啊，他不信邪道：“再来。”

“等等，先说赌注。”叶清婉一副生怕钟子归赖账的模样。

“你想要什么？”

“我的愿望就是，你要变猫给我抱。”

钟子归大惊，他警惕地往四周看去，她怎么就直接在外面说出让他变猫的话啊！

“好，愿赌服输。”钟子归咬牙答应着，等他待会儿再赢回来，就取消这个赌注。

可是第二轮的时候，他又输了。

叶清婉的眼底有光，她看着钟子归一脸不可置信的样子，似乎开始理解了他说的那种快乐了。

“怎么可能？”钟子归走到叶清婉身边。他一向过目不忘，所以玩番摊他几乎是百战百胜的。叶清婉抓了多少黄豆，他看过一眼后就能计算出来，但是接连玩了两次他都输了。难道真的是他年纪大了，脑子不好使了？

钟子归陷入了自我怀疑。

“你重新演示一遍给我看。”钟子归沉下声音道。

叶清婉依言又抓了一把黄豆，在拨弄的时候，钟子归突然抓住她的手腕，眼神凛然道：“你怎么会千术的！”

“我……”

叶清婉话还没有说完，钟子归朝她伸出了手。

钟子归在叶清婉的耳下揉了揉，发现没揉出来什么东西后，又弄了点儿茶水继续揉。

“小样！看我不撕下你的人皮面具。”

直到叶清婉的耳下红了一片，上面还沾了几片湿漉漉的茶叶，钟子归这才放弃。他盯着眼前双眼冒火的少女自顾自道：“难道最近江湖上出了不溶于水的新款人皮面具吗？”

“疼，你松开我啊！”叶清婉挣扎着。她耳朵下面的皮肤被他揉弄半天，此刻火辣辣的，手腕也因被他大力钳住而酸麻不已。

但捏着她手腕的男人并没有依言松开她，反而更加收紧了力道。

“你到底是谁？”钟子归眸光森然道。

“钟子归，你再不松开我，我就要把你变猫猫了！”小姑娘压抑着怒火。

钟子归手一松，他差点忘记了，如果不是叶清婉，根本不会知道他可以变猫。

“你为什么会千术？”钟子归大脑有些糊涂了，他认识的叶清婉，压根儿不会千术啊！

“什么是千术？”

钟子归看着有些不解的叶清婉，她会千术却不知道什么是千术？钟子归示范了刚才她一瞬间将三粒黄豆拨到另一摊黄豆里的动作，道：“这就是千术。”

“我也不知道，我看你这样做了，我就跟着这样做了。”

她的神情很是认真，不像是在说谎。但如果从来没练过千术，第一次上手的人根本不会那么熟练，她说看见他这样做了，她就照做了，可见她的观察力很是惊人，至于实际操作……

钟子归看着叶清婉的眼神变得有些耐人寻味。

如果她说不知道是因为她忘记了，那么就说明之前她是会这东西的，可是他从来也没见过她玩番摊，难道她还有他不知道的一面？

“公主这样做可记起什么？”钟子归拿着筷子在半空中快速挥动了两下。

叶清婉闭上眼睛认真地思索着，良久迟疑道：“我……好像……记……得……”

“好像记得什么？”钟子归陡然一下紧张起来，他该不会歪打正着，助她恢复记忆了吧？

叶清婉睁开眼，清澈的眸子里映着钟子归紧张的脸。

“我好像记得宫规里，宫人聚众赌博要被罚板子。”

钟子归：“告辞！”

“钟侍卫，一起玩吧。”这时，隔壁桌的人发来邀约。

钟子归立马转移话题道：“人多才好玩，要不要一起？”

叶清婉有些跃跃欲试地点了点头。

一时桌上热闹了起来，大家围在一起，但没有人去押黄豆剩余的数量，大家看向钟子归，七嘴八舌说着：

“钟侍卫，你押什么我们就押什么！”

“是的！钟侍卫在番摊这块运气一向很好，跟着钟侍卫押一定可以赢回本。”

“是啊，我们都输得好惨了！”

大家你一言我一语，坐庄的太监笑了笑道：“大家如果都跟着钟侍卫一起押，那玩番摊岂不是没了意思？”

钟子归颔首道：“没了输赢确实无趣，不如这次我不参加，让我带的叶小婉来玩。”说完，便把一旁的叶清婉拉了过来。

“啊？！”大多数人发出一阵惨叫。

钟子归微微俯下身在叶清婉耳边道：“公主，你有信心赢吗？”

小姑娘看了他一眼，眼里有些傲气道：“只要不是你出千术，我就可以赢。”

钟子归挑眉，不置可否。

番摊开始后，钟子归看着叶清婉每次下赌注都特别有信心，大家都还在犹豫不决，不知押什么的时候，叶清婉总是第一个下注。一开始大家还觉得她是初生牛犊不怕虎，后来发现，叶清婉的运气实在是太好了，百发百中，运气堪比钟子归。

“钟侍卫！你这是什么运气，找的相好运气都那么好？存心来虐我们的吧！”

钟子归看着赢了钱满心欢喜的叶清婉，嘴角不自觉上扬道：“这叫强强联合。”

“小叶，你能不能教教我们，你赢的诀窍是什么啊？”叶清婉身边悄然无声地围了几个侍卫，眼珠子定在叶清婉身上打转。

钟子归听到别人叫叶清婉“小叶”，心中莫名有些不快，这个名字本就是为了隐藏她的身份取的，一开始觉得像是小丫鬟的名字，现在这些个男人也这么叫，意外有些亲昵的感觉。

“这个呀……”叶清婉笑靥如花。

她还笑？还答应？钟子归黑着脸伸出手拉过叶清婉，道：“小叶，时候不早了，我送你回去。”

“哎？这还没有到丑时啊！”

钟子归原本是想借今晚好好挫一挫叶清婉的傲气，哪里料得到她是个玩番摊的个中高手，还是个失忆都比他厉害的高手！

钟子归想到刚才在夜场上众星拱月的叶清婉，心中便很不是滋味。

可那种夹杂着恼火滋味的情绪，并不是被人抢了风头或者说是没有成功打压她造成的，好像是因为……那些人看她的眼神，还有她毫无保留的笑。

钟子归越想越生气，这会儿才发现从前不苟言笑的叶清婉的好了——她不会吸引别人的注意力！

叶清婉认真地数着自己玩番摊赢来的钱，没注意到走在她前面的男人突然停住了脚步，她一头撞了上去，怀里的铜钱哗啦啦散落一地，身子也朝后倒去。

“啊！”叶清婉伸出手想要抓住支点。

“谁在那里！”禁卫军警惕道。

钟子归一把握住叶清婉的手，将她往怀里一揽，抱着她隐匿在灌木后面。

叶清婉背后是凹凸不平的假山石壁，跟前是圈着她的钟子归，她微蹙起眉张了张口：“我的……”

“别说话。”钟子归压低声音，温热的气体拂过叶清婉的额头，让叶清婉忍不住蹭了蹭他胸膛前的衣服。

好痒啊……

钟子归正观察着外面的情况，胸口蓦然被人用额头抵住摩擦着，身子骤然一僵。

“哇！好多钱啊！”赶到的禁卫军发现地上散落了很多铜钱，惊讶一声。

同伴道：“估计是偷跑去赌钱的宫人，钱掉地上被我们发现了，怕被我们抓住按宫规罚，钱都不要就跑了。”

“那还追吗？”

“还追什么，有钱不捡你是不是傻啊？”

“对对对！”

两个禁卫军蹲在地上欢快地捡着钱。

钟子归低下头看着叶清婉，只见她大眼睛里饱含委屈，无声地向他控诉着……

钟子归心里面痒痒的，他以前想，如果叶清婉有一天朝他露出委屈巴巴的小表情，一定是极其奇怪的。但是自从她失忆后，她每一个表情、每一个动作都那么自然，那么让他想欺负她。

“哇，这人赢了好多啊！这里有……这里也有……”两个禁卫军打着灯笼遍地捡铜钱，其中一个禁卫军慢慢朝着钟子归跟叶清婉藏身的地方走来。

叶清婉无意识地攥住钟子归胸前的衣服，钟子归盯着她，只见她紧张兮兮地盯着那禁卫军每一步的动静，很是慌张。

怎么办？她突然抬眸看着他。

钟子归微怔，她有一双会说话的眼睛。

他们快来了！她焦急地瞪大眼睛望着钟子归，一张俏脸因各种小表情而动人不已。

钟子归的嘴角不断地上扬，他侧过脸听着那禁卫军的动静。

月光透过树叶间的缝隙斑驳地落了下来，叶清婉看着钟子归线条分明的侧脸，原本紧张的神色敛起，她眼里清明一片，嘴角凝起淡淡的笑意。

“喵！”猫叫声尖锐骇人。

正靠近灌木丛的禁卫军脚步一顿，有些警惕地看着跟前的灌木，这黑漆漆的地方若是突然蹿出一只野猫，朝他脸抓去，那他就得不偿失了！那禁卫军立马往后退了几步，转换了一个方向。

两个禁卫军捡钱捡了快有半炷香的工夫，好不容易才舍得离开。

钟子归从灌木后走了出来，看了一眼四周后道：“公主，可以出来了。”

灌木后没有任何动静，钟子归听见叶清婉带着不高兴的哭腔道：“我腿麻了，背也痛，我动不了，你让刚才拿了我钱的那两个禁卫军找步辇来抬我！”

哪里是动不了，分明是耿耿于怀自己的钱没了！钟子归轻笑着摇了摇头道：“没看出来，公主还是个爱记仇的小姑娘。”

叶清婉慢吞吞地走了出来，哀怨地看着他：“你还笑，我赢的钱都没了！”

“对公主来说，最不缺的就是钱。”

“可那是我赢的啊！意义不一样。”

钟子归怔了怔，这话他从前也说过，怎么现在变成了她在说，他教导她了。不对啊，他怎么变成了当初他讨厌的那个模样？

“你说得对！赢来的钱意义不一样！”

叶清婉重重点头：“对吧！”

“但是我们理亏在前，钱没了就没了吧。”

“嗯？”

钟子归看着不高兴的小姑娘，好笑地转过身道：“既然公主不想走，那就在这里吧，我听说最近宫里面有一种专门吃少女的怪……”

身后如疾风般的脚步声响起，钟子归嘴角噙着笑，小姑娘最好骗了！他还没转过身，背后突然一沉，叶清婉跳到了他的身上。

“这下看你还怎么丢下我！”叶清婉双脚钩住他的腰，双手牢牢锁着他的脖子，语气里满是恶作剧得逞后的小得意。

钟子归一怔。

于是，回栖梧宫这一路，都是钟子归背着叶清婉的。

等到了她的寝宫内，钟子归将叶清婉放在床上后，道：“时辰不早了，公主也早点歇息吧。”

刚一转身，衣袖就被人拽住，钟子归不解地回头看向她。

叶清婉道：“看在你背我回来的分上，我就告诉你吧，其实我刚才脑海里有浮现一些画面。”

钟子归怔了怔，见小姑娘皱着眉道：“我学番摊，好像是因为一个人。”

第二节 她从哪儿学的这些话

“为了一个很喜欢的人，为了去了解他的世界、他的快乐。”

栖梧宫苑内的一棵梧桐树上，钟子归躺在一根粗壮的枝干上，半眯着眼看着树缝中的天空。他脑海里一直回荡着昨天晚上叶清婉对他说的那句话。

躺了一会儿后，钟子归支着身子坐起，昨晚叶清婉短短几句话，就让他发现了很多有关于她与孟景行的不为人知的秘密。

比如，叶清婉对孟景行的感情居然藏得那么深，还说出了这么情意绵绵的话！再比如，世人赞誉的青国第一公子孟景行居然也会玩番摊这种能让人“玩物丧志”的游戏！

钟子归已经脑补出克己守礼的叶清婉跟孟景行这段隐藏在重重宫规枷锁下的情深款款了。

“真是没看出来！藏得实在是太深了！”钟子归愤然道。从前他聚众玩番摊，孟景行还说他“不合乎规矩”，结果孟景行他自己是个番摊高手？什么叫只许州官放火，不许百姓点灯，这就是！

“公主，这段是讲……”

钟子归看向凉亭。身着紫色官袍的孟景行握着一卷书，端坐在穿了一身水绿萝裙的叶清婉跟前，这两人一个成熟稳重，一个妙龄娇俏；一个认真教导，一个认真聆听，画面看起来无比和谐养眼。

这一幕几乎每隔几天就会在栖梧宫内发生，钟子归也不知道看了多少年了，但是他从来没有过像这一刻，让他心头涌上一股异样的感觉。

从前他知道，孟景行未来会是叶清婉的夫君，只是那个时候他以为叶清婉不喜欢孟景行，但现在……

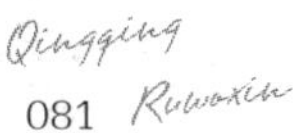

钟子归抚上心口，他说不上来是一种怎样的感受，他看着绿衫少女，有些移不开眼。

青国民风开放，女子穿着不像前朝那样保守严实，可是以前的叶清婉也是常年穿着规规矩矩的宫装，看着让人觉得威不可犯，很不平易近人。钟子归印象最深的是有一次他做任务回来，也是这样的六月天，热得够呛，他为了赶在叶清婉规定的时间回复她任务情况，当晚便入了宫。

炎炎夏日里，各宫都会摆冰块消暑，栖梧宫内虽也有，但钟子归一进来并没有觉得有多凉快。就是在那样他觉得放冰块都不足以消暑的夜，他看见叶清婉却穿了他冬日里才会穿的长款中衣睡觉，着实看得连他都又觉得热，又觉得叶清婉古板得有些好笑。

她自幼丧母，不像其他公主有母妃悉心照料着、疼爱着，没人把她打扮得漂漂亮亮；又因为她是太女，叶天对她要求比较严格，她便没有像正常女孩家一样的有快乐的闺中生活。她整日课业繁忙，根本没有时间研究穿衣打扮，而她虽是太女，但是年纪小，为了让自己看起来有点儿威严，便日日穿宫装。

可是失忆后的叶清婉，开始与其他公主一般，穿着贵女之间流行的罗裙，一日一个样；又因为眉宇间失了从前的那份严肃，整个人仿佛脱胎换骨般娇俏灵动。尤其她今天这一身水绿色的罗裙，更衬得她肤若凝脂、娉娉袅袅，在这夏日里宛如一股清流，涓涓注入人心。

不知道叶清婉跟孟景行说了什么，孟景行起身走到她的身侧，叶清婉扬起脖子看他，从这个角度钟子归可以看到叶清婉纤细的脖颈和她那双盈盈水眸。

少女朱唇一张一合，眼中只有跟前的那个紫衣男子。

“为了一个很喜欢的人，为了去了解他的世界、他的快乐。”

叶清婉那晚的声音猛然间又回荡在钟子归的耳边。

“知了，知——”

夏日的蝉鸣声绵长而又尖锐。

钟子归看向一旁树干上叫得起劲的黑蝉，眉头一皱，抬起脚一踹。

“吵死了！”

屋内的人听到声音齐齐扭头看向窗外，几片梧桐叶落下，并未看见任何人。

孟景行回过神看向那盯着梧桐树出神的绿衫少女，道：“公主这样做，会不会……”

叶清婉打断他的话道：“总要努力一把才会不留遗憾，孟少保你忘了吗，这还是你曾经告诉本宫的。”

孟景行眼里泛起涟漪，他看着她，不再言语。

“公主。”轻罗的身影出现在门口，福了福身子，“商贵妃那边来人，说让公主上完课后去贵妃那里一趟。”

钟子归离开后，一个人怀着心事走着，走到了叶清婉的书房。

叶清婉的书房建在栖梧宫的西南一角，离她的寝屋很近，从她寝屋过来，只要穿过一小片竹林，就能看见一方小院，院中有两棵参天的松柏，为书房遮出了一片阴凉。

因为这地很是幽静，又南北通风，夏日里，钟子归经常来这儿消

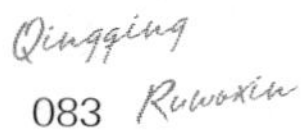

暑补大觉。

没想到走到这里了，既然来了，钟子归想，就补个觉吧！

一推开门，钟子归的视线便停在了正对着门挂着的一幅字画上面，他微微眯起了眼。

这字画挂在叶清婉的书房里已经很多年了，是叶清婉亲手所写。

叶清婉写的是“高山仰止”，而“高山仰止”的下一句不就是“景行行止”吗？景行？孟景行？

原来这小妮子早就把喜欢别人的心思以这种隐晦的方式表现出来了啊。

钟子归盯着那字画在书房里踱着步，脚上突然踢到什么东西。他低下头一看，是专门放画轴的青花瓷缸。

他随手从里面抄出来一幅画，打开后愣住，因为上面画了一个穿着紫色衣袍的男人，虽没有勾勒出那男人的五官，但是满朝文武里上朝、回家都偏爱穿紫色的男人，不就只有孟景行一个人吗！

叶清婉胆子是真的够大，直接画了孟景行的画像，就这样堂而皇之地放在书房了，是觉得最危险的地方就是最安全的吗？！

钟子归连忙拆了其他的画看，全部拆完后发现只有这一幅画画了孟景行，其他的都是花鸟鱼虾什么的。

可能是忘记藏起来了吧，钟子归看了一眼手中的无脸男子图，这般想着。

虽然大家都知道孟景行以后会是叶清婉的夫君，但是毕竟还是未婚男女，皇帝也还没有下旨，若被人发现，叶清婉的脸面可就不保了。

本着既然是叶清婉的贴身侍卫，那就要为叶清婉的名誉着想的念

头，钟子归将那幅画给扔到了书房内可供休息的小床下、打扫的死角处藏起来。

弄完这一切后，钟子归变成一只可爱的小猫跳到床榻上，他蜷缩起身子，慵懒舒适地眯着眼，短短的尾巴有一下没一下地拍打着床面。他想着刚才凉亭里的那一幕，脑海里开始想着从前的事情。

叶清婉喜欢孟景行，应该是有迹可循的，让他想想……

叶清婉从前一直对谁都是那副冷冰冰的模样，好像只有对孟景行和颜悦色、言听计从。

而且叶清婉一直以来都很信任孟景行，就拿这次失忆的事情来说吧，叶清婉在中毒后第一时间是让轻罗去找孟景行。

孟景行是外人眼中的翩翩公子，无论才华还是气质、门第，都是数一数二的好。但就是这么一个“别人家的孩子”，只有叶清婉知道他还喜欢玩番摊？

睡意全无。钟子归想，其实对于叶清婉来说，他真的是一个可有可无的人。他不是最优秀的人，以后她嫁给了孟景行，他这个侍卫能做的，孟景行都可以做到，甚至会比他还要靠谱；而孟景行能帮她做到的，或许他这辈子都不能做到。

虽然自钟子归从“炼狱”中被选出来的那一刻起，就被教导要一辈子把守护她当作己任，可是她终究也不需要他陪伴一辈子，这些道理他早就明白，所以他啊，还是不要有任何奇怪的念想，她以前就看不惯他，等她记忆恢复后，还是不喜欢他，与其在她成亲后逐渐不需要他，不如他早一点离开，去找寻他的自由，这样以后在外面混的时候还可以骄傲地说，是他不要她的。

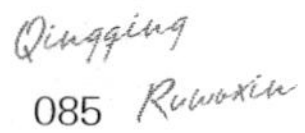

"吱……"

钟子归一个激灵，竖起耳朵。

夏日午后的日影透过琉璃窗斑驳地照射进书房，原本蜷缩在床榻上的灰黑小猫瞪大了自己圆圆的眼睛，与地上冒出来的一只白色小东西四目交接。

那小东西不知道什么时候在那儿的，似乎已经站在那里看戏看了很久，它动了动自己的腮帮子，将手中最后一点瓜子仁吃完，再次发出"吱"的一声。

床榻上的猫瞬间弹起，如惊弓之鸟，疯狂喵喵叫！

"喵喵喵（有老鼠啊）！喵喵喵（快走）！喵喵喵喵（我是猫啊）！"

但是，地上那只老鼠就是不为所动，根本就没有寻常里老鼠见到猫拔腿就跑的模样，反而动了动身子，朝着钟子归所在的床榻上跑来了。

钟子归瞬间奓毛，他看了一眼床榻上的小矮脚桌，那上面摆放了一些新鲜的水果，以供每日来书房的叶清婉食用，那老鼠的目标显然就是朝着那些水果而来！

"喵！"灰色小猫弓起身子，努力让自己圆圆小小的脑袋看起来凶狠一些，但是地上那只白色小鼠压根儿没有害怕，一心一意朝着床榻进发。

"吱吱"声落到钟子归耳朵里那就是"前进前进"。

"吱吱吱！"

"前进！前进！"

钟子归的头皮越来越麻，如同千万只蚂蚁爬上了他的身，他看着

那小白鼠已经爬上了床榻的腿柱，瞬间吓得嗷嗷叫。

他素来讨厌这种活在阴暗地里“咯吱咯吱”叫的东西，就算眼前这个小东西跟记忆里那些肥胖发黑的老鼠不一样，他也觉得恶心。

猫的惨叫声不断地从书房里传出，在讨厌的生物跟前，钟子归俨然已经忘记了，他是个人。

有人推开了书房的门，走了进来，灰黑小猫看向那人影从屏风后绕了进来，一抹水绿瞬间映入他的眼里，仿佛照亮了他的全世界。

下一秒，他就跳到那人怀里，仰着自己的小脑袋，嗷呜控诉着。

“喵喵喵！”

抱着小猫的少女愣了愣。

发现自己说的还是猫话后，钟子归连忙转换语言，对着抱着他的少女吼道：“你这书房里怎么会有老鼠！”

叶清婉看向床榻上那个小东西，愣了愣道：“原来在这儿啊。”说着，就抱着怀中小猫朝床榻走去。

“我！”钟子归差点爆了一句粗口，他如临大敌般用他那两只小爪子抓着叶清婉胸前的衣服，“叶清婉你要干吗！别过去！啊啊啊！别过去啊！那是老鼠啊！”

叶清婉顿住脚步，看向埋头在自己胸前的小脑袋，脸上闪过一丝异样，她摸了摸他，坐在床榻边缘，轻声细语道：“你怎么了？”

钟子归不说话。

叶清婉睨了一眼那爬上水果盘的小东西，突然笑了，道：“你该不会是怕老鼠吧？”

少女娇俏的声音里带着一丝讶异。

钟子归觉得自己的老脸快要丢尽了，他扬起自己的脸凶巴巴地对着叶清婉道：“我不是怕老鼠！我是觉得这东西很恶心！再说，你有见过怕老鼠的猫吗？”

说完，钟子归立刻将脑袋扎进叶清婉的怀里，生怕看到什么东西，只留个后脑勺给她。

叶清婉顺着他的毛，抱紧他道：“刚才你是不是在凉亭外？怎么不过来？”

钟子归不禁又想起那番岁月静好的和谐画面，哼了一声道：“我只是路过。”

钟子归此时看不见叶清婉的表情，她嘴角凝起一抹淡淡的笑，眼里有太多复杂的情绪。

“那不是老鼠。”少女轻轻地哄着怀中小猫，“那是仓鼠，高丽国侍者带来的，皇姐很喜欢，便养了几只，但是这仓鼠不好养，现在只剩下这一只了。本来皇姐是要带给我看一眼的，结果它不知道跑到哪儿了，皇姐已经找了好几日，没想到会在这儿。你看看，它多可爱，可比一般的老鼠好看多了。”

再可爱也跟老鼠有亲戚关系，他不喜。

见怀中的小猫没有任何反应，叶清婉疑惑道：“你到底为什么怕它呢？”

“说了我不怕！”怀中小猫似被踩了尾巴一样参毛起来，扬起脑袋对着叶清婉道。

从那个地方出来以后，他就很少看见老鼠了，他本以为自己会忘

记那些画面，但是再次看见老鼠，还是会勾起那些恶心的画面。

昏暗潮湿的地牢里，任务失败的孩子每一次都会被关在这里反思，地牢里并没有任何惩罚他们的刑具，有的只是密密麻麻的黑黝黝的老鼠，个头有成人巴掌那么大，这些老鼠见惯了人，自然也不怕人。

地牢里没有吃的，受了伤的孩子也不会得到医治，熬得过去就进行下一场选拔，熬不过去就成了这些老鼠的盘中餐，那种画面与气味，他一辈子也忘不掉。

“好，你不怕就行，我要带着这仓鼠去见皇姐，因为丢了这小东西她还难过了好几天。”

钟子归闻言，惊恐地看见叶清婉伸出手就要去捉果盘上的那仓鼠。

他满脑子疯狂飘过“叶清婉还是不是女人”“徒手抓老鼠”“我死了”的字眼。

“等等！”

就在叶清婉的手离那仓鼠还有一尺距离时，钟子归吼出了声。

叶清婉不解地看向怀中的小猫。

“你要碰了它，这辈子就不要摸我了。”钟子归视死如归道。

叶清婉愣了愣，随后轻笑一声，满眼都是笑意。

钟子归有些莫名其妙她为什么突然笑了起来，有些懵地看着她。心想：她应该不是嘲笑他吧？

叶清婉看着他这副呆萌的小表情，忍不住用下巴去蹭他的脑袋，他身子一下僵住。

“好。”温软的气息拂过他的脑袋，他听着少女轻声许诺道，“只要你不给其他人摸，我也不会去摸其他人与物，我们只属于彼此。”

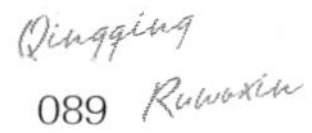

钟子归心跳漏了一拍，腿有些发软。这家伙，从哪儿学的这种话！

钟子归的脑袋还在循环出现“我们只属于彼此”的字眼时，他就被叶清婉抱着去了叶玥的寝宫。

而那只仓鼠，叶清婉吩咐宫人抓住并装进了笼里。

“你在哪儿找到它的？”朝晖殿内，叶玥看见仓鼠面色一喜。

“在我的书房里，我看到它的时候它正在吃我书房内的葡萄，估计是饿了。”叶清婉说话的时候不忘摆出一副淡淡的模样。

叶玥逗弄了一会儿笼中的仓鼠，看向叶清婉道：“这只皇姐是打算送给你的，没想到中间出了岔子，好在找到了，送你。”

钟子归看着笼子里那只抱着葡萄啃得津津有味的仓鼠，心中一紧，他伸出小爪子拍了拍叶清婉，示意她不要忘记她刚才说的话，有这东西就没有他！

叶清婉低头看了他一眼，钟子归动作一顿，讪讪收回手，他好像拍得不是地方……

叶清婉捉住他的手，纤细的手指揉捏着他的猫爪，面上一本正经道：“皇姐就剩这一只仓鼠了，还是自己留着养吧，况且我宫里还有这只猫，养仓鼠恐怕有些不方便。”

钟子归全部的注意力落在了她捏他爪子的动作上，也不知道他的爪子到底有什么好揉的，她居然摸摸捏捏玩上瘾了？他想抽回爪子，她就暗中使劲不放开。

钟子归实在是不喜欢自己变成猫的样子，先不说猫咪模样体现不出来他人形模样的高大帅气，就拿这猫爪来说吧，也是可爱得实在不

符合他直男的样子。

不过，钟子归舒服地眯起眼，叶清婉的手很凉，在这夏日里，被这么摸着，真是很舒服。

她体寒?

钟子归脑中电光石火一闪，像是想到什么，他仰着脖子看着她纤细白皙的脖颈还有轻薄衣料下若隐若现的肩膀，有些不太开心。

叶玥笑了笑，看着叶清婉道："你最近倒是变了许多。"

此话一出，叶清婉跟钟子归都是一怔，钟子归瞬间警觉起来。

"从前虽然听说你很喜欢这只猫，但是也未见你这样抱着它逗弄，还有……"叶玥伸出手亲昵地捏了一下叶清婉的脸，"我的阿婉终于长大了，知道开始打扮自己了，这身罗裙穿得甚是好看。你年纪轻，就应该抓住这大好时光多穿些好看的衣服，而不是整日里穿着宫装，把人都压得过于死气沉沉，你看，你这样整个人都变得鲜活动人起来，是不是有了心上人啦?"

最后一句分明是打趣的话，但落到钟子归的耳朵里便让他想到了一点。

所谓士为知己者死，女为悦己者容，就算失忆了，喜欢一个人的感觉应该还会有点儿的，叶清婉这是……为了孟景行打扮?

在朝晖殿内用过晚饭出来，天色已经不早了。

夏日傍晚的风一解白日里的沉闷烦躁，很是凉爽。钟子归幻化成了人形模样，听见叶清婉打了两个喷嚏。

"冷啊?"钟子归有些阴阳怪气。刚才一顿饭，叶玥跟叶清婉聊的是学业上面的事情，聊学业自然得聊到孟景行，两个人一顿夸孟景行懂得多、教得好云云，一次姐妹之间的谈心就变成了吹捧孟景行的大会了。

叶清婉点了点头。

钟子归哼了一声道："叫你穿得少啊！好看有什么用，等你老了，你就知道要风度不要温度的下场了！"

叶清婉有些莫名其妙地看了一眼自己的衣服，宫里面的其他公主不都是这么穿的，哪里少了啊？

"你不喜欢我这么穿吗？"她问得小心翼翼，还没待钟子归回答，她又道，"我看你很喜欢看哎，你经常会盯着从宫道走过去的其他公主看哎。"

钟子归一愣。

他有时会变成猫在屋檐上晒太阳，没事就会看着下面走走停停的人，偶尔目光会停留在几个长得好看的公主或者妃子身上，看见就忍不住想到叶清婉，想着她如果这样穿肯定也不差，不过，他在屋檐看风景，她在暗处观察他？这也太惊悚了点儿吧！

"你是觉得我比不上其他公主人好，还是觉得她们好看呢？"

钟子归头皮发麻，这是什么送命题？

他突然又怀念起从前那个叶清婉了，那样的她从来不会问他这样的话，他也不会频频不知所措了。

"那公主觉得我跟孟景行，是他好还是我好呢？"钟子归鬼使神差反问出这么一句话。

"孟少保？"叶清婉皱起眉头，"你们根本无法比较啊！"

钟子归眸光一凝，垂下眼睫，无法……比较啊……是因为不配吗？

他笑了笑，复而抬眸看向眼前的少女，明明他还是那副懒洋洋漫不经心的轻佻模样，但好像有什么东西悄无声息地收敛了起来。

钟子归道："对我来说，那些人与公主也是无法比较的。"

叶清婉笑了，笑容灿烂而又明媚，她上前靠近钟子归，道："你伸出手。"

钟子归虽不知道她要干什么，但依言伸出了手，手被人给握住，他看向眼睛弯成月亮形状的她。

"我有些冷，你要握紧我哦，不准松开！"顿了顿，她又无比认真地瞧着他，"你愿意替我暖床吗？"

"啊哈？"

第四章
逃跑不成反被撩

第一节 暖床的宫人

青国历朝历代的太子太女，到了一定年纪，都会有暖床的宫人，引导太子太女通人事。

一般这种事都是由皇后做主挑人，但是因为叶清婉母亲早逝，所以叶清婉长这么大，身边也还没有个可以伺候的男人。最近还是商莜兰突然想到去找了叶天提了一下，毕竟历代的太子太女十五岁身边就有人伺候了，叶清婉十七岁了却还没有一个。叶天知晓后，便将此事交给了商莜兰，让她去帮叶清婉选人。

自皇后薨逝，后位悬空，叶天便将六宫大权交由商莜兰，后宫大小事宜现全都由商莜兰处理，她虽膝下无子，无法登上中宫之位，但在这后宫里目前是位分最高的后妃。倒不是因为她家世有多好或是叶天有多倚重，也不是因为她容貌多娇艳能让叶天有多喜欢，只是因为，她进宫的时间实在是太久了！求妃之路比别的妃子要坎坷太多！

别的妃子可以在一个月内连晋两阶位分，她差不多几年才升一个阶位，还是被叶天想起来有这么一个人的时候才升的。商莜兰没有漂亮的容貌，一开始入宫参加选秀的时候也只不过是一个小小的九品芝麻官之女，选秀女的时候还没有被选中，被分配到第一任皇后身边做宫女。后来皇后怀孕后，将她推至龙颜跟前，她才算熬出头，但也只是做了官女子，身份介于主子跟奴才之间，很是尴尬。但她生性不争不抢，从最低的官女子一步步踏踏实实地走来，饶是别人升得再快，但没有一个人可以像她这般走得这么稳，别人升她也升，别人被贬她依旧在升。

她坐上现在这个位置，倒也没人多说几句，毕竟与家世显贵或者模样极其出挑的宠妃相比，后宫的女人们还是比较希望看见一个没什么挑战性的对手坐上这个位置，况且她走到这个位置还花了那么长时间，每天操持六宫大小事宜累得像个管家婆子，也是可怜。

商莜兰那天找叶清婉也正是为了给叶清婉选宫人一事，倒也不是商莜兰突发奇想，而是因为那晚孟景行跟叶清婉一同出现在她宫里后，商莜兰觉得这样不行，到底他俩还未成亲，这样偷偷跑出去有失体统。所以，商莜兰便想到叶清婉身边还没有个伺候的人，不如挑两个宫人送去，让叶清婉分散一下注意力，不至于被爱情冲昏了头脑。

在给叶清婉选暖床的宫人这件事上，商莜兰并不是简单粗暴地直接就挑了人送到栖梧宫，而是先询问叶清婉，问她身边可有中意的人选。

暖床的奴才，重点是要让主子开心，万万不能为了完成任务而随便挑选。钟子归在听到叶清婉说完后，充分肯定了商莜兰真的是一个疼爱小辈的好长辈！

当然，他的答案肯定是拒绝的，他想都没想就直接拒绝了叶清婉。于是乎，小姑娘当场就不高兴了。

“你知道暖床是什么意思吗？”钟子归道。

叶清婉用力点着头道：“知道啊！轻罗在回来的路上跟我说了，暖床就是跟我一起睡觉。我想了一下，我不喜欢陌生人碰我，睡在一起难免会接触，但如果是你，那我每天晚上就可以抱猫了！”

钟子归：“……”她真的是时时刻刻都在想尽办法占他便宜啊！

“你还是不明白。”钟子归叹了一口气，他看着她，收起平日里玩世不恭的笑脸，“先不说暖床是什么意思，就算我答应公主，等公主记忆恢复后，必定会后悔的。”

“为什么我会后悔？”叶清婉急急道，“你不喜欢跟我在一起？还是觉得我……”

“是公主之前不喜欢我。”钟子归打断叶清婉的话。

面前的少女一下愣住，风吹起她耳边的青丝，她眼中一瞬涌现太多复杂的感情，可那情绪流逝得快得让人抓不住，恍惚得让钟子归以为自己出现了幻觉。

“之前的我，亲口跟你说过我不喜欢你吗？”

“没有。”钟子归垂眸。

叶清婉从来不会说喜欢什么讨厌什么，但是他可以比较，将她对轻罗以及其他人的态度，与她对他的态度相比，他可以感受得出来，她是不喜欢他的。

“那你怎么知道我不喜欢你？”叶清婉反问道。

钟子归低下头，忽然笑了，再次抬眸时，他看着眼前的少女，语气轻佻起来："难道公主喜欢我？"

"我喜欢你。"

斩钉截铁的口吻，毋庸置疑的态度，似是怕他不相信，叶清婉挺起胸口再一次开口道："钟子归，如果我之前没有说对你什么感受，那我现在就亲口告诉你，我喜欢你，不讨厌你！"

喜欢他，不讨厌他……

钟子归眸光闪烁着，他的脸上并没有流露出开心或者不快的表情，仿佛漫不经心一般。良久，他抿起嘴角道："公主这话我就当作从未听见过，等公主恢复记忆后，也不必担心我会拿这件事调侃你。"她现在的性子不像从前，所以他可以理解她说的喜欢只是出于对他这只猫的喜爱，而且他也知道她心里真正喜欢的人是谁。

"你要气死我啊！"叶清婉被他的反应激得跳起脚来，"你说我之前没说过讨厌你，你却认为我不喜欢你；现在我对你说了喜欢，你又说装作没听见过！你……"

"公主知道什么是喜欢吗？"钟子归突然打断她的话反问道。

叶清婉一时没反应过来。

"如果公主真的喜欢一个人，是不会想让那个人去做暖床的宫人的，是想把全世界最好的东西都奉在他的脚下，是尊重一个人，还是说……"钟子归的嘴角弯起一抹嘲讽的弧度，"还是说公主口中的喜欢，只是对阿猫阿狗的喜欢，这种喜欢让你觉得我必须留在你身边，必须一辈子臣服于你的脚下？"

小姑娘不可置信地看着他，眼里有水汽不断向上翻涌。

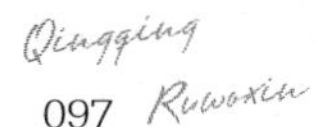

“钟子归你浑蛋！”叶清婉一跺脚，转过身便朝栖梧宫的方向跑去。

钟子归站在原地，看着她离去的背影，一时说不上来心头是什么滋味。

那晚两人不欢而散之后，叶清婉回宫后就生气不见钟子归，正好这几日里，钟子归要盯着各宫妃子的动静，他想着，这段时间可以让小姑娘自己好好冷静一下。

藏书阁的顶楼内，茗香缭绕。

钟子归跷着二郎腿斜倚着栏边，看着案牍跟前端坐的紫衣男子，道：“我最近在后宫里转悠，并未发现各宫嫔妃有什么异常，百日散你可有查到什么消息？”

孟景行垂下眼睑道：“百日散千金难求，京城能买到的地方我都派人打听了一遍，调查后也并没有发现什么可疑的人。”

闻言，钟子归沉吟道：“如果是这样的话，那有没有可能是对方对药理比较熟知，百日散不一定是去买的，而是对方自制的呢？”

“不排除这个可能，我们接着按兵不动，看在暗处的他们有什么动静。”

钟子归点了点头，顿了顿，他突然盯着孟景行的脸试探道：“你知道吗，商贵妃开始给叶清婉找暖床的宫人了。”

孟景行抬眸看向他，款款起身道：“公主年岁已不小了，按照规矩，确实应该给公主找通人事的宫人。”

“你不介意吗？”钟子归诧异道。

孟景行睨了他一眼道：“我为什么要介意？”

“死鸭子嘴硬。”钟子归“嗤”了一声站起，要不是从叶清婉那里知道孟景行喜欢玩番摊，他还真就相信了孟景行这一本正经的样子。

“钟子归，你是不是觉得公主失忆后比从前要好很多？”

正准备抬腿走人的钟子归一僵，他看向孟景行：“为什么突然问这个问题？”

“无事。”孟景行凝视他良久后吐出两个字，“去找公主吧。”

钟子归摸着下巴，这家伙怎么越发喜欢说一些让人摸不着头脑的话了？不过……他确实有几日没去见叶清婉了，今天便去看看她有没有冷静下来。

钟子归到栖梧宫的时候，叶清婉正一个人拿着一大串钥匙在屋里清点着什么。他踏进屋，便看见五六个檀香木的大箱子，箱口打开，琳琅满目的全都是金银珠宝。他看得目瞪口呆，一时没反应过来，问道：“是是……是青国有危难了？还是有天灾？准备逃跑了吗？”

叶清婉听到他的声音，抬起头看到他，眼前一亮，欢快地拉过他，指着那些箱子道：“你喜不喜欢？”

“我？喜不喜欢？”钟子归指着自己。

她这话怎么说得像是要送给他一样？

“嗯嗯！”叶清婉用力地点了点头，她将手中的一串钥匙塞到他的怀中，“这些都给你，钥匙是我的库房钥匙，有酒窖的，还有房契，还有……”

“等等！等等！”钟子归立刻让她打住，这感觉怎么这么像年迈的老母亲给自己出嫁的女儿细数她赠予的嫁妆呢？

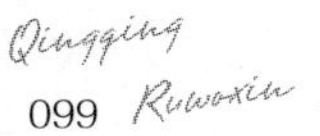

“你这些都是要送给我的？”钟子归不可置信地问着叶清婉。

“对啊！”

“为什么？难道你命不久矣，所以突然决定不对我抠门了？”

叶清婉白了他一眼，道：“那天你说的话，我回来以后又深刻地想了一下。”

“所以呢？”钟子归不解。

叶清婉见他还是一脸茫然，有些生气道：“钟子归，你是不是眼睛不好啊？”

“没有啊。”

“那你为什么看不出来我喜欢你啊！我在把我贵重的东西都交给你！把我能给的都给你啊！”

“如果公主真的喜欢一个人，是不会想让那个人去做暖床的宫人，是想把全世界最好的东西都奉在他的脚下，是尊重一个人……”

那日他说的话在他的脑海里响起，钟子归愣愣地看着手中的一大串钥匙，她这是……在向他证明，她是真的喜欢他？

“我喜……唔唔唔！”

钟子归一把捂住叶清婉的嘴：“不，你不喜欢我。”

“我……唔唔唔！”

“不不不！你不！”虽然他知道他自身的魅力许多女孩子无法抵挡，之前叶清婉不喜欢他喜欢孟景行，说明她口味重，但现在的她说喜欢他？那他不就成了让这朵啥都不记得的红杏出墙的那啥啥了吗？

这简直就是道德的沦丧！情感的不理智！况且她叶清婉日后若是记忆恢复，想到自己对他说过这话，她不得杀了他毁尸灭迹？他未来还能有自由可言吗？

“叶清婉，你看着我的眼睛啊！”钟子归将手中的钥匙在叶清婉的面前来回摆动着，口中念念有词，“你不喜欢我，你只是想撸猫，你不喜欢我，你只是想撸猫，你……”

“我喜欢你，也想撸猫。”叶清婉一把抓住那晃动的钥匙，清脆着声音道。

钟子归愣愣地看着她。

“你是不是还是不相信我喜欢你？”

“公主……”

钟子归剩下的话全被堵在了唇间，他瞳孔骤然一缩，眼中明晃晃映着一张小脸，他大脑里轰鸣声不断，像是有什么东西叫嚣着要从两耳冲出去一般。

叶清婉慢慢离开他的唇，歪着头道：“这样呢？”

啊啊啊！心底有个小人疯狂地尖叫起来，钟子归看着面前的人，心尖狂颤。

这是不对的，不对的！叶清婉是不可能喜欢上他的！

钟子归变成一只灰黑小猫，以迅雷不及掩耳之势蹿到了房梁之上，他抱着梁柱，双目空洞，模样可怜，嗷嗷乱叫。

他被人亲了！还是被叶清婉亲了！他的便宜真的是被叶清婉给占尽了！

“喵喵喵（吾命休矣）！”

“公主？”轻罗进屋发现叶清婉正仰着头举起胳膊轻声哄着什么，

她好奇地顺着叶清婉的视线寻去，在房梁上看见一只像是精神受到冲击的灰色小猫，正痛哭流涕地号叫着。

若是小猫叫声像狼，倒还有些让人觉得悲痛苍凉，但是这小猫的声音奶声奶气，嗷呜嗷呜地只会让人心都化了。

“咳咳！”轻罗不知道屋内发生了什么，但是现在有人等在门外，她不得不提高音量干咳两声，让屋里的一人一猫注意到她。

见叶清婉看向她，轻罗福了福身子道：“公主，商贵妃已经将人送过来了，此时就在门口，您……您是要先看看，还是直接安排入住栖梧宫？”

房梁上的猫叫声戛然而止，钟子归怔住，商贵妃将人送过来了？人不就是……给叶清婉暖床的？

他亮出自己的猫爪，突然想抓人了是怎么回事？

既然叶清婉身边没有满意的人选，商莜兰那边很快就挑好了两个人送到了栖梧宫。钟子归看到那两人的时候，脸上的表情一言难尽。因为商莜兰找的这两个宫人，一个长得像孟景行，另一个就是经常出现在孟景行身边的“跟班一号”肖绥。

看来上一次孟景行跟叶清婉出现在商莜兰跟前，对商莜兰造成的冲击比较大，以至于商莜兰担心叶清婉忍不住又跟孟景行偷跑出去，所以找了这么两个人，变相地缓解叶清婉对孟景行的相思之苦。

“公主。”肖绥看见叶清婉，一张脸都红了。

钟子归微微眯起眼，这小白脸平时对他一副凶神恶煞的模样，怎么到叶清婉跟前就娇羞得像个女人了？

叶清婉点了点头，目光看向那个长得像孟景行的男人，好奇道：“你叫什么名字？”

“温润。”那白衣男子含笑道。他虽模样有些像孟景行，但是与淡雅如菊自带生人勿近的气场的孟景行完全不同，白衣男子人如其名般的温润如玉，气质亲和。

给太子太女挑选的人，都是从世家贵族里挑出来的，无论是品行、样貌、气度都不会差，这一点钟子归早就知晓，所以对于温润出众的外貌、优雅的谈吐他倒是不诧异，只不过……钟子归看着叶清婉，从刚才温润进门起，她便没有移开过眼。

果然是因为像那个人，所以就会忍不住一直看与那个人相似的人吗？

“轻罗。”叶清婉开口道。

轻罗立马心领会神道：“公主，栖梧宫南边的房子奴婢已经让人打扫出来了，两位小主可以马上入住。”

“那就带下去吧，若是需要什么，一应补上。”叶清婉像模像样地吩咐着。这几日她没少看钟子归喜欢看的话本，里面有很多主角是公主身份，她拿捏起来学学样子还是游刃有余的。

说完这话，叶清婉还向钟子归眨了眨眼，意思是她演得好吧！

钟子归愣了愣，想到刚才的亲吻，目光有些闪躲。

待轻罗将人带走后，钟子归开口道：“公主的记忆还没有恢复，这些人算是外人，所以这段时间，公主不能与他们有太长的相处时间，以免露出马脚。”

“你们不是说商贵妃对我很好吗？她选的人你们也担心吗？”

“商贵妃选人只是看对方的家世与样貌，其他的都不了解，所谓人心隔肚皮，公主还是小心行事为好。在公主未恢复记忆之前，公主都不能让他们近身。”

“近身？你想说的就是睡觉吧。放心放心，我只抱你睡。”叶清婉笑得一脸流氓。

钟子归无奈。

第二节 偷鸡不成蚀把米

叶清婉说到做到，自那天将那两个男人安排进南院住着后，她就再也没有过问那两个人的情况。虽然叶清婉没有让他们伺候的意思，但是这不妨碍那两个“小妖精”主动出击，在叶清婉跟前晃悠。

于是乎，钟子归便看见那些在后宫妃子身上才能看见的争宠手段，被“小妖精一号”肖绥发挥得淋漓尽致，比如各种偶遇、各种投其所好、各种展示自己心灵手巧，看得钟子归直想拍手叫好了。

只可惜，肖绥方法用得再多，钟子归都能在叶清婉看到他的前一秒“处理掉”他！

“唔唔唔！”

御花园内，待叶清婉跟轻罗走后，钟子归放开捂着肖绥嘴的手。肖绥猛吸一口气，跳脚道：“钟子归，你三番五次截胡我，是想干吗？”

钟子归耸耸肩道：“如你所见，只是为了让你不丢人现眼，装摔跤这一招，话本子里都嫌梗老不会写了，你居然还在用。”

“要你管！我是被送来伺候公主的，不是用来当摆设的，这段时间你处处阻拦我见公主，其居心那么叵测！你说，你是不是怕我夺了你的宠爱！”肖绥愤恨道。

“宠爱”这两个字钟子归颇为受用，他不置可否道：“亏你还一直跟在孟景行身边，居然看不出来你就是一个替身。”

“什么替身？你在说些什么？”

钟子归见他这般无知，叹了口气摇了摇头，从怀里掏出一个东西塞到肖绥怀中，道：“回去多看看多想想，别怪我没提醒你。”

肖绥看到书封上的大字后嘴角一抽，他嫌弃道：“你拿错书了吧？这是什么鬼东西！”

钟子归睨了一眼那书名，说：“这是能让你树立远大目标的好书，别看书名简单粗暴了些，但这可是一本被书名耽误的好话本！你相信我，读完后从中一定会得到启发的！如果不是看在我跟你熟的情分上，我都不会给别人看这本的！”

“谁跟你熟了啊。”肖绥一边吐槽一边艰难地翻着手中那本名叫《宫门恨之替身小主誓不为妾》的话本，面色难堪道，“这等不正经的……”

肖绥的话还没说完，钟子归便锁住他的喉咙咬牙切齿道：“要你看你就看，哪来那么多废话！看完后记得将这本书给那位温润公子看一看！”

“咳咳咳！知……道……了……”

日常解决掉“小妖精一号”肖绥，钟子归心情颇好地哼着歌踱着步往栖梧宫的偏殿内走去，还没踏进门，便听见叶清婉的声音。

“哎？你把东西藏到哪里去了？”

钟子归脚尖一顿，随后听到一道温润的男声。

“东西藏到公主发间了。”

钟子归探了一个头，看到屋内的白衣男子，眼神变得空洞。好啊，他就说怎么可能“小妖精二号”会那么安分守己，敢情是趁着他去解决“小妖精一号”的时候，他溜到了叶清婉跟前。

“发间？”叶清婉下意识地摸向自己的头发，但是什么也没有摸到。

温润轻笑一声，然后伸出手摸向叶清婉的发间，随手一捏，一颗珠子就出现在指尖。

叶清婉看得惊叹不已，那男人没有说话，将那珠子合在掌心里，再次打开，变成了一朵小花。

“雕虫小技。”钟子归冷冷吐出一句话，屋子里的两人这才注意到他的到来。

“钟侍卫。”温润行了一个礼。

钟子归却没理他，而是看向叶清婉，用眼神告诉她——“不是跟你说了尽量少跟外人接触吗！你看看你刚才那副小女孩的姿态，哪还有公主的样子！”

叶清婉缩了缩脖子，用眼神回复道“我错了”，一副委屈巴巴的模样。

温润看着这两个人之间的眼神交流，眸光敛了敛，道：“既然钟侍卫来了，想必是有要事要跟公主商量，那我就先行告退了。”

钟子归收回视线，看向温润，他总算是说了一句顺耳的话！

“下去吧。哦，对了，我给了肖绥一本书，到时候他看完你也要看看，我会来找你们聊一下读后感的。”钟子归笑得人畜无害。

“你给了一本什么书？”温润一走，叶清婉便上前问道。

钟子归退后一步，面无表情道："公主先解释一下为什么温润会在这里吧？"

"我正好撞见他了，他说有东西要给我看，我一时好奇……"

钟子归气结道："就那雕虫小技，也能引得公主好奇？"他从前在她跟前变戏法，还不是得到她一个白眼相赠？

"你这是吃醋吗？"

没有想象中的匆忙解释，钟子归看着叶清婉带着狡黠光芒的眼睛，心中一跳。

"我当然看得出来他藏在哪里，我只是觉得，别人那么热情想让我开心，我自然不能拂了他的面子。"叶清婉笑嘻嘻地再次上前。

钟子归强装镇定道："那也不行，公主之前可不是这个样子的。"

"我之前是什么样子？"

"公主很少会露出开心、生气、伤心和好奇等情绪，所以下次就算别人再热情，公主都要装作一副淡漠的样子。"

"我以前这样，你一定过得很苦吧。"叶清婉突然感伤道。

"什么？"钟子归一时没有跟上叶清婉的脑回路。

"我那么沉默无趣，也不在乎别人的感情，你跟在我身边，一定过得很枯燥无味吧！"叶清婉一把握住钟子归的手痛心疾首道。

钟子归眼皮狂跳，她……她这是在向他……自我检讨？那他是说真心话还是说假话呢？

"果然。"叶清婉看着他迟疑的神色，黯然道，"我知道你为什么不喜欢我了，你果真是讨厌我的。"

钟子归被她眼中悲伤的情绪打动，他摆摆手大气道："也没什么，公主知错就改就好了，我不是那种小肚鸡肠的人，你既然能自我反省，我就原谅……”

“好呀！你还真觉得跟在我身边枯燥无味啊！”叶清婉立马变了脸，一副捉到他把柄要打杀他的模样。

“你你你！”钟子归瞬间表情惊悚着往后退，原来这又是一道送命题！

“嘭”的一声，身子已经撞到门上，钟子归正准备顺势溜走，叶清婉突然勾住他的脖子抱住他，温柔道：“不过，我会改的，我会变成你喜欢的模样，再等等我好吗？”

等等她？钟子归眼神一滞。

傍晚，钟子归去了栖梧宫南边的厢房。

肖绥合上书痛哭流涕道：“张生太惨了，本以为进了公主府会有一个好结局，哪想到……会落得那样一个孤独寂寞的结局！果然一入侯门深似海，只闻新人笑，哪听旧人哭。早知如此，还不如从一开始就不进公主府！”

钟子归煞有介事地点了点头，不错不错，肖绥看明白了。

刚张了张嘴，钟子归还没说一个字，就听见温润叹了一口气道：“张生确实可怜，不过可怜之人也必有可恨之处，他虽是公主喜欢的男人的替身，但他却是公主的第一个男人啊，这对于公主而言是很特殊的存在，可是他没有好好抓住机会，去获得公主的心。如果我是张生，我不会说誓不为妾，因为即便一开始是做公主驸马，机会没抓住，结局还是一样，所以我们要好好抓住公主的心！”

钟子归心神一颤，这个读后感……怎么跟他想象的有些不太一样啊？他看了一眼自己送给肖绥的书——《宫门恨之替身小主誓不为妾》，名字没错啊，怎么温润却悟出了另外一番道理？不应该发现自己是替身之后伤心而退吗？

肖绥落泪的动作一顿，吸了吸鼻子，瞬间完成从难过到重新振作的情绪过渡，他握拳道："对！我们要把握住机会！好好把握住公主的心！"

肖绥站起，朝着钟子归深深鞠了一躬，掷地有声道："以往我看不惯你，是我太小人了！没想到你真拿我当朋友，赠予我此等发人深省的良书！你赠书点拨我们一事，我们绝对没齿难忘，待他日我们飞上公主这根高枝，你就是我们的大！恩！人！"

钟子归无语。

谁说他想帮他们的……

肖绥斗志昂扬地进了屋准备下一步的作战计划，钟子归看着一旁气定神闲喝着茶的温润，眸光暗了暗。

是夜，南厢房的某间屋子内水汽氤氲，闭眼在浴桶里泡澡的男人听到屋顶上细微的声音，霍地睁开了眼。

"喵！"

灰色的小猫在屋顶上大摇大摆地翘着尾巴走着猫步，它从屋顶跳到屋檐，又从屋檐跃到了地面，屋内的人看到窗前有一只猫的身影掠过，再次闭上了眼睛。

"哗！"

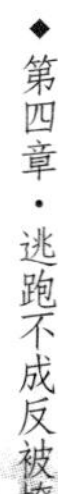

没过多久，浴桶里的男人起身，而窗户边蹲着的那只小猫，正在暗中观察屋内的情景。

“身材吧，也就比我差了那么一点儿。”小猫眯起眼睛上下打量着男人的身材，表情颇为不屑。

“我天啦，这个身材！”

钟子归的耳边突然冒出一道男声，他一个激灵朝旁边看去，才发现除了他在暗中偷窥以外，还有个人正顶着一盆花在偷看，一脸的羡慕嫉妒恨。

这肖绥不是一向自诩是国子监的三好学生吗？怎么也干得出来扒在别人家窗台看人洗澡的事情？

“哇哇哇！”

肖绥又惊又叹的声音不断传到钟子归的耳朵里，钟子归抿了抿唇，这家伙，怕是没见过身材好的吧。没管肖绥在那边长吁短叹，钟子归继续盯着屋里的男人。

“那伤……”小猫的瞳孔在看到那男人腹部的伤后一缩。

“嘭！”

肖绥头顶的花盆撞到了半开的窗户上。

他是猪吗！钟子归震惊地看着肖绥，他怎么搞出这么大动静！

“谁在外面！”屋内的男人听到动静后快速披了一件衣服出门。

灰色小猫骂骂咧咧翻下窗户，刚准备跑就听见了肖绥尴尬而不失礼貌的声音。

“晚……晚上好啊……”

“你怎么在这儿？”温润看到肖绥，脸上的冷意渐深。

肖绥瞄了一眼温润微敞的衣领，咽了一口唾沫，从腰间拿出一个小本子道：“你有几块腹肌啊，方便透露一下吗？我一定要练得比你多，比过你！然后吸引公主的注意力！”

隐藏在黑暗里的灰色小猫翻了一个大白眼，谁能想到，这偌大的栖梧宫内，只有肖绥一个人在认认真真地争宠呢？

灰色小猫趁那两个人没注意时转过身，眼神凛然，没想到，温润是那个人啊……

得到激励的肖绥像是打了鸡血般整日在叶清婉跟前晃悠，温润虽然没有肖绥这么阴魂不散，但是每日也会出现在叶清婉跟前，弹弹琴变变戏法，这两个人，一动一静，仿佛在询问叶清婉喜欢哪种风格，看得钟子归越发心烦意乱。

“公主，天气很热，要不吃一口水果吧，我亲自切的！

公主，吃完饭要运动运动，御花园的花开得很好，我们去看看吧！

公主，要不我们一起来学习吧！子曰，学而时习之……

公主……”

“扑通”一声，肖绥被人从后面一脚踹到地上趴着，他回过头，就看见钟子归微笑着收回腿道：“不好意思，真的不好意思，只是想活动一下筋骨的，没想到不小心碰到你了。”

肖绥怒瞪着他，这是碰吗！

“公主你看他啊！都那么猖狂了！居然敢在公主你的面前踹人！”肖绥从地上爬起来，蹿到叶清婉身边极其委屈地控诉道。

叶清婉看得目瞪口呆。

“温润你说！你刚才应该看见他踹我了吧！”肖绥转过脸看向自始至终都安安静静待在一旁的温润。

温润道：“钟侍卫可能真的不是故意的。”

肖绥：“公主！你看看他们，合起伙来欺负我！”

钟子归看着在叶清婉身边撒泼耍赖的肖绥，磨了磨自己的牙，这个磨人的小妖精，怎么从前没有看出来肖绥有这番纠缠人的功夫？

“好了，都不要说了。”叶清婉发话道，“过几日宫内河神祭，你们要是觉得在这栖梧宫内很无趣，所以才天天在我跟前闹，那可以跟着我一起去看一看。”

“什么！”钟子归震惊道。

“真的吗！”肖绥开心地说。

两人对视一眼，钟子归脸色铁青，肖绥则是兴高采烈地对着钟子归 哼了一声。

第三节 河神祭

青国的母亲河云河从前夏季多涝，造成云河两岸民不聊生，所以每年夏天，青国皇室都会进行祈福活动，自从几年前有一位治水官员修了一条壶嘴河口后，云河便没有发过水灾，但祈福的传统依然在延续。

这种活动，向来都是皇室成员参加，钟子归从来没有跟叶清婉去过。如果叶清婉这次要带肖绥跟温润去的话，那就等于是将他们放在正宫的位置上了，所以钟子归听到后，脸色很是不好。但是很快，这种不快的情绪就烟消云散了，因为叶清婉要求去的人，得扮成宫女的模样。

看样子她没有想过要给谁什么名分，一开始提去，也是准备将这

些人通通变成自己的宫女带过去。钟子归的心情由阴转晴，因为这样一来，温润肯定不会参加，那么小妖精组合就可以少一个人了！

到了河神祭这天，肖绥正黑着脸被轻罗打扮成了一个宫女，钟子归则在一旁笑得不能自已。

这哥们对自己真狠！

肖绥梳着三等丫鬟的发髻，愤恨道："笑笑笑！你就笑吧！舍不得孩子套不着狼，等我跟公主出去祈福一晚，回来感情升温，这里就没有你笑的地方了。娘……呸！轻罗，你扎得有些紧。"

"哈哈哈，好啊，我拭目以待。"钟子归揶揄道。

肖绥以为他也不愿扮成宫女所以不去，其实他是准备变成猫跟去的。

出门之前，钟子归敛起脸上那副笑容，跟轻罗吩咐道："这次我跟着公主，你留在栖梧宫内盯着南厢房的那位。"

轻罗皱眉道："你怀疑……"

钟子归颔首，虽然那位隔三岔五也会来看叶清婉，表现得与其他想吸引主子注意力的宫人一般无二，但是他发现，虽然温润表面上靠近叶清婉，却有意无意地一直与叶清婉保持距离，这就很令人玩味了。

"好，我会盯着的。"

青国的河神祭一般在日暮时分举行，也不需要离开皇宫去某某山上开坛设法，只需在有水的地方即可，这地方便是宜和园。

宜和园内有一片大湖，湖水由西引云河的水，自东流出。

传说中云河的尽头便是河神居住的地方，能发光的鲤鱼是河神的侍者，人们只要顺着水流放下一盏鲤鱼灯，河水会将鲤鱼灯当成侍者送到河神的身边，若是人们在灯上题字祈福，那么河神就可以看到。

河神祭这一天，宫外也会有很多百姓放灯，只是平民百姓会等数以千计的皇家彩灯从皇宫漂出来后，他们才会紧跟其后在水中放灯，一来是为了一睹皇家彩灯的风采，二来有皇家鲤鱼灯开路护航，那么他们这些跟在后面的小彩灯，就可以平平安安到河神的手里了。

宫里的灯都是礼部做好了送过来的，除了皇室成员专属的鲤鱼灯外，还会有许多撑场面的各色花灯，放在水中与金鲤相称，煞是好看。

肖绥提着一盏小荷花灯，偷瞄了一眼正站在高台上祈福的叶天，然后凑到叶清婉身边，见叶清婉正低头逗着怀中的灰色小猫，不禁吃味道："公主居然还专门让人做了一盏小鲤鱼灯送给这小猫！"真的是人不如猫……

"对呀。"叶清婉用手挑了挑怀中小猫的下巴，眯着眼道，"猫咪爱吃鱼，所以本宫就让人多做了一条小锦鲤给他。"

"公主此言差矣，猫最爱吃的应该是老鼠，况且皇家的鲤鱼灯怎么能专门送给一个畜生？"肖绥不高兴道。

钟子归在叶清婉的怀里探出一颗小脑袋，冲着站在叶清婉身后的肖绥龇牙咧嘴地喵喵叫。

你才爱吃老鼠！你全家最爱！不会说话就不要说话了！

钟子归抱着怀中的小型鲤鱼灯，有些爱不释手，他也没想到叶清婉会让人给他做这么一盏鱼灯。这灯做得精致可爱，仿佛年画上童子抱着的胖嘟嘟的鲤鱼，尤其他现在变成了猫，看见这鱼……钟子归抱着那鱼灯，一脸满足。

“送你东西，不谢谢我吗？”

头顶传来询问的话，灰色的小猫扬起自己圆乎乎的小脑袋，还没反应过来，鼻尖就落下一个吻。

钟子归“原地去世”。

大庭广众之下，她……她也太大胆了点吧！

“原以为你是个王者，没想到你只是个小卒啊。”叶清婉弯着眼睛满足地笑。

钟子归内心兵荒马乱地低下头，他发誓，今天回去以后，一定要把他给她的那些话本全部没收！瞧瞧她都学了些什么！他就算看了那么多话本，也没敢这么对待一个人过，她倒好，看了几本就自诩自己是个王者了？

“公主，上船了。”肖绥的声音在一旁响起。

叶清婉点了点头，抱着小猫上了小船，其他人也各自登上小船，几十条小船像被风吹落的柳叶，在湖面上摇曳着。

湖水推着小船漂荡着，肖绥将花灯点亮递给叶清婉。

叶清婉弯下腰，将那一盏盏灯放在水中，所有船上的人皆是这般动作，这是青国皇室成员为百姓祈福放下的花灯，花灯数量越多，越说明皇室对百姓的关心。

随着夜幕降临，湖面上亮起了一朵朵花灯，天上星河转，水中灯火燃，星星点点，如梦如幻。

灰色的小猫跳到船头，看着随水漂动的千万盏花灯，一双圆溜溜

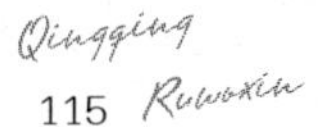

的大眼睛里满是震撼。

“喵……”

他回过头，原本想说点什么的，结果看到叶清婉的神色后微微一怔。他顺着她的视线看去，看到远处山上矗立的宫殿，月色下，那座宫殿显得孤寂美丽，像是静待岁月老去的美人。

钟子归一个激灵，难道叶清婉想起来什么了吗？

“喵？”

他跳到叶清婉脚边。

叶清婉收回视线，低下头将他抱在怀中，声音缥缈道：“我好像……去过那里。”

何止是去过，她成长的大部分时间都在那里！钟子归讳莫如深地看了一眼矗立在山之巅的宫殿。这宜和园，是青国历代皇后的后花园。因为那个传闻，这里成了禁地，今日是为了祈福才开园，平日里谁踏入都是死罪。

“公主，船里的花灯放完了，我们该回去了。”随着小船越来越靠近那座宫殿，肖绥的心越发忐忑，虽然他不是后宫里的人，但是关于那个传闻他还是略有耳闻的。

“我想去那边看看。”叶清婉开口道。

“啊？”肖绥没想到叶清婉直接说要去那边，那边是禁地，她难道不知道吗？

“公主……这……这恐怕不好吧，那边是禁地，要是被皇上知道了……啊！死老鼠！”肖绥余光突然扫到湖面上的东西，大叫一声。

叶清婉跟钟子归纷纷看向湖面，只见一盏花灯上，躺着一只白色的小东西。

“喵！”钟子归“刺溜”一下，瞬间蹿到叶清婉的肩膀上嗷嗷叫着。怎么在湖里还能看见这玩意儿！

“好像……好像是从那个方向漂来的。”肖绥指了过去，那里正是宫殿的方向。

肖绥瑟瑟发抖，从这诡异的宫殿里漂出来的死老鼠？这地方该不会真的有鬼吧！

“公主……”肖绥刚扭过头，肩膀就被人重重击打一下，整个人晕倒在小船上。

“不好意思啦，兄弟。”

叶清婉仰头看向拍了拍手的男人，只见那男人转过身，一双桃花眼眼尾上翘，很是漂亮。

“你干吗打晕他？”

“当然是为了方便办事情啊。”钟子归蹲下身，抓起肖绥的手臂就往湖里面划着。

很快，那装有死老鼠的莲花灯便漂了过来，钟子归一边皱紧眉头一边用肖绥的手拨弄着那死老鼠。叶清婉盯着他这动作，嘴角弯了弯。

钟子归像操控木偶一般操控着昏过去的肖绥，可怜的肖绥也不知道现在他的手被当成了抓鼠工具。等捞起这盏花灯后，钟子归连忙甩掉肖绥的手，抖了抖身上的鸡皮疙瘩。

“你干吗？”见钟子归踢了踢肖绥，试图将他踢得离他们远点，叶清婉不解地问。

“哦哦，这小船坐两个人没什么，坐三个人就有些挤了，更何况

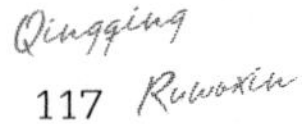

一个人还躺着，我这不挪出更大的空间吗。”钟子归嘴上这么说着，心里面的想法却是——肖绥脏了，一个抓过老鼠的男人脏了，他应该远离被鼠玷污过的男人。

“这是不是上次你说的那什么高丽国送来的仓鼠？”钟子归看着那只被捞上来的死仓鼠，他真不知道这东西哪里可爱了，多看一眼他就想把眼睛戳瞎掉。

“嗯。”叶清婉点了点头，看向远处道，“是皇姐。”

“叶玥？”钟子归转过身，果然看见一条小船出现在他们前方，他立马变成一只小猫，三下五除二地跳到叶清婉的肩头。

“阿婉？”叶玥看到叶清婉的时候愣住了，她命她的宫人将小船摇至叶清婉的船边，看到上面晕倒的“宫女”，愣了，“这……这是……”

好在肖绥是脸朝另一边的，不然他那张涂脂抹粉的男人脸一定会吓到叶玥的。

“晕船。”钟子归贴到叶清婉的耳边小声道，在旁人眼中就像是小猫在亲她的耳朵。

叶清婉眸色一深，道：“我的宫女晕船了。”

“哦。”叶玥拍了拍胸脯道，“吓死皇姐了，皇姐还以为你怎么了。既然如此，你坐我的船吧，到了岸边我们再找人来接你的宫女。”

“拒绝，问她为什么在这边。”钟子归继续耳语。

叶清婉摇了摇头，提起手中的鲤鱼灯道：“不用了皇姐，我的灯还没有放。皇姐怎么也在这边？”这边靠近禁地，大家都会有意避开这个方向，叶玥怎么会出现在这儿？

钟子归眯着眼，看着叶玥脸上的神色一下黯淡下来，她道：“我只是看到宫殿的时候触景生情，便来到了这边，然后又放了几盏自己做的花灯，为仓鼠祈福。”

“仓鼠？”

“对，就是上次你给皇姐找到的那只仓鼠，它今早死了，我将它放进了花灯，让它随水流去，比埋在地里被蚂蚁咬虫子爬要好。”

钟子归无语。

果然，不管多大的女孩子都有一颗少女般忧愁的心，她觉得死去的仓鼠被蚂蚁咬虫子爬不好，但是她就不能考虑一下那些痛恨老鼠的人看见水里面漂着一只老鼠的感受吗？

“唔……”呻吟声破碎般地响起，众人齐齐看向原本“晕船”的宫女。

钟子归如临大敌，一下子跳到肖绥头上。

“噗……这只死胖猫……”肖绥再次晕了过去。

叶清婉连忙道：“皇姐，夜里湖上风大，你身子骨弱，还是早点回去吧，我放完灯就回去，不用担心。”

叶玥看着叶清婉态度坚决，想着自己这个皇妹武功也好，况且湖上现在还有那么多人，便颔首道：“那好吧，你要小心啊，出什么事的话就放烟花。”

叶清婉点了点头，每条船上都备了几支小型烟花，以免有人在湖上遇上什么事时周围没人，便可以发射烟花来求救。

待叶玥的船慢慢驶离后，叶清婉看着踩在肖绥背上的那只灰色小猫，道：“你怎么又把他打晕了？”

“难道你不想上去看一看吗？”灰色小猫再次变成一个俊美的青年。

叶清婉垂眸道：“那边不是禁地吗？”

钟子归轻笑一声道："还没有什么地方对我来说是禁地，况且，那是你小时候长大的地方，是你的家，怎么能是禁地呢？"

叶清婉垂眸，脑海里浮现一组画面——一会儿是那个身穿明黄色龙袍的男子对一个十一二岁的小姑娘道："你是青国的太女，为了你的安全着想，宜和园那边你就不要再去了。"一会儿是一群人跪在一个宫装女孩跟前，痛哭道："公主，宜和园不能去啊！那是禁地啊！"

所有人都对她说那里是最危险的地方，只有眼前的这个人告诉她那是她的家。

钟子归拿起船桨划着，在快到岸边的时候发现了有侍卫把守，他立马警惕地将船头掉转一个方向。前山登岸的地方只有这么一个，再绕道后山去，有些费时费力。

"既然有侍卫看守上不去，那我们不过去了吧，去那边吧。"叶清婉指向湖面上一处黑漆漆的地方。

"为什么要去那边？"钟子归不解道。那里原本是一片假山，但是后来宜和园的水位上涨，那片假山就被淹了大半。现在天色暗了下来，那假山更像是隐藏在黑暗里的巨大怪物，看起来令人毛骨悚然。

"你不觉得那里面有什么东西在发亮吗？"

叶清婉的话让钟子归认真瞧了瞧那处假山。叶清婉看着他，他认真起来的时候，眉头会习惯性拧起，素日里懒散的神色尽收，看起来凛冽极了。

钟子归也发现了那假山里好像有什么东西在发亮，虽然这地方一直流传着一些怪力乱神的传言，但是他向来是不信这些东西的，尤其

他还是猫，猫的好奇心驱使他更想去一探究竟了。

“那我们就去看看！”钟子归将船驶向那处假山。

因为假山的洞口被淹了一半，人站在船上是进不去的，钟子归坐到了叶清婉身边，有意外的时候可以第一时间保护她。

随着洞口一点点吞没船只，那抹在外面看得不太真切的光亮逐渐在眼前清晰起来。幽蓝的、闪烁的，像成千上万颗小小的夜明珠被嵌在了假山壁上。

“萤火虫？”钟子归怔住，直到那些东西飞到自己眼前，他才确定自己看到的不是幻象。

叶清婉轻“嗯”一声，但是这一声钟子归已经没怎么注意了，他震惊于眼前的这一幕，忍不住用手抓住一只飞到自己眼前的萤火虫，然后再小心翼翼地摊开掌心，看那小东西在掌心明灭闪烁着。

皇宫内居然还有这种好地方！

“叶……”钟子归扭过头，看着叶清婉摸着身侧的石壁，愣了愣。他用灯照着，才发现那石壁上刻着两个人的名字。

一个是稚童的字迹，刻的是“小婉”，而另一个是成年女子娟秀的字迹，正是叶清婉的母亲明德皇后的闺名。

叶清婉盯着那石壁上的字，有些怅然若失。

钟子归没见过明德皇后，他来到叶清婉身边的时候，明德皇后已经去世了。他只听说过，叶天的两任皇后，第一任皇后生性温婉、贤良淑德；第二任皇后明德皇后是镇国侯之女，性子活泼开朗。若是明德皇后曾经带叶清婉来过这里，他倒是一点儿也不意外。

一位年轻活泼的母亲带着自己的女儿，意外发现了这么一处地方，这里成了她们两个人的秘密基地，并在石壁上刻下彼此的名字留作纪念。钟子归想，如果明德皇后没有去世，或许叶清婉后来的性子也不会变成那样，也许会似现在这般明媚可爱。

“公主不必难过，公主的记忆会恢复的。”钟子归似是想到什么，他拿出她送给他的那盏小鲤鱼灯，放入水中，“这盏灯便是我为公主祈福的，公主可有什么心愿？现在可以许下。”

叶清婉看着他的动作，脑中回想起一个温柔的女声——“天下苍生有你父皇去祈福就够了，母后的这盏鲤鱼灯要为我的小阿婉祈福……”

只是，那个说为她祈福的人在那之后没过多久就离开了她。

叶清婉垂下眼睑，敛去眼中的情绪，她将自己的那盏灯放入水中道：“我想让钟子归陪我过下个月的生辰。”

钟子归有些诧异，他还以为她会许出赶快让自己记忆恢复的愿望呢！

下个月？他算了一下时间，离她过生辰也就半个多月的时间了，那时候这边的事情差不多也解决完了，可以在离开前满足她这么小小的一个愿望。

钟子归爽快地答应道：“这是公主的愿望吗？好啊！我会给公主一个难忘的生辰礼物的，就像现在我看到这些萤火虫般难忘。”

难忘吗？叶清婉与钟子归一起仰头看着洞内的萤火虫之光。

——“阿婉，你父皇不喜欢这些东西，所以这是属于我们的秘密之地。等到哪一天，你遇上自己很喜欢的人，就把他带到这里。萤火虫是爱情的等待者，虽然它的光微弱而短暂，但能被喜欢的人看见，便是幸福的。在这皇城里，爱是最让人忽视的，也是最说不出口的。

如果有个人肯停下脚步，肯回头看见你的脆弱、你的爱，肯守护你，就把他带到这儿来吧。”

叶清婉眼里星星点点，她带他进入她的秘密之地，他看见那片光了吗？

第五章
背后下毒

第一节 所谓身不由己

叶天不喜铺张浪费，而从前的叶清婉性子又淡，在过生辰上也没有什么要求，所以除了她及笄那年隆重举办过一次生日宴以外，叶清婉的生辰都是以叶天过来陪她吃一顿饭度过。

但是今年不一样了，失忆后的叶清婉性子比以前活泼，外加上栖梧宫多了两个“小妖精”，尤其是“小妖精一号”肖绥在知道叶清婉即将过生辰后，天天缠着问叶清婉想要什么，整个栖梧宫的人都觉得，一个新来的都这么上道，那他们怎么能落后，于是大家都在为叶清婉准备生辰礼物。

“公主，难道你没有什么想要的吗？”肖绥追在叶清婉身后问道。

自从上次河神祭后醒来，被钟子归告知自己是半路晕船晕倒后，肖绥就想一洗自己在叶清婉跟前的丢人形象。

“轻罗。”叶清婉没理会肖绥，而是看向身侧的轻罗，“钟子归

人呢？”自从河神祭后，她又有好几日没见到他了。

轻罗还没张口，肖绥就已经哼哼两声抢先发话道：“公主，你问他做什么？公主又不是不知道他是个什么性子，指不定他现在正在哪里偷得浮生半日闲呢！整个栖梧宫的人这几天都在为公主的生辰做准备，只有他，根本见不到人影，怕是他已经把公主的生辰给忘了。”

闻言，叶清婉皱眉，转过身看向肖绥，肖绥立马将嘴巴一闭。

“你不是问我想要什么吗？”叶清婉道。

“嗯嗯！”肖绥激动地点着头。

叶清婉指着天上的太阳道：“论衣食住行，本公主哪样都不缺，你若真心想送我生辰礼物，不如把天上的太阳摘下来送给我，太阳本公主还是没有的。”

“太、太阳？”肖绥差点把舌头都给咬断了，这不就是传说中的比登天还难吗？

“摘不到太阳，就不要来见我。”顿了顿，叶清婉看向肖绥身侧一直一言不发的白衣男子补充道，“你也是。”

说完，她拂袖离去。

肖绥目瞪口呆地看着叶清婉离去的背影，对着身侧的男人道：“你说公主这是怎么了？我们初见她的时候，也没有这个样子啊。难道是因为不喜欢我们，所以才这样不讲道理？太阳？我上哪儿去摘太阳啊！”

温润淡淡收回视线，敛去眼中的情绪，转过身。

肖绥愣了愣，喊他：“喂？你怎么话也不说一下就走了啊，你去哪儿啊？等等！你是不是想到了什么摘太阳的法子！准备背着我搞事情？喂，你等等我啊！”

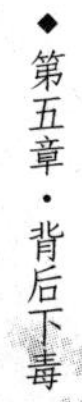

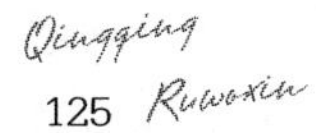

“公主，别走那么快。”轻罗追上叶清婉。

叶清婉想不明白，她停住脚步道：“轻罗，你最近为什么让我天天跟这两个人待在一起啊？”

轻罗掩面一笑道：“这是钟侍卫吩咐奴婢这么做的，其中原因，等日后公主就会明白了。”

“钟子归？”叶清婉怔住。

藏书阁的顶楼。

孟景行看着那个半倚在栏杆上的俊美青年，沉默不语。

那青年有一双极其好看的桃花眼，眼尾上挑，自带三分笑意。只是明明是一副放浪不羁的贵公子模样，但那青年阴沉的眼神，又让人心生忌惮，平白生出一抹距离感。

“虽然很难相信，但是每一条线索、每一个证据都在指向那个人。孟少保，我已设好局，等到公主生辰那天，还请你帮忙收拾残局了。”钟子归嘴角噙着笑，青年运筹帷幄的样子让人有些移不开眼。

孟景行道：“你有没有想过，如果这一切结束后公主恢复记忆，要你回来，怎么办呢？”

“没把握的事情我从来不做，谢谢你的担心。”钟子归站起身子，伸了一个懒腰，虽然语气里满是漫不经心，但是他的眼里已经没了笑意。

“孟景行，我把你当朋友才告诉你我的计划，所以我走后，你也要帮我照顾好公主。”

“我不明白，如果是公主苛待你，你大可不必帮她，让她一辈子就像这般过下去，你也自在，可你偏生选择了帮她恢复记忆……”

钟子归打断孟景行的话道：“她叶清婉终究是青国的太女，未来的女帝，从前那般都有人可以毒害她，若是再像这样毫无防备之心，十条命都不够她在这皇权斗争里活下去。”

“所以……”孟景行眸子一凝，“你在护她周全，可是，那你为什么又要选择离开她呢？既然离开了又不放心，那又为什么让我去照顾她呢？”

钟子归眯着眼睛笑，过往的一幕幕浮现在眼前。良久，他道：“孟少保，你应该没有听说过这么一句话，这是我在话本里看到的，说生命跟感情在自由面前，都不值得一提，但是哪有什么不值得一提？有的只是身不由己。不过以孟少保的身份，应该不懂什么叫作身不由己。”

孟景行垂眸，他不懂……身不由己吗？

“咚！”

国子监下学的钟声响起，惊起一群飞鸟掠过，孟景行对面的茶水已凉，钟子归不知什么时候已经离开了。

孟景行拿起一本书款款起身，极目远眺着北方的一座宫殿。

朝晖殿内，坐在树下抚琴的女子听到身后的动静，停下了手中的动作。

“孟少保怎么有时间到本宫这里来了？”

孟景行看着树下岁月静好的女子，好像无论何时何地见到她，她都是这副温婉淡雅的模样，唯独那一次，仿佛梦境一般。

“臣正好从藏书阁来，听闻大公主在寻书，这本书这段日子一直在臣这里，臣便送过来了。”孟景行从宽大的朝服袖口中拿出一卷书。

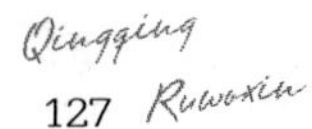

叶玥见到那书，淡笑道："孟少保有心了，这书本宫找了很久，都快忘了，孟少保每日要处理那么多事情，这种小事下次就交由下人做吧，你现在是阿婉的伴读，又是她的老师，理应与其他皇子皇女保持距离，以免惹人闲话。"

孟景行握紧那卷书，道："臣曾经也是大公主您的伴读。"

叶玥抬眸，看着那出尘绝艳的紫衣男子，嘴角凝起一抹淡淡的笑道："那只是曾经，过去的事情不值得一提。"

孟景行盯着她，良久，他才将手中的书放置叶玥跟前，行礼后告辞。

"孟少保，过去的事你也忘了吧，我不记得那晚我到底与你承诺了什么，就算现在想起，我也已经什么都给不了你了，或者说……"叶玥眸色苍凉道，"我如今给的，不是你当初想要的。"

身后，琴声再次响起，孟景行抿了抿唇。

夜里，叶清婉躺在床上的时候才发现床顶有一朵葵花，她瞪大眼睛，坐起道："钟子归！"

一道身影从梁柱上利索翻下，钟子归手里还拿着几朵向日葵，他含笑走到床边道："公主，你怎么知道是我？"

叶清婉指着床顶的那朵葵花道："只有你敢且那么无聊在我床上放这些东西。"

钟子归不置可否道："公主白日里不是说想要太阳吗？属下这是摘下了太阳给你啊。"

"这是太阳？我虽然失忆了，但不是变傻了，这不是葵花吗？"

"是葵花啊，但也是太阳啊。天上的太阳只有一个，如果我摘下了，

世间就没有光了，公主也不想天天在黑漆漆的环境里待着吧。这葵花呢，状如骄阳，比太阳闻着香，还没有太阳那么热。最主要啊，无聊的时候还可以抓一把葵花籽边吃边打发时间！”说着，钟子归剥下几颗瓜子丢进嘴里，嚼了嚼道，“公主想尝一尝这未炒过的瓜子吗？”

“你下午回来了？”叶清婉好奇地接过钟子归递过来的瓜子，摘太阳是她让肖绥做的事情啊。

“对呀，听到公主想要太阳做生辰礼物，我便去京城的郊外摘这葵花了，可累死我了。”

“所以，你就送我，哈哈哈……”叶清婉话还没有说完，突然就捂着肚子笑了起来。

“哈哈哈……我……哈哈哈……怎么……哈哈……”叶清婉笑得直不起腰，最后直接在地上笑得打滚。

她笑得眼泪也出来了，头发也滚乱了，面上更是染了一抹妖冶的红晕。

“钟……哈哈……子归……”叶清婉伸出手抓住钟子归的衣摆。

钟子归慢慢蹲下身，看着她，耐人寻味道：“公主，这叫胭脂醉，中了这个毒的人，会大笑不止，最后死于经脉爆裂。”

“你哈哈哈……你……为……”叶清婉笑得话都说不利索了。

钟子归渐渐敛去脸上的笑意，看着躺在地上笑得动人的叶清婉。她笑起来是真的好看，他以前从没有觉得一个人，可以冷淡起来拒人千里之外，但一笑起来，让他恨不得将整个世界都奉在她的脚下。

“公主……”钟子归叹息一声，“下次不要轻易相信别人，哪怕是身边最亲近的人。您是青国的公主，以后的女帝，你能相信的，只有您自己。”他在那些葵花籽上撒了胭脂醉的粉末，而他在吃那些葵花籽之前就吃了解药，为的就是给她长长记性。

叶清婉死死攥着钟子归的衣摆，骨节森白，她肆意地笑着，眼泪从眼角滑落。

待叶清婉笑了一会儿后，她的脸色变得越来越红，钟子归才捏着她的下巴道：“长没长记性？”

叶清婉泪眼婆娑地点了点头，钟子归从怀中掏出解药为她服下。

叶清婉躺在地上大口喘息着，似乎刚才的大笑已经夺走了她所有的力气。钟子归无奈地摇了摇头，将她从地上抱起，刚将她放在床上，衣领就被人给揪住，天旋地转间，对方已经骑坐在他身上。

“钟子归！你敢这样对我！你信不信……”

“公主还要吃葵花籽吗？”钟子归举起手中的葵花打断她的话，半眯着一双桃花眼。

叶清婉恶狠狠地瞪他一眼后，毫不犹豫地伸出手。

“啪”的一声，钟子归打掉她伸过来的手，他面色有些阴沉，道：“公主难道忘记刚才的教训了吗？”

叶清婉的手心很快就红了一片，足见他刚才打她的力道不小。

“你会害我吗？”叶清婉生气地反问。

“我自然不会。”

“那为什么我不能相信你？”

“因为……”钟子归一下怔住。他该怎么跟她说，他不可能守在她身边一辈子？

从寝殿出来后，钟子归碰上了轻罗，轻罗见他神色有些异样，紧张道：“难道你用药过猛，公主出了什么岔子？”

“不是，公主没事，就是不长记性。”

轻罗松了一口气道：“公主现在不比从前，等记忆恢复就会懂我们现在的用意，不过……”轻罗看着钟子归凝神思虑的模样，好笑道，“自从公主失忆后，我才发现钟子归你这个人真的很口是心非哎！从前一听到公主有事找你，你就一副头大的模样；如今只要听到‘公主’二字，你就神色紧张，你知道你现在像什么吗？”

“什么？”钟子归喉咙一紧。

“像即将要离家，但又不放心家中不谙世事的……嗯……”轻罗想说钟子归有点儿像叶清婉的父兄，但是叶清婉的父兄说不得；她又觉得钟子归像离家的丈夫，但是以钟子归跟叶清婉两人之前的相处模式来看，她又有些讶异自己怎么会想到夫妻关系？一时之间，轻罗也找不到合适的关系了。

“你想多了。”钟子归淡漠地瞥了她一眼，转身离去。

“啊？”轻罗错愕，她还没说什么，他就生气了？

第二节 为她庆祝生辰

七月初七，是叶清婉的十七岁生辰，一如以往过生辰那般，这天叶天会陪她吃饭，只是今天在去往乾坤殿的路上，叶清婉几乎是每碰到一个宫人，那个宫人都会上前对她笑着说一句话。

“公主，生辰快乐。”

“公主，生辰快乐。”

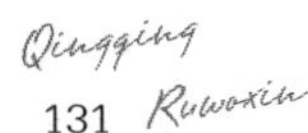

“公主……”

直到叶清婉踏进乾坤殿的殿门，那些祝福的人才没有了。

“公主，快进去吧，皇上已经等候多时了。”叶天身边的贴身太监上前迎着叶清婉。

叶清婉点了点头，进屋之前回头看了一眼屋檐，一只灰色的猫跳下，消失不见。

——“过生辰就要有过生辰的样子，每个人对你说生辰快乐，是不是很惊喜很开心啊？”

——“本宫不喜这样，以后再这样，别怪本宫没有提醒你。”

——“喂！这可是我绞尽脑汁想出来的送你的生辰礼物，你居然还不领情？行行行！别瞪我，就当我自作多情，我再给你过生日，我……我就是那讨人厌的老鼠！”

脑中浮现这么一段对话，叶清婉嘴角慢慢弯起，进了屋。

屋内，菜已布好，叶天落座后开口道：“最近课业怎么样了？”

“一切都好。”

叶天颔首，忍不住咳嗽了起来。

叶天一直有肺疾，这几年他的身子也越发不如从前了。叶清婉道：“父皇最近身子如何？”

“朕无事。”叶天摆了摆手，喝了一口药后道，“你今日过生辰，可有什么想要的？”

“有。”

叶天多看了叶清婉一眼，道：“你想要什么？”

“儿臣想在栖梧宫种一片葵花。”

“不就是花吗，这种事情还需要向朕讨要？”叶天皱眉，意识到自己的语气可能太过严肃，他顿了顿道，“这些都是小事，你若喜欢，自己命人办即可，不要将这种事放在心上，分了心神……咳咳咳。”

“是。”叶清婉道，“父皇也要注意身体。”

“嗯。”

随后，一顿饭就在沉默中完成。

午饭后，叶清婉从乾坤殿回到栖梧宫，在轻罗的告知下，她才知道肖绥跟温润刚才来过，因为他们等了一会儿后她还没回来，就留下赠予她的生辰礼物离开了。

“收起来吧。”叶清婉的视线从那些礼物上移开，她嗅着空气中淡淡的草药味，转过身看到轻罗手中捧着的白瓷碗，“你煎药了吗？”

轻罗点了点头，这些都是钟子归吩咐的，一切都是为了诱敌深入，让别人察觉到叶清婉正常外表下的种种不正常。

轻罗以为叶清婉还要问下去，没想到叶清婉只是沉默地环顾了屋子一圈。

叶清婉垂下眼睑，所有人都对她说了生辰快乐，他说过要陪她过生辰的，怎么到现在还没有现身？难道……

“轻罗，你们的计划是今晚对吗？”叶清婉抿起嘴角问。

“咣当”一声，轻罗手中的白瓷碗跌落在地，她瞪大眼睛看着眼前的少女，那样熟悉的眼神和感觉。

“公主……公主你……”

夜幕降临。

帝都繁华的东大街上，宝马雕车香满路，街上车水马龙，人们摩肩接踵。

钟子归认真挑选着路边小摊上的面具，最终选了一张青面獠牙的青鬼，满意地塞进叶清婉的怀中，道：“你戴这个！”

小摊的摊主刚促成一桩买卖，听到钟子归的话，忙不迭转过头道：“公子好眼力，这面具一定适合……”

摊主的目光触及叶清婉怀中的那张青鬼面具后，话音戛然而止。

钟子归挑眉看向摊主道：“你是不是也觉得本公子眼光独到啊？”

摊主摇了摇头，怎么年纪轻轻的，眼睛就瞎了呢？

见钟子归身侧的叶清婉满脸写着不高兴，摊主觉得有必要拯救一下这对有情人，忙不迭拿过一张小白兔的面具道：“公子、小姐请看看这个，这个可是本摊卖得最好的，兔子多可爱啊！更适合这位小姐。”

“不要不要！我就要这个了。”钟子归随手扔了银子，笑眯眯地弹了叶清婉的脑门，“在心里面骂我瞎了是吗，小婉？”

出了皇宫后，钟子归便叫起她小婉来，语气里揶揄之意甚浓。

叶清婉鼓起脸不说话。

钟子归拿过面具，将其戴在叶清婉的脸上，道：“兔子有什么可爱的？满大街都是兔子，看着都让人疲惫了。还是这青鬼好，没女子戴，现在人多，这样你走到哪里，我都能第一眼看到你了。”

摊主抖了抖身上的鸡皮疙瘩，敢情是他瞎啊！现在的年轻人说个情话套路都那么深！不过，摊主看着那剩下的一堆青鬼面具，这个套路好，待会儿不愁这些卖不出去了！

“你看看这样多好看！”钟子归拍了拍手，满意地看着面容遮去大半的叶清婉。

今晚出宫的时候，叶清婉意外地穿了一身绛红色罗裙。从前这颜色，他只会笑又老气又沉闷，是上了年纪的妇女才爱穿的，但是今晚在看到她的时候，他才发现，原来她可以美得如此惊心动魄、摄人心魂，以至于她在他跟前转了一个圈问他好不好看的时候，他鬼使神差地伸出手摸了摸她的脑袋，像老父亲般欣慰地感慨着吾家有女初长成，气得小姑娘瞬间黑了脸。其实，他那个时候很慌乱，只能用这样的方式掩饰。

月色下，美人如玉，青丝如墨，红裙翻飞，他怕是这一辈子都忘不了这一幕。让她戴青鬼面具，他也是有私心的。

“你可要跟好我哦。”钟子归刚转过身，手腕便被人抓住。他回过头，看见面具下她的一双亮晶晶的眸子。

“这样，我就不会跟丢你了。”

钟子归心底的弦忽然被拨了一下，他反应过来后点了点头，带着她穿梭在人海中。

七月初七，是民间的乞巧节，这一天晚上，青国未出阁的少女都会走出家门，去外面玩乐，若是这一晚遇见令自己一见倾心的男子，便可赠予他自己亲手绣的七巧香囊，男子则不能拒绝。为了缓解少男少女们的羞涩之情，他们可戴面具示人，摘不摘下，也由自己的意愿。

大街上到处都是戴着面具的少女，原本叶清婉戴着面具也没什么奇怪的，怪就怪在她脸上那张青鬼面具，外加钟子归的容貌又太过出众，

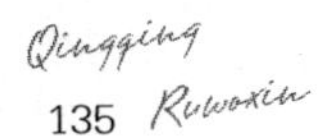

一路上吸引了不少人的注意。

“小婉，要不要来尝一尝这个？”钟子归看到糖人小摊眼前一亮，拉着她走到摊位跟前。

“这是……”

“多说无益，直接尝一尝吧。老板，给我做两个糖人。”钟子归爽快地付了钱。他想，叶清婉虽然贵为太女，但是这还是她生平第一次见识到民间最常见的一些东西，他今晚还是带着她好好感受一下平凡的快乐吧。

“为什么不带我去京城最好的酒楼摘星阁吃饭啊？”叶清婉问道。

“商贵妃平日里都给公主做糕点，公主还好奇商家酒楼的吃食吗？”钟子归压低声音笑道。

“公子，我……”一个娇俏的女声突然响起。

钟子归跟叶清婉齐齐回头，只见一个戴着小白兔面具的少女，眼神羞涩地看着钟子归，手里递过来一样东西。

叶清婉看去，是七巧香囊。

钟子归轻笑一声，伸出手接过，叶清婉眼神幽暗。

没过多久，又来了一个女子，然后是第三个、第四个……等糖人的这会儿工夫，钟子归就收到了七八个香囊。此时，刚赠了香囊的少女并没有像前几位那样赠完后含羞带臊地离去，而是红着脖子道：“公子可否告知小女公子的姓名？”

“糖人！”伴随着一个拔高的女声，一根糖人突然横在钟子归跟那女子中间。

钟子归看向拿着糖人的少女，只觉得那青鬼面具配刚才那一声“糖

人”，那真叫一个毫无违和感！

“我是她的仆人。”钟子归笑着拿过那糖人，故意对着叶清婉毕恭毕敬道，“小姐，待会儿我们去哪儿？”

戴着白兔面具的少女错愕了，这样出色的公子居然只是一位家仆？等等，同样是有家仆的家庭，她家怎么没有这样的家仆？

“去那边！”叶清婉大手一挥。

钟子归立马道：“是！小的这就带小姐去。”

钟子归对那少女说了声“抱歉”，就带着叶清婉走向另一边。

“等等！”叶清婉突然开口。

“怎么了？”钟子归有些狐疑。

“你带的钱很多吗？给我点儿钱。”叶清婉说了一句没头没尾的话。

钟子归不知道她要做什么，将整个钱袋都给了她。然后，叶清婉拿着一袋子钱，买了一个黑鬼面具回来。

“把这个戴上，如果你不想过了今晚开香囊铺子。”

钟子归无奈接过。

她绝对是在报复他，那么多好看的面具里，她挑了一个黑鬼！

于是，在一群小白兔面具里，混入了一只青鬼跟一只黑鬼。不过，撇开注意到他们的人多了以外，倒是没有人再上前送什么香囊了。

钟子归带着叶清婉穿梭在京城熙熙攘攘的人群当中，他带她游遍了帝都最繁华的街，陪她享受从未有过的热闹喧嚣，让她体会普通人过的日子。

他曾经想拉她入红尘，想看她对红尘上瘾的模样。如今他看到了，

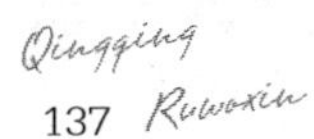

也算无憾了。

二更的梆子声在街道里回荡开来，街道上的人也没有一开始那么多了。

钟子归看着叶清婉道："带你去最后一个地方，你一定会喜欢。"

"什么地方？"

"闭上眼睛。"

"嗯？"叶清婉盯着他，满脸疑惑。

"好吧。"她乖乖闭上眼睛。

腰肢被人揽住，叶清婉听到耳边掠过的风声，她不禁圈住钟子归的脖子，道："你在飞吗？"

"嗯。"

钟子归掠过亭台楼阁，朝着塔楼飞去。

帝都有四处塔楼，用于城内走水时提醒火侯便于扑火。塔楼很高，视野开阔，钟子归带叶清婉来的这个塔楼，正是位于帝都最繁华街市的一处。

带着叶清婉站在塔楼上，钟子归摘掉她脸上的面具后道："公主，现在可以睁开眼睛了。"

叶清婉慢慢睁开眼，黑暗的大地上，万家灯火闪烁着，在清冷的月色下，犹如散落一地的星辰，美得让人移不开眼。

叶清婉的眸光晃动着，这一切的一切都印在她眼中，她这辈子都不会忘记。

"公主，生辰快乐。"钟子归凝视着她，终于说出了这句话。她带他见过无数的萤火虫，那他就陪她看万家灯火。

“我很开心。”叶清婉歪着头，“我希望以后的每一年生辰，你都能在我身边，像这样陪我过生辰。”

身侧的人没有回应，叶清婉看向他，他的脸有一半隐在黑暗之中，让他的神情看起来有些晦暗不明。

“公主，你还记得我们之间的约定吗？你答应过我，如果我问你一件事，你要如实告诉我；如果不知道，就答应我另一件事吗？”

“我当然记得啊！你想问什么？我知道一定如实相告！”叶清婉脸上扬起一抹笑。

钟子归看着她脸上的笑容，最终开口道：“我不问了，公主直接答应我一件事就好。”这样，她想起来了，想到她做出的承诺，也不会来找他了。

“什么事？”

钟子归没看见，面前的少女衣袖下已经攥紧了拳头。

“公主，天亮后，不要再找我了。”

“你最近很忙吗？我都看不到你的影子，如果是因为我老是找你耽误你办正事了，那我最近不找你了，我答应你！”

钟子归笑了笑没有说话，他所有的正事都是为了保护她啊，怎么会叫她耽误他呢？

从塔楼下来后，钟子归道：“还记得我跟你说过的话吗？”

叶清婉点了点头道：“谁都不要相信。”

“公主会越来越好的，在塔楼上看到的一切，就是公主未来要守护的了。”钟子归偏过头看向正在收摊的馄饨摊主，“饿了吗？”

叶清婉眼底有光，轻“嗯”一声。

钟子归不着痕迹地瞥向角落里那个跟了他们一路的黑影，对着叶清婉道：“那你在这里等我一下，我去买碗馄饨，吃完我们再回去。”

“嗯。”

“公子，馄饨好了。”

钟子归看着推至自己跟前的一碗馄饨，有些失神。他回过头，原本叶清婉站着的地方已经没了人，一切都在按着计划有条不紊地进行着。他终于得到了曾经心心念念的自由，可是此刻他却开心不起来。

他付了钱，看着天上明晃晃的月亮，以前总觉得皇宫很小，现在觉得这天下太大，他竟然一时不知道要去哪儿了。

“钟子归。”身后传来一个熟悉的女声。

钟子归连忙回头，震惊地看着来人道：“轻罗，你怎么在这儿？你不是跟着那黑衣人吗？”

轻罗扯掉脸上的黑纱，捂着右臂上的伤，神色凝重道：“我原本是见那黑衣人在你离开后掳走公主就跟上的，但是没想到暗中还有一个人，对方与我交手，但功夫远在我之上，我跟丢了他们。”

钟子归眼神一凛，看着轻罗右臂上的伤口，又是箭伤！

第三节 其实她是假装失忆

“我去朝晖殿！”

“等等！”轻罗一把抓住钟子归，“虽然所有的证据都指向大公主，但是我们这样贸然闯殿，什么也不会得到。况且，大公主应该没有那么傻，会将人带回朝晖殿。你不用太紧张，孟少保那边我已经通知到了，

如果大公主那边有什么动静，他会第一时间通知我们的，而公主也会保护好自己的。”

“她怎么会保护自己？她现在记忆全失，连剑法都不知道怎么用！”钟子归疾言厉色道。

轻罗缩了缩脖子，现在应该就他什么都不知道吧。

“你身上不是有命咒可以与公主心意相通吗？公主遇事肯定会想着你，你也去想公主，感受公主的位置在哪儿。”轻罗突然想到这点。

钟子归立刻闭上眼睛。

心绪穿过街道、人流，钟子归心中默念着：“叶清婉，叶清婉你在哪儿……”

“怎么样？”轻罗见钟子归睁开眼，连忙道。

他并没有感受到叶清婉在想他，难道她被人打晕了？

彼时，城南的天空突然绽放出一朵烟花，照亮了一方夜空，那是孟景行放的信号弹。

帝都的普救寺，终年香火不断，但谁也想不到，在这普救寺下，还有一处水牢。

叶清婉看着将她带入这里的黑衣人，对方从始至终都沉默不语。

叶清婉淡漠开口道：“既然都带我到这里了，不让我见一见你背后的主子吗，温润？”

黑衣人身形一僵，看着水牢内的女子，她有一双清明冷静的眼，哪还有之前他跟在她和钟子归身后看到的那般天真无邪。

温润看着面前的红衣少女，道：“你没有失忆？”

“你们想我出事，我自然是要给你们看到我出事的。”叶清婉语气平静。

温润警惕道：“那你这一路上为什么不反抗？”

“我说了，我要见你背后的主子，我想问，她到底为什么要这么做？”水牢内波光粼粼，映在红衣少女的身上，勾勒出一幅清冷的画面。

温润深深看了她一眼，并没有多语，而是打算直接离去。

叶清婉察觉到他的意图，掌风立刻朝他袭去。

隐藏在水牢里的其他暗卫看到这一幕后纷纷出动，叶清婉寡不敌众，很快就被围了起来。

“你就在这里待着吧，我家主人是不会见你的。”温润命人将叶清婉关进水牢内。

临走前，他侧过脸道：“公主应该明白，在这皇权斗争里，很多事情不能论清孰对孰错，只是站在那个位置，便是错的。”

叶清婉看了一眼水牢内水渍的痕迹，她道：“所以你家主子，就想这样杀了我吗？”

“我家主子没忍心要杀你，是我要替主子杀你，太女殿下要恨，就恨我吧。”温润留下两个人后，带着剩下的人出去了。

普救寺外，一辆马车隐藏在树影之下，马车内端坐着一个人，那人一袭黑色衣袍，帽檐遮去大半张脸，只露出一个光洁的下巴。

“少主，我们得赶快离开这儿了，事情有变。”温润在车窗边低语。

车内人“嗯”了一声后道：“发生了什么？”

“太女并没有失忆，她甚至认出了属下的身份。属下怀疑，这一切是一场局，目的就是为了引出少主你，所以少主我们赶快离开吧。”

话音刚落，一把剑便抵在温润的喉间，温润瞳孔一缩！

“别叫了，其他的人已经被我们解决了。”钟子归睨了一眼被定在原地的五六个暗卫，压低声音对车内的人道，“大公主，不出来好好谈一谈吗？”

良久，车内才传来一声嗤笑，温婉的声音从车内传出：“不愧是帝国太女身边的人，速度这么快。”

马车帘子被人从里撩起，一道黑影从车内走出，那人拉下头上的衣帽，借着月色，众人看到了一张脸，正是青国久居深宫养病的大公主叶玥。

叶玥的视线从钟子归的身上扫到轻罗的身上，最后落到那个紫衣男人身上，眸光微微凝了凝。她笑了笑，一点儿没有心虚害怕的样子，从容道：“你们这一招螳螂捕蝉，黄雀在后，可真是让我大开眼界，你们能告诉我，你们是从什么时候开始发现是我，并将计就计的呢？”

“大公主，你把太女藏哪儿去了？”轻罗搜了马车没看到叶清婉后朝着叶玥道。

叶玥站在马车上望着他们：“事已至此，你觉得我会告诉你们她在哪儿吗？现在你们是想把我交到父皇那里，还是想秘密解决我呢？”

“大公主，只要太女没事，路就还没有走歪，大公主你还可以回来。”孟景行突然开口道。

“回来？”叶玥冷笑一声，“我既然走了，就没打算回头。”

夜色下，紧张的沉默气息在五人之间蔓延开来。

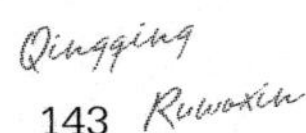

“既然大公主不说，倒不如问问……”钟子归声音一顿，猛然间将温润往前一拍。

轻罗眼疾手快地用剑架在温润脖颈间，而钟子归则在眨眼间的工夫就来到了叶玥的身旁，用剑挟持着她。

“不愧是帝国的第一侍卫，不过我本就手无缚鸡之力，你挟持我，好像有些大材小用了。”叶玥的语气意味不明。

“大公主虽然身弱不能习武，但是用药制毒可是一流啊，大公主不妨尝一尝，这颗是什么毒药？”钟子归的眼底流转着邪气的光，他快速将一粒药丸塞进叶玥的嘴里。

叶玥身子一僵，她自幼身体不好，常年服药，后来久病成医，精通药理，只是外人并不知晓此事。

“少主！”温润脸色骤变。

“如果你不想你的主子有事，就告诉我们太女的下落，若是你不如实告知，这药半个时辰便可让人毒发身亡。”钟子归冷峻地眯起眼睛。

叶玥高声喊道：“温润！”

温润快速道：“公主就在普救寺内，因为察觉到不对劲，我在离开前让我的手下将公主换了个地方看守着，等明天再将人转移。现在我的手下还没回来，我也不清楚他们将公主藏在普救寺的何处，你们自己去寺内找吧。”

“你最好不要跟我耍花招，不然……”钟子归紧了紧手中的剑。

“大公主在你手中，我怎么敢。”温润有自己的打算，钟子归他们就算把普救寺翻个底朝天，也不会想到普救寺下面有一处水牢。钟子归找人的这段时间他会想办法救叶玥，就算他们找到叶清婉，那个

时候，水牢里面的水位也已经上涨到一定的高度。

“钟子归，你跟轻罗去普救寺找公主，我在这里看着他们。”孟景行道。

钟子归跟轻罗点了点头，两个人分头行动，一个从南边找，一个自北边入。

水牢内，叶清婉低着头看着已经湿掉的裙摆，目光最终落在墙角那不断上涨的水位线上面。

——“公主，天亮后，不要再找我了。”

“钟子归，你想跑到哪里去？”叶清婉低语一声。

一炷香的功夫后。

“轻罗，找到了吗？”钟子归在与轻罗碰到的时候询问道。

轻罗摇了摇头：“你说，会不会是他们骗我们，公主其实不在这里？”

“不可能。”钟子归快速否定，“孟景行就是派人盯到叶玥来到普救寺后才放信号弹通知我们来这里，况且我们赶来的速度也快，公主一定在这里。”

“可是，这里地方就那么大，公主能被他们藏到哪里？”

钟子归眸色阴沉，道：“我们再换着找一遍，看有没有遗漏的地方，注意查找暗门。”

“嗯！”

钟子归一间间屋子排查着，随着时间一点一滴地流逝，他的耳边

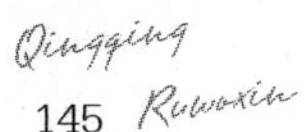

只剩下自己慌乱的心跳声。

叶清婉……叶清婉你在哪里!

“钟子归。”

一个女声猛然间钻进脑海，钟子归浑身一个激灵，僵在原地。

“钟子归……”

那声音虽然很弱，但是钟子归能听出来，那是叶清婉的声音，她在想他!

轻罗查完屋子回来找钟子归的时候，就看见钟子归站在寺内的天井旁，侧着耳朵神色专注，像是在听声辨位一般。

“你……”

“这里。”钟子归突然开口打断轻罗的话，他看着面前的一口井，走上前，井是活井，里面有水。

“钟子归……”叶清婉的声音再次在耳边响起，钟子归闭上眼睛，他仿佛感受到叶清婉置身于水里，很是难受。

“普救寺？水牢！”钟子归猛地睁开眼睛，他想起建造普救寺之前，这里曾经是前朝处罚十恶不赦的罪人的地方，最出名的便是水牢之刑，虽然后来这地方因走水被毁，但是水牢建在地下，现在的普救寺下面一定还有这地方。

水牢里的水位已经升至叶清婉的胸前，在这冰冷刺骨的地牢水中泡的时间久了，叶清婉的脸色已变得惨白，她本就体寒怕冷，这种阴寒的水，最伤她的身体。

“钟子归……”叶清婉闭着眼睛想，他听到她出事后，是会依旧

选择离开，还是会留下来找她？

水位不动声色地上涨，一点点地淹没她的身体，叶清婉感觉自己像坠入了一个冰窖之中，意识都开始有些模糊了。

“公主！”一个男声石破天惊地响起。

恍惚间，叶清婉好像看到了那个熟悉的身影。

“这边两个人交给我，你去救公主！”轻罗道。

钟子归点了点头，上前一剑斩断了水牢门上的铁链。他看着水里面色惨白的少女，心口处像是被人狠狠地揪起，疼得难以呼吸。

“公主。”钟子归将叶清婉从水中抱起，脱掉外衣罩在叶清婉的身上。

“你来了……”叶清婉扯出一抹笑，却比哭还要难看。

“我带你离开，不要怕。”

“嗯。”叶清婉连点头的力气都没有了，她靠在钟子归的怀中，心中最害怕的念头也没了，在她看到他出现的那刻，她就知道她赌赢了。

普救寺外，温润在看到钟子归抱着叶清婉出来时愣住了，他……他们居然找到了水牢？

“孟景行，这里就交给你处理，我先带公主回宫。”钟子归担心叶清婉的身体，怕她撑不住，便想先走。

“等等。”叶清婉开口。

钟子归不解地低下头看着怀中的她。

叶清婉道：“我有话问皇姐。”

一旁的轻罗看了一眼钟子归，在心中默念了一声“阿弥陀佛”，希望他待会儿知道事情的真相不会疯吧……

“你想问什么？想问我为什么这么对你，是吗？”叶玥看着叶清婉，哪还有平日里长姐温柔的模样。

叶清婉道：“我记得小时候我发高烧，皇姐整夜守着我，看着我生病消瘦得不成样子，难过得一直哭，后来我病好了，皇姐却累倒了。”

林间虫鸣声不断，偶有蛙声响起，叶清婉回想着小时候的事情，仿佛是昨天才发生的。

“我不明白，小时候皇姐对我那么好，现在为什么要下毒害我？若说是因为我成了太女，夺了你的位置，那皇姐也不至于隐忍到现在才对我下手。”

这个问题真的是问到钟子归心坎里了，当他搜集到的证据都指向叶玥的时候，他很是震惊。叶玥丧母之后，被叶清婉的母亲明德皇后养在膝下，明德皇后对她视若己出，叶清婉也与她感情很好，若说是嫉妒叶清婉夺了她的太女之位，那叶玥应该早就暗中动手了……

认真思忖着的钟子归陡然一个激灵，他瞪大眼睛，不可置信地看着怀中的少女。

她……她刚才是说了“小时候”三个字吗？

“我从来都没有在乎过这个位置。”叶玥的情绪一下子变得激动起来，“是因为你的母后为了皇后的位置杀了我的母后！”她只要一想到，她曾经拥有的亲情、地位、荣耀、喜欢的人，等等，都是被明德皇后一手毁掉，她就恨她恨到发狂。明德皇后既然能痛下杀手，那么那几年对她的好，说不定都是虚与委蛇！

可是明德皇后已经不在了，为了报复，为了拿回自己的一切，她

只有对叶清婉下手了。当初明德皇后没有怜惜过她失去母亲，她为何要怜惜别人是否真的无辜？

“你胡说！”轻罗立刻跳脚。

“有没有胡说，你们不妨听我说完。”叶玥冷笑一声，“你们说我善于用药制药，但你们不知道，我所学的这些药理知识，都是明德皇后教我的。她熟知药理，认识百草，可是整个皇宫里却没几个人知道。对外宣称我的母后是暴毙而亡，但是她的身体还不至于差到突然间就撒手人寰。我母后在世时，明德皇后就颇受父皇宠爱，若是我母后死，那么登上后位的人就一定是明德皇后。如果不是明德皇后为了皇后之位给我母后下毒，又会是谁？”

“所以你认为是我的母后为了登上后位，不择手段杀了你的母后吗？”叶清婉平静地说出这句话，“那你为什么从前没有对我下手，而是等到现在呢？”

叶玥没有立刻回答。

“我猜，是有人最近对你说了一些事吧，然后你信了，对吗？”叶清婉的情绪从始至终都很稳定，看得钟子归眉心突突直跳，她这个样子，不就是失忆前做什么事都处变不惊、镇定自若的“师太叶清婉”吗！

“所以皇姐你下毒想杀死我，发现我没有死掉后，便派人刺杀我跟孟少保？”

叶玥一下拧起眉头：“我从没有派过杀手杀你跟孟少保。”

众人一怔。

按理来说，眼下这个情况，叶玥都承认了一开始想杀叶清婉的心，不会再对派杀手一事说谎，那么很有可能就是，他们遇到的杀手，真的不是叶玥派来的，而是另有他人！

“大公主，你可能被人当成杀人的刀了。”一旁的孟景行沉吟出声。

“你什么意思？”叶玥警觉道。

“大公主不是想知道我们什么时候将计就计的吗？”孟景行开口将事情的来龙去脉理了一遍。

“公主确实中了大公主下的毒，但是毒解掉后并没有失忆，装失忆只是公主与我商量的计策，为的就是引蛇出洞。”

一旁的钟子归眼皮狂跳，心中仿佛一万头野马奔腾而过，叶清婉居然是装失忆！他还能不能活到明天啊！

“在公主装失忆的这段时间里，公主先是在御花园里遇刺，接着我在宫外遇刺，对方来势汹汹，目的很明显，就是想杀了公主，且用的都是箭，看样子是出自一个组织，于是我们将凶手的范围缩小在后宫内的人。而真正让我们怀疑到大公主身上的，是因为大公主身边的这位暗卫出现在了栖梧宫里。

“钟侍卫曾与一躲在栖梧宫的黑衣人交手，并用铜钱打伤了那黑衣人的腹部，但是钟侍卫追黑衣人的过程中，再次遇到了使用箭的杀手阻拦，想必那天你也应该察觉有人帮你逃跑，不然以钟侍卫的武功，你是跑不掉的。”孟景行对温润道。

“大公主应该也很疑惑为什么公主中了毒后却没有事，所以拿着高丽国献的仓鼠试毒，这仓鼠本就难养，死了也不会让人怀疑。只是大公主不应该还心存善念，将仓鼠的尸体放在河神祭的花灯上为它祈福，钟侍卫发现了仓鼠的尸体，起了疑心后带回让我检查。而在这之前，商贵妃要给公主选伺候的宫人，大公主你乘机塞了自己的人进来，为的就是让自己的人监视着公主，但还是被钟侍卫发现了温润身上的伤，认出温润是那晚的黑衣人。

“我们开始盯着温润的动静，跟踪发现他是大公主你的人。为了让大公主自己现身，钟侍卫才一步步设计让温润看到那么多蛛丝马迹。”他们让温润有机会整天跟着叶清婉，又让温润看到轻罗在煎药，为的就是让温润跟叶玥以为叶清婉其实没有表面上看到的那么正常，知晓她失忆了。

“今晚也是我们设计的一出戏，让你们知道公主晚上会跟钟侍卫偷溜出宫，为的就是让你们今晚行动。按照预定的计划，轻罗一路保护公主，但是有人在暗中阻拦轻罗，轻罗受了箭伤。或许大公主认识这样的箭。”孟景行从腰间掏出一枚箭头，箭上的花纹繁复，叶玥在看到那花纹时怔住。

她难道真的是被人算计了？被人借刀杀人？

“皇姐，我母后其实一开始并不通药理，只是因为我身子不好，长期吃药，但是药三分毒，她希望通过药膳的方式调理我的身子，才开始学药理，学习认识一些药草。后来你养在她膝下，那个时候你对她不亲，她见你整日以药为补，又怕劝说会让你敏感地以为她别有用心，她便让你学习药理，希望你能够懂得珍惜自己身体。皇姐你也知道，当年我母妃教你的不过是最浅显的药理知识，对她来说，那便是她会的全部了，她只是学习药理中如何养人的法子，对药理只是略知一二，如何识毒认毒，用毒杀人？”叶清婉每一句话每一个字都敲击在叶玥的心房。

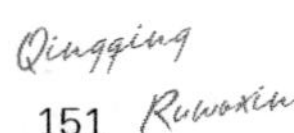

叶玥沉默了许久，久到大家都以为她不会再说话时，她喑哑着声音开口道："三个月前，我收到了一封信，那信是用箭射进来的，箭头上的花纹与你们刚才给我看的那枚箭上的一模一样。信中说明德皇后是害我母后的凶手，我起初不信，直到看到信中那人提到明德皇后会药理一事，我才开始有所怀疑。而后我问我母后留给我的嬷嬷，嬷嬷说当时我母后怀胎，明德皇后一直与我母妃交往过勤，后来我母后流产，不到半年便暴毙而亡，这些事嬷嬷一直都怀疑是明德皇后所为，但是因为当时我被指给了明德皇后养，我年纪尚幼，所以嬷嬷一直没对我说出这件事。"

如今看来，她太过冲动大意，这其中有太多事情禁不起推敲。

"宫里有人想设计陷害你我，皇姐，你中计了。"叶清婉说。

叶玥的脸上看不出任何表情，道："现在说这些已经晚了，我的确下毒害了你，你想怎么处置我？"

众人看向钟子归怀中的叶清婉，叶清婉摇了摇头道："我不会对皇姐做什么，皇姐只需答应我一件事即可。"

叶玥道："什么事？"

"皇姐难道不想知道这幕后推手是谁吗？你的母后死于暴毙，我的母后也死得蹊跷。"

"明德皇后不是因为当年谢家医首……"叶玥的声音戛然而止，她恍然间明白了，那些流于表面的事情，其实背地里都是阴谋。

"皇姐可愿与我一起查明凶手？这人能够知道我母后会药理，就说明这人与'皇后的诅咒'一定有关系！"

"你不记恨我给你下毒？"叶玥不可置信道。

“我不记恨，如果我收到这么一封信，说我母后是被人害死的，恐怕也会一时冲动，不过，皇姐下这个毒倒是帮了我一个忙。”

叶清婉抬起头看着抱着自己的男人，眼里流光溢彩，她伸出手揪住那清隽男子的衣领，一字一句地道：“钟子归，这段时间，欺负本宫好玩吗？”

钟子归倒吸一口凉气，果然出来混都是要还的，他现在跑路还来得及吗？

第六章
侍卫有点儿慌

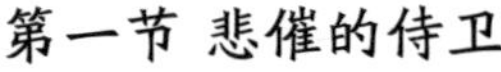

第一节 悲催的侍卫

栖梧宫内，问责声不断响起。

“你是老大？嗯？

“用我当年训练你的法子治我？嗯？

“带我去赌钱？嗯？

“想离开我？嗯？”

叶清婉捏着灰色小猫的脸，她每“嗯”一声，膝头上的小猫就颤抖一下，发出可怜兮兮的呜咽之声。

钟子归欲哭无泪，什么叫作：天道好轮回，苍天绕过谁，他这就是！

那天晚上在普救寺外，他才知晓，叶清婉原来根本就没有失忆，而更让他生气的是，他居然是最后一个知晓这件事情的！

她想引蛇出洞，便装成失忆的样子，而这件事只有孟景行知道，亏他还那么担心！还积极调查！还把自己查到的结果跟计划告诉孟景

行！他自以为将所有局都布下，万事俱备，只欠东风，他便可以离开了。他将最后一步交由孟景行来做，哪里想到孟景行早就跟别人组成联盟，他设下的局，只不过是别人的局中局。

只要一想到他前脚跟孟景行说过的计划，后脚孟景行就对叶清婉说，而叶清婉对着他看破不说破的模样，他就想吐血身亡。

他单方面宣布，跟孟景行的抓凶手联盟瓦解，这个细作！

“啊呜。”灰色小猫伸出爪子，却被叶清婉一把抓住。

“我跟你说，卖萌是躲不过的，你最好给我一个合理的交代。”叶清婉故意冷着脸。

那晚钟子归将叶清婉送回宫后，叶清婉便很有先见之明地对他说了“闭嘴”两个字，变成猫咪的时间是四个时辰，而他这两天都是猫的样子，可见叶清婉是有多痛恨他这段时间的所作所为了，根本不给他任何变成人的机会。她还用绳子系住了他的脚，活动范围仅限一张床。

叶清婉是真的在报复他！他变成一只猫了，想跑都跑不了了。

钟子归弱小无助地缩在墙角，他真的好惨啊。

“公主，药浴已经准备好了。”轻罗福了福身子，看着床上认命的灰色小猫，有些哭笑不得。

叶清婉颔首，因为那天在冷水里泡得有些久了，所以这几天她天天都在泡药浴调理身子。

待叶清婉走后，轻罗走上前，看着床上的灰色小猫道：“你待会儿好好哄一哄公主。”

钟子归：“喵喵喵？”谁来哄他？他才是那个伤心人好吗？

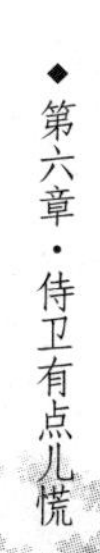

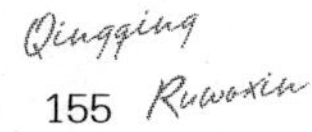

轻罗想了想，还是决定告诉钟子归，她道："肖绥其实是孟少保派来盯着温润的人，公主也一早就知道，现在肖绥已经离开了栖梧宫。"

什么？钟子归一下跳了起来，肖绥是孟景行派来的人？

所以他问孟景行对于商贵妃要给叶清婉找伺候的宫人是什么感受，孟景行才那般风轻云淡？

这么说来，其实认真"宫斗"的就他一人，所有人都在看他的笑话，

钟子归的脸瞬间黑了。

叶清婉沐浴后回来，床上的灰色小猫已经四脚朝天地"睡着"了。

钟子归以为自己这个样子，叶清婉肯定该干吗干吗去了，没料到，她一只手伸向他的肚子，揉了揉。

钟子归一愣。

她在干吗？她不是恢复记忆了吗？她……就在钟子归满脑子都是疑问的时候，被子盖在了他的身上，一股淡淡的草药香袭近，原本摸着他肚子的手握着他的一只爪子，而他能感受到，她躺在了身边。

钟子归有点无措。

他要不要学着话本里的人"嘤咛"一声缓缓睁开一双装睡的眼？

这般想着，眼皮已经掀开一条缝，对面的人盯着他。

钟子归身子一僵，然后故作梦呓，咂了咂嘴后翻了一个身。

熟悉的死亡眼神，熟悉的窒息凝视，叶清婉真的要吓死他了……

钟子归的心狂跳着，身后的人开口道："咒语还有半个时辰就失效了，你如果还是决定离开，那么你可以离开，那晚在钟楼上我答应你的话还作数，但是，如果你选择留下，这辈子都不准再离开。"

钟子归眸光一滞，她这是给他自己选择的意思？

夜深人静，床上的灰黑小猫已经变成了一个身材高挑的俊美青年，他卧在床的里面，解开脚上系着的绳子，动作很轻。

床边的少女已经熟睡，她的睡相非常好，自始至终都保持一个规规矩矩的睡姿。

钟子归原本是要翻身越过她下床的，结果刚一动作，心口处就猛地一痛，揪心的难过如潮水般从心房漫延开来。

他动作顿住，看着睡颜姣好的女子，她做了什么梦会如此难过？以至于他都感受到了那份悲伤。

钟子归拧着眉头带着疑惑下了床，待他离开房间后，床上的人睁开了眼。

月色下，栖梧宫的宫檐泛着冷冽的光，钟子归坐在屋檐上，看着天上的月亮，有一下没一下地喝着他刚才从叶清婉的私人酒窖里面顺出来的桃花酿。

心口的那份疼还是没有散去，钟子归思忖着，这小妮子到底在做什么梦啊，难过得他都有些不舒服了。

难不成他要走让她很难过？

脑中蹦出这个想法，钟子归连忙甩着头，他还没那么傻，看不出来叶清婉是在试探他，如果想让他走，那天晚上就直接让他走了，怎么可能还把他变成猫“囚禁”了几天后再说这句话。

肯定是在测试他！

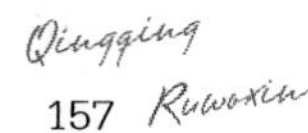

钟子归自我赞同地点了点头，他已经因为要跑这件事被叶清婉抓住了把柄，再做同样的选择，那岂不是往阎王跟前送吗？况且，命咒没解除，他现在怎么敢跑呢？

所以，她做了什么梦呢……

钟子归再次回到问题的原点，不是他无聊，只是他跟在叶清婉身边那么多年，除了她母亲忌日以外，他从未感受到过她有那么大的悲伤，难过得他都忍不住出了屋，借酒消愁。

风突然静了下来。

钟子归眼神一暗，他握紧了酒壶口，看向屋檐的另一边，宛如鬼魅的黑衣人不知何时站在那里，盯着他，然后不紧不慢地取箭、拉弓，箭头瞄准了他，却没有立刻射出，而是在他的注视下，将箭头一偏，“咻”的一声将钟子归手中的酒壶击个粉碎。

黑衣人只有一支箭。

钟子归站起身，漂亮的桃花眼沾染些许杀意，他轻笑一声道：“这是下马威吗？”

话音一落，鸦色的身影便掠到了黑衣人眼前。黑衣人虽震惊钟子归的轻功了得，但反应也是极快，瞬间就躲过了钟子归的攻击。

两人都没有武器，赤手空拳在屋檐上交锋着。

很快，那黑衣人改变了策略，只退不进，似乎想甩掉钟子归。

钟子归追着那黑衣人，月色下，两道身影不断在宫檐上闪现。

黑衣人跳进一座宫殿内的外墙，然后又翻身进了屋。钟子归紧随其后翻窗进屋时，只听见“啪”的一声，有什么东西掉在了地上。

“你这是在干什么？”男人愤怒的声音响起。

钟子归怔了怔，这声音……

屋内有光，钟子归警惕地走到屏风后面，透过镂空的屏风花纹，他看清了屋内的两人。

孟景行跟叶玥？钟子归一下蒙住，这大晚上的孟景行怎么会在朝晖殿内。

大脑一瞬间涌出无数种猜想，钟子归突然有些招架不住了。

“吱！”

轻微的响声并没有引起屋内剑拔弩张的两人的注意，钟子归猛地回头，发现黑衣人趁着他注意力被分散，再次从窗户逃了出去。

“你想就这样结束掉自己的生命吗？”孟景行的声音再次传来。

钟子归最终决定先盯着屋里的动静。

叶玥怔怔看着被打落在地的匕首，声音缥缈道：“你也觉得，我糟糕透了对吗？”

孟景行眼神复杂地看着她：“不……”

叶玥轻颤着眼睫道：“不止你觉得，所有人都这么觉得，甚至我自己也这么觉得……我是一个坏人、一个虚伪的人、一个可有可无的人。做个身体健康的公主我不行，做个心地善良的公主也不行，我从前是那么讨厌后宫中那些内心狠毒面上却柔弱善良的女人，如今，也变成了当初我讨厌的模样。”

她差点儿就害死了叶清婉，但是叶清婉却没有怪罪于她，她的所作所为，跟后宫那些女人又有什么区别呢？

“还可以回来的！公主！”孟景行一把握住叶玥的肩膀，努力缓和她激动的情绪，“太女之所以没有怪罪你，不正是因为相信你吗？

不正是因为相信这些年来你们姐妹之间的感情吗？你现在如果因为羞愧选择自尽，那么你母后的死呢？背后设计圈套的人呢？公主难道不想知道吗？”

叶玥身子骤然一僵。

“大公主若说自己心狠手辣，那大公主可否解释，为什么会在第一次下毒后见太女没事，没有继续下毒，而是不断地给栖梧宫送补药，三天两头去看望太女呢？为什么派人抓到太女后，不是直接杀死？回来后得知温润把太女关进水牢里就责罚了温润，其实大公主是让温润把太女藏在普救寺内的，如果当时我们没追过来，大公主你是打算先观察京城内的动静后再将太女直接送出京城，我说的可对？大公主你其实在下毒后就后悔了，后来就再也下不去手了。”孟景行笃定道。

叶玥震惊：“你为什么……”

“大公主是想问我为什么什么都知道是吗？”孟景行没有隐瞒，“我在大公主你的身边一直安插着人。”

“你大胆！”

“大胆吗？”孟景行的声音低了下来，他看着叶玥，漆黑的眸子里闪着希冀的光，“大公主你说你忘了对我的承诺，那么臣便告诉大公主，大公主你曾对我许诺过，不会把我推给别人。”

“你住嘴，我……”

“大公主，为什么一直躲着我呢？你身边的暗卫温润像我，你怎么解释呢？”

孟景行最后一句话，震惊了屋里的人，钟子归感觉自己今晚得到的消息太多了，大脑快要爆炸了。

如果他那么多话本没有白看，如果他没有理解错，孟景行这是……这是喜欢大公主吧！而大公主也一直喜欢孟景行，甚至身边的人都像他。

钟子归想到过往的一幕幕。

在红袖阁的时候，他让孟景行抱叶清婉，孟景行说男女授受不亲。起初，他以为是孟景行重三纲五常，深知君臣、男女有别，现在这么一想，哪个男人会允许别的男人碰自己喜欢的人？

叶清婉在他们面前装失忆，但孟景行是知道叶清婉没有失忆的啊。孟景行什么都让他去做，让他帮助叶清婉恢复记忆，让他保护好叶清婉，他是不知道叶清婉是假失忆的啊。如果孟景行喜欢叶清婉，完全可以借着叶清婉失忆的借口多跟叶清婉相处，但是孟景行没有。

这么一想，叶清婉真的好惨。

暗恋的人不喜欢自己，在外人眼中孟景行明明有理由去接近她，但是孟景行依旧没有。

不过，钟子归摸着自己上扬的嘴角，他怎么那么开心呢？

原来他是这种喜欢幸灾乐祸的男人啊！

翌日。

栖梧宫的宫人都稀奇地看着四仰八叉躺在他们太女房门口的灰色小猫，小猫的身侧有两三个空了的酒壶。

太阳晒到台阶上，小猫翻了一个身，嘴巴里“喵喵”不断，嘴角上扬。

门“吱”的一声打开，门口围着的宫人们纷纷吓得四散离开，叶清婉看到门口的小猫，愣住。

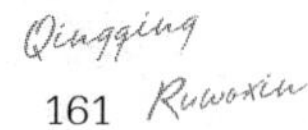

“公主，这家伙昨晚跑去酒窖，偷喝了好几壶酒！”轻罗拿着酒窖的钥匙气急败坏地赶来。也不知道这家伙喝了多少，自个儿变成猫了都不知道。

有人挡住了太阳，钟子归不满地睁开眼，对上两双审视他的“巨人”的眼，他一个激灵，昨晚好像一高兴喝多了。

被人拎起，钟子归蹬着自己的小腿挣扎了两下，就听见拎着他的那人对轻罗道：“我会处置的。”

说完，叶清婉进了屋，关上门。

钟子归：“嗯？”

轻罗：“嗯？”

一猫一人皆蒙，处置就处置吧，大白天关门这是什么意思？

“我记得我说过，禁止你喝酒。”叶清婉手一松，小猫落地变成一个大男人坐在地上。

“之前我装作失忆时，你犯的那些宫规我可以不追究，但是你既然选择留下来了，你说这次犯的错该怎么罚？”

叶清婉许久没得到回应，她低下头看去，眼皮一跳。

钟子归对她抿着嘴眨了眨眼睛，满脸都是“我都那么惨了，就不要罚我了”的神色。

“那就按照宫规来罚吧。”他道。

叶清婉蹙起眉头，似是不敢相信他这么老实。

“不过……”钟子归站起身疑惑地摸上自己的胸口，然后不信邪地将另一只手放上了叶清婉的胸口，“你干什么那么激动？”

叶清婉低下头看着他手放着的位置，脸色一下变得很是难看。

钟子归还陷在自我的世界中分析着，没注意到叶清婉面部表情的变化。

他恍然惊恐，这小妮子该不会是因自己的情感不顺，心理扭曲，成了喜欢罚人的变态吧？不然为什么从刚才进门说罚他起，情绪就那么激动？

“钟子归，你给我滚！”

钟子归：“嗯？”是变态，证据确凿了！

第二节 公主的暗恋

“兵部左侍郎今早在上朝的路上被人暗杀，死在了马车内。”孟景行在棋局上落下一颗白子，抬眸看向坐在自己对面的白衣女子。

“唉……”有人叹息。

“大理寺的人过去了吗？”叶清婉快速落子。

“过去了，陛下命令彻查。”顿了顿，孟景行继续道，“听说是被人一箭毙命。”

“啧……”有人摇了摇头。

“‘帝女花’？”叶清婉迟疑道。

“臣还没有看到那支箭。”

“哎哟……”有人捶胸顿足。

叶清婉颔首：“既然如此，那待会儿你跟钟子归一起去趟大理寺。”

“嗯。”孟景行点了点头。该说的说完后，他往旁边看去，只见钟子归双手托腮，正盯着他跟叶清婉，像是看台下看到戏快结尾的看客。

钟子归现在只要一看到孟景行，满脑子就是那天晚上孟景行扶着叶玥肩膀的样子。

他从前以为孟景行是一个清心寡欲，发乎情止乎礼的人，但是那晚孟景行的动作以及说的话，都让他大为震撼！

这世界上根本就没有清心寡欲的人啊！有的只是因情根深重而克制自己的痴情种啊！

可惜命运就是如此捉弄人，原本孟景行是叶玥的伴读，两个人一起走过青梅竹马的岁月，奈何叶玥的母亲去世，太女易位给了叶清婉，孟景行又成了叶清婉的老师，按照青国的奇葩规矩，孟景行想要跟叶玥在一起是很难的。

再看看叶清婉，暗恋了一个心给了别的女人的男人，小心翼翼地喜欢对方，还学番摊。这种爱而不得还每日见面的滋味，真的令人想想就憋屈。

钟子归看着孟景行跟叶清婉下棋，脑子里全是这些长吁短叹。从前看这两个人觉得是万年冰山，可以把他冻死！现在再看，他觉得这两人是情有可原，看他们的眼神满眼都是“他们真可怜”，他俩一说话，他就忍不住叹气。

天可怜见的……

孟景行看到钟子归的眼神，嘴角抽了抽，而叶清婉这几日里，基本上天天看到钟子归，他都是用“可怜”的眼神注视她。

她罚他，他用眼神说——“她好可怜啊，体谅她吧。”

她路过，他用眼神说——“她好可怜啊。”

她说话、吩咐轻罗办事，他从一旁飘过用眼神说——“她真的好可怜啊。”

自从他刚才看见孟景行后，他看她的眼神中，“可怜”的意味更浓了，甚至看着孟景行，眼里也在说“可怜”。

叶清婉：“钟子归，你刚才听到我的吩咐了吗？”

钟子归立马精神抖擞地点了点头：“当然，去大理寺是吧，孟少保，现在就去？”

大理寺。

钟子归跟孟景行在看到那支杀死兵部左侍郎的箭时，神色都是一凛。

“事情好像远比我们想象的复杂。”孟景行沉吟道。

“一开始，我们发现这种箭的时候，以为对方的目的只是太女之位，如今他们敢在光天化日之下杀害朝堂官员，看来对方的势力很大，能将手从后宫伸到前朝。”钟子归摸着下巴，“兵部左侍郎，我如果记得没错的话，应该是大公主外公家——慕安王府的人吧？”

“没错。”

孟景行反应极快，若这放到以往，钟子归倒不会觉得有什么，但是现在……他意味深长地看了孟景行一眼道：“孟少保记忆力还挺好？”

孟景行不解地看向钟子归。

钟子归继续道：“兵部一直都把控在慕安王府的手中，左侍郎这一死，那职位可就空缺出来了。如果皇上不是从慕安王府里选人填补进去，你说这个位置，接手的人会是谁？”

“接手者为最大利益者，利高者疑。”孟景行道。

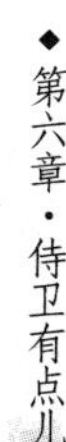

钟子归半眯起眼：“现下，谁接手对我来说并不重要，我只想知道，这个‘帝女花’，到底是什么来路？他们的目的，到底是什么？”

这个帝女花不仅连官员、公主都敢动，还知道从前的明德皇后的一些事情，设计让大公主对叶清婉下手。组织里的黑衣人箭术高超，身手不凡，并且他们能随意穿梭于皇宫之中，这样的一个杀手组织，才让人忌惮。

如果说他们的目的是太女之位，那么以他们的素质，射杀叶清婉不算什么太难的事情。

但是很多时候，钟子归都感觉，他们隐藏在暗处，把猎杀当成一场猫捉老鼠的游戏，只是想看看他们的底线在哪里。

回去的时候，孟景行看着心情颇好的钟子归道：“我原本以为你会生气。”

钟子归茫然问：“我生什么气？”

孟景行道：“以你的性子，公主装失忆隐瞒了你，你不应该生气吗？而你那时候跟我说你要离开，你现在却依旧在皇宫里，你不生气吗？”

钟子归挥挥手，大气道：“我是那种小气的人吗？”但其实他心里想的是，是的，他是。只是最近发现两个可怜人后，他觉得还是他们更惨，这么一对比，快乐就油然而生了。

果然，快乐是要建立在别人的痛苦之上的。

孟景行垂下眼睑，过了半晌，了然道：“看样子，公主已经对你表明心意了。”

“表明心意？”

这话什么意思？钟子归眉头一下拧了起来，他心中有什么念头隐

隐约约地浮现，很不真实，但又让他有些慌乱。他急道：“你在说什么？孟景行，你给我说清楚！”

孟景行看着他陡然着急的样子，疑惑道：“难道公主没跟你坦白她的心思？那你今天这么高兴……”

孟景行的声音戛然而止，他差点忘记了，钟子归就是这么一个人，若是有一天垮着脸安安静静的待在角落里，那才叫反常。

“你快说啊！”钟子归恨不得直接让大理寺的人过来给孟景行开颅，好让他直接看到孟景行到底想说什么，不然这种说话方式，一定会憋死他！

“既然公主没说，这件事我说就不合适。”

“噗……”钟子归一口老血在心中喷了出来，这都是什么人啊！不知道有句话叫“好奇害死猫”吗！

孟景行上马车前，钟子归还在怨恨地盯着他。

“钟子归。”孟景行突然开口，“其实公主那几个月不是在装失忆，她那几个月是在做她内心最想做的自己。”

做自己？钟子归微怔。

“你有没有想过，为什么公主不把计划告诉你？你觉得她是不相信你吗？还是你觉得公主在你跟前假扮失忆，会对找到下毒的凶手有帮助？”

孟景行的几个反问让钟子归第一次换一个角度看待叶清婉对他装失忆这个问题，他看着站在马车上的孟景行道：“所以呢？为什么呢？”

车帘撩开，孟景行毅然决然地进了马车，不再与他多废话半句。

马车从钟子归跟前驶过，钟子归想，这种善于学习、热爱学习的人跟他真的不是一个路数的，明明可以告诉他答案，非要引导他自己算！难道孟景行不知道他再这样下去，很容易变成国子监那几个没头发的老学究吗？

日暮时分，钟子归才回到宫里。

一路上他思考着孟景行的那几个问题，但也没想出个所以然来，正好他一踏进栖梧宫就看见了轻罗。

钟子归眼前一亮，上前道：“问你一个问题，数到三就回答我。”

“啊？”

“你是什么时候知道公主没失忆的？三！”

轻罗：“钟子归你最近是不是有病？如果没病的话，公主已经过来问过你好几次了，快去书房见公主。”

钟子归一懵。

书房的房门是打开的，钟子归还没进屋，就已经看见叶清婉的身影了。

“公主，我查证归来，射杀左侍郎的箭的确是出自‘帝女花’。”钟子归以为叶清婉找他是要问这事，所以刚一进门，就主动交代了下午的查询结果。

叶清婉慢慢转过身，看着他，手里拿了一样东西。

钟子归瞧着叶清婉手中的那东西，他的俊脸有一瞬间绷不住了。如果说这东西与书房里那青花瓷缸里放着的那些画轴有什么不同，大概就是这东西落了一层灰，看起来有些脏。

“这个，是你扔进我床榻下的吧？”叶清婉的表情很平淡，但是钟子归明白，那是暴风雨来之前的平静。

叶清婉说的东西，正是他前段时间扔进她床底下的那幅画。

“这是什么？”他故作茫然，心肝却发着颤儿。

“不知道吗？那你可以打开来看看。”

钟子归没想到叶清婉把画直接塞给了他。他如临大敌，他当然知道画上面是什么内容，画的不就是无脸的孟景行嘛！问题是，如果他看了，要作何评价。难不成祝她心想事成，跟孟景行百年好合？可是孟景行喜欢的是叶玥啊！

“是我扔的。”钟子归索性一不做二不休，直接梗着脖子承认了。

“为什么？你看到这画的内容了？”叶清婉盯着他，连声发问，语气里有着颤音。

“我看到了，正是因为我看到了，所以才这么做的。”钟子归觉得自己有必要好好跟她说一下这个问题，“公主，虽然说书房是没有您的允许，闲杂人等不可进的，但是现在暗处不知道有多少双眼睛正盯着我们，这样有明显心思的画，公主以后还是少画为好，以免被人看见，落人口实。毕竟公主现在贵为太女，一言一行都受到所有人的注意……”

“你是为我着想？还是仅仅是不喜欢我画这样的画？”叶清婉打断钟子归的话。

钟子归敛了敛眉眼，道：“我既是为公主着想，也不希望公主再画这样的画。”既然孟景行不喜欢她，那他就狠心一点，早点帮她断了。

“所以你看到这画就把它扔到床下？那你为什么要选择留下来

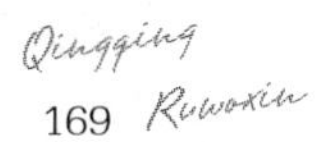

呢？是因为命咒没有解开吗？”

叶清婉突然说了一些让钟子归丈二和尚摸不着头脑的话，不是在说孟景行吗，怎么突然扯到他身上了？

“公主应该早点断了不该有的念头，强扭的瓜不甜。”

“这就是你给我的答案是吗？”叶清婉自嘲地扯了扯嘴角，“我知道了，以后你不会再看见这样的东西了。”

那他这是劝说成功了？

虽然他心里面有些不爽，没想到她会对孟景行用情至深，但是这份保证让他松了一口气。

见他神色放松，叶清婉的眼神暗了暗道：“最近没我的传见，你就不要出现在我跟前。”

钟子归：“嗯？”

他为什么有一种她失恋他倒霉的感觉啊？

叶清婉说不传见，还真就一连几日都没说要见钟子归。

其实，从前钟子归出任务，十天半个月不回来也是常事，但最近几个月发生的事情太多了，他几乎无时无刻都在她的身边，突然不见面，倒让他感觉哪里有些怪怪的。

习惯真的是一件很可怕的事情。

钟子归变成猫，没事就躲在角落里暗中观察着叶清婉。

她与往日里并无异常，每日里不是看书习字，就是习武练剑。今日商贵妃来看望她，两个人便在院子里喝茶闲聊。

一开始叶清婉背对着他，手里面好像小动作不断，他正狐疑她在干什么的时候，一个小东西从她怀中仰起脸看她，他看到那小东西后，宛如五雷轰顶。

她！她居然有了别的猫！

还是那种纯白优雅、中看不中用的波斯猫！钟子归备受打击，自己一只猫在角落里踉踉跄跄，它感到悲痛欲绝。

是谁说只要他不碰别人，她也不抱别的猫的！女人的嘴，果真是骗猫的鬼！

“看样子它很喜欢你，你可喜欢？你若喜欢，我送你一只这样的波斯猫可好？”这猫是商莜兰带来的，它看见叶清婉后一下跳到了叶清婉的身上，难得有猫会这么主动亲近人，商莜兰也很讶异。

“不用了贵妃娘娘，我有一只猫就已经够了。”叶清婉放下那只波斯猫。

那猫翘着长长的尾巴，优雅地踩着猫步，回到了商莜兰的身边。

波斯猫本就是异域的猫咪，商莜兰的娘家是皇商，到处采办，能有这些异域的东西，倒也不奇怪。

“对了，说到你那只猫，你的猫呢？我怎么也没经常在你身边看见？”商莜兰问。

“他最近犯了点儿错，正关禁闭呢。”叶清婉淡淡道。

某只“正在关禁闭”的猫失魂落魄地离开了角落，朝着叶清婉的私人酒窖走去。

酒窖的门上落了七八把锁，钟子归睨了一眼后觉得轻罗是真的傻，她上那么多锁是为了防止他进去偷喝酒，但他是猫啊，他可以钻进去啊！

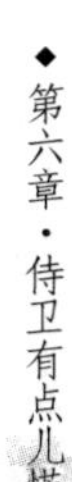

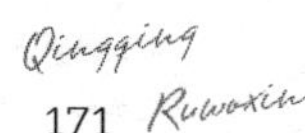

然而他还没有动作，一个身影便笼罩了他。

“钟子归。”是轻罗磨牙的声音。

钟子归浑身一僵。

“你要气死我，公主难过你不哄，跑到这里来接着搞事情？”轻罗看着那个已经变成人形的男子气急败坏道。

“哎……我怎么哄啊？暗恋失败这种事情……等等？你也知道孟景行喜欢大公主？”钟子归错愕道，难道他又是最后一个知道这件事的？

“孟……孟少保喜欢大公主？你听谁说的？”轻罗惊得下巴都快掉下来了。

“嗯？你不知道？那你怎么知道公主难过？”钟子归有些云里雾里。

“公主难过还不是因为你啊！”说到这个轻罗就来气，她很早之前就知道叶清婉喜欢钟子归，虽然她觉得钟子归这个人看起来天生就是一副浪骨，但是公主喜欢也没办法，只希望钟子归能少伤害公主一点儿。

“我？”钟子归指着自己，不解道，“我什么也没做啊？”

“钟子归！”轻罗无比严肃道，“如果你不喜欢公主，就老老实实做好你作为一个侍卫该做的事情！公主不是其他女子，你不能用对待其他女子的轻浮方式对待她，公主虽然喜欢你，但也不是可以让你玩弄感情的人。”

“你说什么？”钟子归脑袋“轰”的一声炸了，叶清婉喜欢他？

“你现在在这里装什么傻，充什么愣？公主虽然不说，但我都能看得出来她喜欢你，如果不喜欢你，干什么要假装失忆却不告诉你这个贴身侍卫？还不是因为她想更接近你，融入你的世界。如果不是喜欢你，凭什么从孟少保那里知晓你想离开的计划后，还配合你的演出……”

——“看样子，公主已经对你坦明心意了。”

——“其实，公主那几个月不是在装失忆，她那几个月是在做她内心最想做的自己。”

——“你有没有想过，为什么公主不把计划告诉你？你觉得她是不相信你吗？还是你觉得公主在你跟前扮失忆，会对找到下毒的凶手有帮助吗？”

“她一次次告诉你她需要你，但你还是想离开她，甚至那画你也扔了……”轻罗的每一句话、每一个字都敲击着钟子归的耳膜。

“画？”钟子归猛然记起书房的那幅画，急忙道，“画怎么了？”

“钟子归，你当真是不知道？”轻罗开始有些怀疑了，钟子归真的是个故意玩弄公主的渣男吗？但是以他的性格，倒不是那种做了事却不承认的人。

钟子归一下跳起脚：“我是真不知道啊！”

原来，他才是那个“可怜”的人，什么都不知道的可怜人！

第七章
确定心意

第一节 嘴角疯狂乱上扬

“那画画的是你啊！你看见却把画给扔在床榻下，还让公主断了不该有的念头！”轻罗气极。

“画的是我？”钟子归震惊道。

“不然呢，你以为画的是谁？”轻罗反问道。

无脸男又是紫衣，难道画的不是孟景行吗？他什么时候穿过紫色的衣服了……

脑中电光石火一闪，钟子归猛然间忆起了他刚到公主身边的那一个月，穿的是紫衣，后来他正式成了她的侍卫，他才穿上了鸦色箭袖侍卫服。

“可……可她书房里不是还有‘高山仰止’那幅字吗？”钟子归大脑乱成了一团糨糊，如果说画的是他，那字不还写的是孟景行？

“那是公主临摹的明德皇后的一幅字啊！你整天都在关注些什么

奇奇怪怪的东西，看不出来公主喜欢你吗？”轻罗恨铁不成钢地咆哮着。

字也不是因为孟景行？钟子归怔在了原地。

叶清婉喜欢他？很早之前就喜欢了？那他前些天对她说了些什么话？

“啊！”钟子归抱头大叫了一声，拔腿就往叶清婉的寝殿跑去，这该死的误会！

“钟子归，你要敢再欺负公主，看我不把你的皮剥了！”

轻罗的怒吼声还响在钟子归的身后，钟子归想着过往的一幕幕，越发懊恼起来。

轻罗知道叶清婉喜欢他，孟景行也知道，唯独他自己不知道？在过去的几个月里，他以为她失忆，以为她是因为失忆性格才会变得如此软萌可爱，结果她只是卸下了那副外人眼中高高在上、坚不可摧的铠甲，用真实的自己去接近他。

她知道他不喜被束缚，所以她利用这次失忆，给了她自己跟他一个机会、给她自己放下一切再次体会被人保护的感受、给他选择去留的自由。

“叶清婉这个笨蛋！”钟子归纵身一跃，翻过层层宫墙。她不知道，一旦一只猫认了一个主人，那一定是心甘情愿的，是可以放弃自由的。

他想离开，从来不是因为觉得她对他束缚，不是因为这皇宫对他束缚，他只是……一直就以为他对她不重要……

“叶清婉！”钟子归推开寝殿的大门。跪坐在案牍跟前的叶清婉闻声抬眸，一如记忆里千百次的画面，无论春秋、阴晴，她都在这儿，等着他。

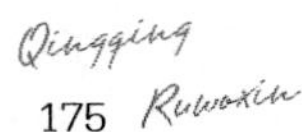

——“因为我喜欢你啊！”

——“我有些冷，你要握紧我哦，不准松开！”

——“我学番摊，好像是因为一个人，为了一个很喜欢的人，为了去了解他的世界、他的快乐。”

——“只要你不给其他人摸，我也不会去摸其他人与物，我们只属于彼此。”

——“我相信你。”

她曾向他说过无数情话，只是他一直没有反应过来，好在，一切都还不算太晚。

叶清婉见是他，神色淡漠道：“钟子归，我不是说了，没有我的吩咐，你不准出现在我的……”

“公主。”钟子归突然笑了，他的表情似是懊恼，又像是欣喜。

他一步步走到她跟前，垂眸看着案牍上放着的快干枯的向日葵，那是他送的。他眼神复杂，看向对面的少女：“我错了，公主请罚吧。”

叶清婉怔怔地看着他，很快，她从他身上移开视线看向别处道：“你没有做错什么。”

钟子归知道，她以为自己又像从前那样，捉弄完她后发现她生气过来认错。

“我以为你喜欢孟景行。”钟子归盯着她认真开口道。

叶清婉错愕地看向他。

“‘高山仰止，景行行止’。你书房‘高山仰止’的那四个字，还有那幅画里身着紫衣、没有画脸的男子，让我一直以为你喜欢的是孟景行。我以为你说为一个人学番摊，也是为了孟景行……”

叶清婉瞳孔微张。

“其实，自从你选我成为你的侍卫那一天起，我就把守护你当成我人生的第一宗旨，你没有束缚住我，反而是你让我离开那暗无天日的地方，所以我没有讨厌过你……

“我不是想离开你，我是怕我会失去自己，你那么信任孟景行，你们门当户对，我想着以后你有孟景行，我在或不在你身边，都已经无所谓了，与其到时候变成一个被遗忘的人，不如先狠下心来将你遗忘。不知道你有没有听说过，猫在感觉自己大限将至的时候，都会离开家。”钟子归扯了扯嘴角笑道。

“孟少保喜欢的另有其人。”叶清婉的语速很急促，像是在压抑着什么。

“你知道他喜欢的是谁？”钟子归愣了愣，随后了然，“我还以为你不知道，所以前些天觉得你跟孟少保都好可怜，一个爱而不得，一个身不由己。”

叶清婉无语极了。原来如此，难怪他这几天用那种眼神看她跟孟景行……

“公主……”钟子归突然弯下腰凑近叶清婉，他盯着她的眼角，满足地笑着，“公主能喜欢属下，属下真的很开心。”

叶清婉眼波晃动，他永远不知道，他这个样子有多么撩人，就像当初他穿着一袭紫衣摘下面上的人皮面具时，一双笑眼便夺走了她的心。

“所以公主假装失忆不告诉我，是想撇下素日里的公主包袱，让我喜欢上公主吧？”钟子归的声音蛊惑，语气里满是隐藏不住的小骄傲和小得意。

叶清婉立刻挪开目光，闪躲道：“你想多了！”

钟子归“啧”一声，双手环胸懒洋洋地道：“我都跟公主说我喜欢公主了，公主居然还在这跟我说我想多了？这样看来，我还是喜欢我的小婉，直白热情，不会像公主这般口是心非。公主，你能让小婉出来吗？”

叶清婉：“……”

“公主你其实很喜欢我吧？”

“……”

“公主你不要害羞啊！”

“……”

“公……”钟子归的衣领一下被人拽住拉下，他弯下腰碰上了她的唇。

“安静点儿。”叶清婉虽然板着脸，但面上的绯红早就已经出卖了她。

钟子归捂住嘴巴，她为什么每次拿的都是男主的话本！

钟子归原以为，他直接将隔在他跟叶清婉之间的那层纸给捅破了，叶清婉会在他跟前直面自己的心，没想到，她就是不开口。但是他也不恼，因为他知道小姑娘是真的害羞了，但她越害羞，他越想让她亲口对他说出那句话，于是每天锲而不舍地追在她的身后。

“公主，公主在吗？！

“公主，公主在吗？！喵喵？！

“公主，聊个一文钱的天好吗？”

轻罗每天看见钟子归黏糊叶清婉的那个劲头，觉得浑身的鸡皮疙瘩都快掉下来了。

“钟子归，公主让你去栖梧宫的小花园。”轻罗传话道。

“嘻嘻，一会儿不见就想我了吧。”钟子归愉悦地眯着一双桃花眼。

轻罗翻了个白眼。

钟子归刚迈开脚步，斜眼便看见轻罗恶寒的眼神，他顿住：“你那是什么眼神，你这个单身人士有什么资格这么看本侍卫？”

轻罗冷哼一声，她可以打人吗？

钟子归哼着歌来到栖梧宫的小花园。这地方他很少来，主要是皇宫里已经有一个御花园了，各宫的小花园就算不了什么，况且叶清婉一向都对花花草草没什么太大的兴趣，所以栖梧宫的小花园，一直都是荒着的。

只是眼前的一幕让他恍惚，以为自己进错了地方，入眼之内一片金黄，灿若骄阳。

是向日葵！整个小花园里种满了向日葵！

钟子归惊住，目光看向了站在向日葵边上的白衫女子。

“这是……”她是准备不做太女，准备当农女卖葵花籽了吗？种这么多葵花！

叶清婉慢慢转过身看向他，道：“你是想要叶清婉还是小婉呢？”

钟子归愣了愣，墨色的眼眸里逐渐亮起了一道光，他勾唇一笑，走到她跟前道：“叶清婉是我青国的公主，是大家的太女，而小婉，却可以是一个人的。公主又在暗暗做着喜欢我的事情，属下送的葵花

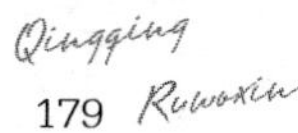

公主很喜欢吧？”

他挑眉，既然今天她让他逮着了，那他可不会像这几天一样再让她溜掉了。

“我很喜欢。”叶清婉轻声道。

他说她让他离开了那个暗无天日的地方，他何尝不是她生命里的一抹艳阳呢？她原以为自己的人生就像一潭死水，再也惊不起任何波澜，但他的出现，让她再次感受到动心、温暖的感觉。

“公主还是这样最可爱。”钟子归看向眼前的一片葵花，“喜欢什么就说出来，难过也不要强忍着，公主不用怕，属下会一直都在。”

叶清婉含着笑，眼波流转。

“既然公主都承认喜欢我送的葵花了，不如再顺便承认一下喜欢我？”钟子归没皮没脸地挨近叶清婉。

叶清婉只是看着他。

“算了算了，你要不想说就不要理我。”钟子归被叶清婉的死亡凝视盯得头皮有些发麻，率先败下阵来。

“我早就对你说过。”叶清婉叹息一声。

“什么？”钟子归愣住，脑海里猛地忆起那一声声“我喜欢你”，“失忆”的叶清婉，确实对他说过很多次喜欢他，甚至还……亲过他。

往事不能细想，细想如饮酒，容易让人上头。

“咳咳！”

钟子归干咳两声以掩饰自己刚才想到的画面，他挥了挥手，故作善解人意道：“行吧，那我就不勉强公主了。”

叶清婉看了他一眼，道：“这片向日葵是赠你的。”

“啊？”钟子归愣住，他看向这片金灿灿的花海，一时没有反应过来。

“你知道何为叶清婉吗？”

“什么？”什么叫何为她？钟子归越发云里雾里了，她到底在说些什么？

叶清婉盯着他道：“太女、规矩、无情无爱为叶清婉。”

钟子归微怔。

“那你知道何为小婉吗？”叶清婉又开口问。

钟子归心中一动，发出一个询问的音：“嗯？”

叶清婉缓缓吐出三个字：“钟子归。”

钟子归心神震撼，这是告白吗！简直是要他命啊！他猫生无憾了。

第二节 永远为你俯首称臣

自从栖梧宫有了一片向日葵，花农的活都差不多被钟子归一个人给揽下了。

“他这是……”叶玥看着窗外欢快浇花的某男子，终究忍不住沉吟问道。

“大约是疯了吧。”

叶清婉说这话的时候嘴角弯起，叶玥瞧着她，眸色渐深：“你……”

“我喜欢他。”叶清婉笑了笑，大方承认道。

叶玥微微睁大了眼。

“皇姐还记得那天我对皇姐说的话吗？我说皇姐间接帮了我一个忙，这个忙就是他。我一直喜欢他，却不知道该如何对他说，皇姐的毒下得正合时机，让我找到一个可以靠近他的机会。”

提及之前下毒的事情，叶玥脸上还有些不自然，她沉默了一会儿道：“那件事，我还是要跟你说一声对不起。”

“我今日不是让皇姐跟我说对不起的。”叶清婉握住叶玥的手，“是有重要的事情与皇姐相议，皇姐应该也听说了左侍郎被暗杀一事吧？”

叶玥颔首。

“我们查到，暗杀左侍郎的那枚凶器，正是出自这几次出现在我们周围的那些黑衣人的组织——‘帝女花’。现在我们正在查这个组织到底是个什么来路，所以需要皇姐帮忙。”

“我？”叶玥不解，她可以帮上什么忙？

“嗯。”叶清婉点头，“这个‘帝女花’，不仅知道很多从前的事情，还设计暗害你我、暗杀朝臣，我想，背后的势力一定很大。左侍郎是皇姐外公家慕安王府的人，所以皇姐打听慕安王府的消息一定很方便。我们想知道，能与慕安王府有直接利害关系的人是谁？以便我们继续调查。”

“这……”叶玥迟疑道。

“我知道慕安王府是皇姐的外公家，有很多事情说出来会牵扯到各方利益，但眼下敌人在暗，我们在明，谁也不知道他们的下一个目标会是谁，为防暗箭再次伤人，我们必须得查。”

叶玥垂眸，再次抬眸看向叶清婉的时候，她眼神坚定，道：“你放心，我会去查一下的，等查到结果，我会第一时间告诉你的。”

叶清婉微微一笑。

“不过……”说完正事，叶玥看着窗外的男人，对叶清婉犹豫地

开口道，“还有一件事皇姐我不得不说。”

“皇姐想说的是我跟孟少保以后会成婚，要我多注意孟少保吗？”叶清婉正色道，“这也是我今天找皇姐来的第二件事。”

“嗯？”

“我喜欢的人是钟子归，我也早就知道孟少保喜欢的人是谁。皇姐，喜欢一个人不是把他往外推，皇姐你能明白我的意思吗？”即便在青国不成文的规矩里，太女与伴读以后要成婚，但她不会嫁，孟景行更不会娶她。

穿堂风吹起宫殿内的纱幔，温柔而又缱绻，叶玥看着叶清婉的眸光闪烁着，良久，她道：“我知道了。”

“你们姐妹两个人聊什么？居然聊这么久？”待叶玥走后，窗户边出现一个人，那人摘下头顶的草帽，露出一张刀削斧割的俊脸。

钟子归擦了擦脸上的汗，翻窗进了屋。

叶清婉很自然地倒了一杯茶递了过去，钟子归眯着眼睛很是高兴，接过一饮而尽。

“公主，我把花给浇了，你要给我什么奖励吗？”钟子归将茶杯放下后就凑近了叶清婉，语气暗示意味明显。

叶清婉知道他什么意思，他这几日像是食髓知味了般，动不动就让她变成小婉的性格，让他捉弄欺负。

“要不我们公平点儿，我变成猫，公主变成小婉？”钟子归开始讨价还价，他在对比了叶清婉跟小婉的区别后，终于明白了叶清婉为什么之前一心想让他变成猫了，谁不喜欢软萌可爱看起来好欺负极了

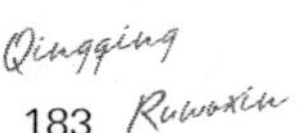

的小可爱呢!

他很怀念那段她“失忆”的时候，因为她总是会亲亲抱抱举高高身为小猫的他。虽然她现在承认她喜欢他，但因为公主的身份，时常都是叶清婉的样子，一天之内只有很少的时间，她才会像小婉那般黏着他了。

“你先回答我一个问题。”叶清婉道。

“什么问题？”钟子归有些好奇。

“你怎么知道孟景行有喜欢的人的？”按照那天他说的话，他好像是最近才知道孟景行喜欢别人，所以才会那么火急火燎找她解释。可是这件事，除了她以外并没有任何人知道，甚至这么多年以来，叶玥都以为孟景行对她的感情淡了。孟景行对叶玥的心思藏得那么深，如果不是那年那天晚上她撞见醉酒的叶玥被孟景行抱在怀里，恐怕她也不知道孟景行喜欢的人会是她的皇姐。

“那天晚上。”钟子归敛去脸上的笑容道，“就是那晚你让我选择留下还是离开的那一晚……”

钟子归将事情的经过告诉叶清婉，叶清婉神色凝重，听他的意思，好像是他跟黑衣人你追我逃间不经意误入了朝晖殿，但仔细想，更像是黑衣人有意引钟子归去往那边的，让他撞见孟景行跟叶玥在一起。

这些黑衣人的几次出现，举动都很奇怪，如果说之前黑衣人给叶玥送信是想挑拨她跟叶玥之间的感情，那么这次黑衣人让她身边的人撞见叶玥跟孟景行之间的事，也似乎是想刺激她?

“公主又是怎么知道的呢？”

钟子归的声音拉回了叶清婉的思绪，她垂眸看着他钩住她的一缕

长发，缠绕在指尖把玩着。

“很多年前，我撞见过皇姐醉酒，那应该是我记忆里她最失态的一次吧，她在大家的眼里一直都是知书达理、温婉贤淑的。那一天我成了太女，而孟景行成了我的少保……”叶清婉回忆起当年的事情，年少的她虽然不懂事，但是看见孟景行抱住醉酒的皇姐，她还是忍不住脸红了起来。

她躲在一旁，看着素日里那个温婉贤淑的皇姐变成了一个小女孩，带着醉意怅然若失地对抱着她的紫衣少年道：“我好羡慕阿婉啊，有健康的身体，可以肆无忌惮地在母后的膝头撒娇，我什么都没有了，如今甚至连你……”

“臣以为大公主不在乎……”

她听见孟景行对皇姐道，孟景行的脸上，是她从未见过的神色。

皇姐埋头于孟景行的胸前，似笑非笑道：“我只能装作不在乎……”

孟景行沉默地看着怀中的少女，良久道：“大公主醉了吗？”

“我没……醉……”

“那大公主听着，臣可以允诺大公主，这辈子，臣都会守护大公主的，大公主可以承诺臣，遵从自己的内心，不把臣推给别人吗？”

“好……我答应你。”

后来，随着年岁渐长，叶清婉才明白那段对话。皇姐与孟景行从小便在一起伴读，青梅竹马，走过无数春秋，只是两人，一个克己，一个复礼，都将心事深埋，都没有踏出那一步。

“原来承诺指的是这件事啊。”钟子归摸着下巴恍然大悟。如果说那晚看到的那一幕令他震惊，那么今日听到孟景行与叶玥两人之间的隐忍更是让他咋舌！这是什么话本上才能看到的剧情！当朝权倾朝野的少保与不受宠的大公主？啧啧啧。

“你又在想些什么？”叶清婉看着钟子归的表情，就知道他的思绪肯定跑偏了。

钟子归回过神，看向叶清婉，神色一下复杂起来。叶清婉何尝不也是这样的一个人，将所有的情绪藏起来，不让人察觉。他无法想象，如果七夕节那晚没有黑衣人阻挠，或许他这辈子也不知道她的心意，他可能会与她就这样错过。

所以那晚她再次让他做出去留的选择，他感受到的那份悲伤，是因为她以为他要离开吗？

这个傻姑娘……

“我也可以给公主一个承诺，公主想要什么承诺？”钟子归开口道。

“什么？”叶清婉愣了一下，反应过来才明白他大概是听到孟景行给了叶玥承诺，也突发奇想地想给她一个承诺。

钟子归道：“比如公主可以要求我每天都要对你说早安晚安啊，或者是永远不要离开你啊之类的。”

钟子归期待地看着叶清婉，他很好奇她会找他要一份什么样的承诺。可是叶清婉再开口的时候，并不是回答她想要什么。

“你想知道你身上的命咒是什么吗？”叶清婉轻轻道，“我可以告诉你。”

屋内一下静了下来，钟子归错愕地看着叶清婉，她知道自己在说什么吗？命咒一旦告诉他，那他与她之间的主仆关系将不复存在，他会是自由的，不受控制的。

“你想知道吗？”叶清婉偏过头再次询问。

钟子归听到自己的心跳声越来越大，似乎要冲破耳膜。

“为什么？为什么要告诉我？”他喉咙发紧。

“给你自由之身，是我可以给你的承诺。”

钟子归定定地看着她，心口处像是被什么东西塞得满满当当，很是幸福，他忽地一笑，笑容明亮照人。叶清婉只感觉整个世界仿佛都亮了起来，她听见他道：“我可以理解为公主这是对我示爱吗？给我自由之身，不让我做你的属下，那公主想让我做什么？”

叶清婉耳朵一下红了起来，她没想到钟子归会一针见血地看出她的心思，她期期艾艾道：“你……你不是……一直都想要知道命咒是什么吗？我……”

叶清婉的手突然被人捉住往前一拉，她整个人扑进钟子归的怀中。

“公主，我说过，口是心非可不是什么好习惯哦。”

叶清婉仰起头看着他，钟子归眉梢眼角带着笑意，一双桃花眼里映着错愕的她。

“从前我是很想知道命咒是什么，但是现在，命咒是什么对于我来说已经不重要了，我不会再离开公主了。”钟子归的手慢慢抚上叶清婉的脸，将她嘴角边的青丝拂向耳后。

“你……”叶清婉挣扎着要直起身，钟子归却牢牢钳制住她的手腕不放手，她一张小脸此刻早已红霞满天飞，眼神更是慌乱不已。

钟子归越发有些舍不得放开她，他以前怎么就没有这样逗过她啊，真的是太可爱了！

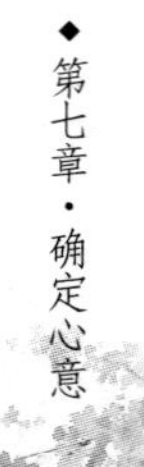

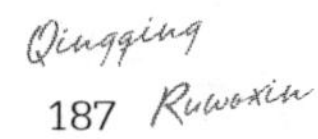

“来而不往非礼也，公主既然没想好向我讨要什么承诺，那属下便给公主想一个吧。”他眼中的笑意渐渐敛去，神情越发认真起来，他慢慢俯下了身，薄唇一张一合，每一个字都让叶清婉心头颤抖。

“我将永远对你俯首称臣。”

窗外，一片金色的花海随风摇曳，似是为屋里纠缠在一起的两人羞弯了腰。

第三节 商莜兰怀孕

兵部左侍郎的案子还没有结果，京城里又有两位官员在家中被射杀身亡。一时间官员都人心惶惶，叶天震怒，命大理寺两个月之内将凶手查出。

“此案无法查下去。”国子监内，孟景行跟叶清婉还有钟子归，三人正分析着。

“我从大公主那里得知，先前死掉的左侍郎，在职时借职位之便贪污受贿，牵扯人数多达二十人，所以大理寺一旦查下去，那慕安王府肯定脱不掉干系。而最近死掉的两位官员，是明德皇后娘家镇国侯府扶持的人。我查到，他们在军队里私相授受，贩卖官职。如果大理寺要查，镇国侯府的人也会出手阻拦，所以这件案子最终的结果是没有结果。”孟景行道。

“慕安王府？镇国侯府？”钟子归沉吟出声，“这死掉的三个官员职位都不低，且都是肥差，如果慕安王府跟镇国侯府为了阻止继续查案，舍本保命丢了这三个人的位置，怕也只能打碎牙齿和血吞。”

“没错，对方很明显是有目的的。”孟景行点了点头。

“现下先不说这三人的职位后续补上的人是谁，幕后策划者是谁。慕安王府跟镇国侯府因此事利益受损，谁会是第一受利人？”钟子归发问。

一直没有出声的叶清婉吐出了两个字：“商家。”

青国有三大家族，这三大家族，分别是叶清婉的外公家镇国侯府、叶玥的外公家慕安王府、皇贵妃商莜兰的皇商家族。他们分别掌控着青国的兵权、财权，镇国侯跟慕安王都是当年陪着先帝南征北战有着战功的重臣，先帝重情重义，将兵权一分为三。但是随着时间流逝，慕安王府跟镇国侯府经历了两任皇帝后，这两家的势力远远没有当年强大了，而当初不怎么起眼的商氏一族，却因为商莜兰的关系一步步被皇帝扶持起来，现在风头正盛。

皇帝扶持商家，大家都明白是出于对慕安王府跟镇国侯府的忌惮，为了压制他们，但养虎终究也会为患。

从国子监出来后，钟子归道：“公主怀疑是商家吗？”

叶清婉点了点头：“虽然我怀疑，但是商家这么做似乎也没有什么道理，商贵妃无子这么多年，就算商家的势力能一手遮天，最终也不会折腾出什么结果。”

钟子归挑眉道：“我以为公主会相信商贵妃的为人。”

“不是你教我的吗？不要轻易相信任何人。”

“啧，公主长大了，知道听话了。”钟子归伸出手笑眯眯地拍了拍叶清婉的脑袋，一副吾家有女初长成的慈父模样。

“钟子归！”叶清婉咬着唇，有些羞恼，他现在是越发大胆了，

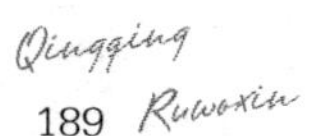

刚才在议论事情的时候，他就明目张胆地一直盯着她笑，她瞪他让他收敛点，他却笑得更加恣意了，看得她都快招架不住了。

“公主，这可是在外面，注意仪态。”钟子归故意俯下身在她耳边道。

与她在一起的时间越长，她会对他做出的小动作跟小表情就越多，钟子归还是蛮享受这种感觉的。

“商家的确有嫌疑，但是目前证据不足。”钟子归分析道，“第一，如公主所言，商贵妃无子，黑衣人起初的目标好像是要公主的性命，但是后来的计划似乎是想借大公主之手借刀杀人，如果计划成功，太女之位空悬，就算重新立皇后设太子或者太女，商贵妃都没有资格。第二，眼下三大家族互相钳制，有一点儿动静就牵一发而动全身，如果是商家杀的人，未免也太过铤而走险了。”

叶清婉颔首，她也觉得商家目前有这个嫌疑，但证据还是不足。

等踏入栖梧宫的门，轻罗早已在门口等候多时，叶清婉跟钟子归看着满院赏赐，齐齐愣住。

轻罗上前解释：“公主，商贵妃有喜了，皇上龙颜大悦，赏赐六宫。”

“什么？”叶清婉跟钟子归齐声错愕道。

“公主上午去国子监时，就有消息传来，说是商贵妃被她养的波斯猫给抓了，那边传了太医，原本是想给商贵妃看伤口的，结果太医诊断出商贵妃是喜脉，但是因为商贵妃被猫给惊着了，所以胎有些见红，皇上让商贵妃好生休养。”轻罗将叶清婉跟钟子归走后发生的事情说给他俩听。

“皇上之所以那么高兴，除了商贵妃怀孕以外，还有一件事情就是，商贵妃的娘家在得知了商贵妃怀孕这件事后，为谢龙恩浩荡，向国库捐了大半的家当。”

“什么？”钟子归拧起眉头，大半的家当？那就是把商家这些年积累下来的大半钱财给交了出去吗？难道商家也察觉到了最近的情况对他们不利，所以主动舍本自保吗？若是如此，那他们得重新思考最近发生的事与商家之间的关系了。

“公主？”钟子归看向叶清婉。

叶清婉点点头道：“我下午会去一趟商贵妃那里的。”

商莜兰怀孕，各宫纷纷送礼祝贺。

叶清婉去商莜兰的寝宫看她时，她正卧床休息，她的气色看起来还算不错。

见叶清婉来，商莜兰很是高兴，拉着她坐下说着话。

“上次选送给太女的宫人，太女可满意？”商莜兰关切问道。

叶清婉愣了愣，反应过来后点了点头，宽大的袖口下，有东西咬了她一下，她抿了抿唇。

宫装就这点好，袖口大，能塞很多东西，塞一只猫也不怎么看得出来。

“那就好，那两个孩子我可是选了很久，无论样貌还是品行都不差，你若满意，我再挑两个送过去？”商莜兰这边欣慰地说着话，窝在叶清婉袖口里的灰色小猫就张口咬叶清婉的手背，她要是敢答应她就死定了！

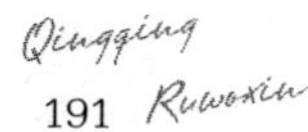

“谢贵妃好意，这两个宫人伺候得很好，无须再添人了，况且父皇也不喜欢儿臣耽于美色。”叶清婉说得一本正经。

商莜兰打趣笑道：“好啦，是我考虑不周，如果我再送人，孟少保估计也要吃味了。”

叶清婉扯了扯嘴角。

商莜兰摸着肚子感慨：“转眼间太女你都这么大了，而我才刚有孩子，恐怕以后太女你跟孟少保有了孩子时，你的皇妹或者皇弟才会走路。”

“商贵妃就爱取笑我。”

“我不是取笑你，太女已经过了十七岁生辰，你父皇今日也跟我提及你跟孟少保的事情，估计过不了多久，就会有旨意下来，太女的喜事将近了。”

藏在袖口里的钟子归猛然间听到商莜兰这句话，轰地大脑一片空白。

叶清婉察觉到袖口中的小猫没了动静，与商莜兰又聊了几句后转移了一个话题，最后离开前，商莜兰送了她一块暖玉。

“这是我哥哥从西域带来的暖玉，戴上可令肌肤生暖，对女子颇好。我这儿有两块，这一块便赠予公主。”那块暖玉握在手中不一会儿就能感觉肌肤升温，仿佛血液都暖了起来，对体寒之人来说确实是一件实用的东西。

叶清婉道了谢，一出宫门，怀中的小猫在无人的时候变成一个身材颀长的男人。

“你要跟孟景行成亲了？嗯？”钟子归面目凶狠。

“你需要一本《宫门恨之替身小主誓不为妾》吗？”

钟子归一下愣住，叶清婉含笑看着他。

钟子归一个激灵，为什么她连这个也知道！

“肖绥告诉你的？”他笃定道。这么丢他脸的事情只有肖绥会说出去！现在回想起来，越发觉得他那会儿就是个白痴。

叶清婉不置可否，她伸出手，看着手背上轻微的牙印道：“你这么厉害，我怎么敢跟别人成亲？”

“知道我的厉害就好。”钟子归哼哼两声，但心里面还是有些忐忑，即便她喜欢他，孟景行喜欢叶玥，但如果皇上的一道圣旨下来，她跟孟景行能有任何反抗的机会吗？即便孟景行抗旨，也会有第二个第三个像孟景行的人出现。

“你放心好了，我不嫁给别人。父皇在我母后去世前答应过她，我这辈子，所嫁之人由自己选择。”叶清婉说到自己的母后时眼神一下黯淡下来。她母后一辈子都没等到她父皇一心一意的爱，最后能做的，只能是用她父皇最后的一丝怜爱，换取女儿这辈子的幸福。

“明德皇后……”顿了顿，钟子归眼前一亮，“上次河神祭我们没有去成宜和园，今晚我们走山路上去吧！”

“去宜和园？”

“对！”钟子归点头。

那个地方，叶清婉应该有很多年没上去看看了，而且，她跟叶玥最近不是在查当年的事情吗，说不定回到从前的地方，能查找到一些蛛丝马迹。

第八章 皇后的诅咒

第一节 迷雾重重

自从明德皇后去世后，宜和园便成了一处禁地。这里原本是前朝最后一任宠妃的寝宫，亡国后，宠妃在这里上吊而死，因这里风景优美，风水又甚好，青国便将此处改为皇后的后花园。但因为接连在此处去世了两任皇后，又有宫人称夜里听到宫殿里有女人的哭声，看见有“女鬼”游荡，久而久之，宫中流传出了一个说法，说是前朝宠妃的鬼魂在作祟，谁当上皇后，便会命不久矣。由于皇后的诅咒越传越人心惶惶，这地方就被视为不祥。后来皇帝为了安定人心，便将此处给封了。除了每年的河神祭，其余时间闲杂人等禁止踏入，违令者斩。

宜和园的宫殿建在山顶上，整座山并不高，到达山顶的宫殿也有两条路可走，一条就是上次钟子归跟叶清婉走过的水路，但是入口只有一个。还有一条就是山路，走过去要比水路费时费力，入口却颇多。

钟子归跟叶清婉挑了白天过来，看守宫殿入口的侍卫并不算多，

进殿对钟子归跟叶清婉来说不难。他们看了一眼宫门，只见宫门上落了锁，锁已锈迹斑斑，明明是大白天，整座宫殿却透着一种阴森森的气氛，看得出来整个园子已经荒废很久了。

钟子归跟叶清婉声东击西引走了看门的侍卫，两个人趁机翻墙进入了这座荒废了好几年的寝殿。殿内杂草丛生，有的甚至长得比人都高。

叶清婉看着眼前的景象，有些发怔。

“公主还记得哪儿是哪儿吗？”钟子归从来没有来过这里，对这里自然不熟。

叶清婉点了点头，朝屋子走去。门推开的瞬间，蛛网沙尘簌簌落下，钟子归将她往后一揽，捂住她的口鼻。

“公主未免也太急切了点儿，这地方许久没有人住，灰尘很多，公主还是戴上面纱吧。”钟子归将事先准备好的面纱递到叶清婉跟前。

叶清婉这才发现，他脸上已经戴好了一块黑布。

“是不是觉得本侍卫很是细心体贴？”钟子归眨了眨眼。

叶清婉道：“你小心，有可能会有老鼠。”

钟子归一怔。

叶清婉寻着儿时的记忆在寝殿内游走着，每走到一个地方，都能勾起她的一段记忆。

钟子归跟在叶清婉身后边走边看，他发现，即便这里已经荒芜了很多年，但从屋内的摆设来看，可以看出明德皇后一定是一个热爱生活的人。

屋内有很多枯死的植物，还有许多字画与书籍，那些字画上都印有明德皇后的凤印，看得出来是明德皇后亲手所绘、所写，将生活全

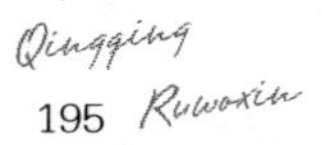

都绘于笔下，而书架上那些尘封已久的书籍，不单单是诗词歌赋，还有史书和膳食书等。

钟子归在这些东西里慢慢看到了明德皇后的日常，也了解到了小时候的叶清婉是在一个怎样的环境里快乐长大的。

“嘭”的一声，钟子归回过头，看见叶清婉打开了一个箱子。

“这是什么？”他走了过去，发现箱子里有许许多多的东西，有适合不同年纪的小女孩的衣服，还有草编的蚱蜢、竹蜻蜓、风筝、小木马等等小玩意。

问完话后，钟子归暗骂了自己一声白痴，出现在这里的小孩子的东西，不是叶清婉的，还能是谁的？

“这些都是我母后送我的东西。”叶清婉拿出箱子里的风筝，风筝早已不如她记忆中的那般色彩艳丽了，但拿起来的一瞬间，她恍惚穿过了荏苒岁月，自己还是那个无忧无虑承欢在母后膝下的孩子。

“我一路看过来，发现整个寝殿内的摆设根本未动过，这是为何？”钟子归问道。

按理来说，明德皇后逝世后，她生前所用的东西会作为陪葬，但是他刚才一路看过来发现，很多与明德皇后有关的东西，都还留在这儿，甚至叶清婉儿时的小玩意儿，叶清婉都没有带走，而是留在了这里。

“你知道谢家吗？”叶清婉突然道。

钟子归心下一动，道：“前太医院院首谢家吗？”

“没错。”叶清婉回忆起往事，“当年我母后偶感风寒，头疼了很久，她找谢太医诊治，起初效果很好，头疼减轻了不少，我母后为了药到病除，一直在喝谢太医配的药，直到有一天，我母后原本快要见好的身子再次感染风寒，整个人开始形如枯槁，短短三天，我母妃就离去了。接着，我母妃身边近身伺候的那些宫女也挨个出现了母妃生病的症状，一个个都死去了，后来……现在太医院的张院首说他一开始就发现谢院首误诊，我母后的病其实并不是普通的风寒，而是疟疾，但谢院首仗着自己资历深看病久，而且相信皇宫里不会有人得这种病，所以不肯听他的建议，耽误了治疗。我父皇知道后大怒，因为当时皇后的诅咒已经闹得人心惶惶，又查出皇后是因为误诊而死，父皇便杀了谢院首，而谢家几百号人都被罚为奴为娼。”

钟子归眉头轻皱起，听着叶清婉继续道：“如果是疟疾，那就可以解释为什么我母后去世后，她身边近身伺候的宫人也相继死亡了，因为疟疾会传染。所以这宫殿在一夜之间被封，没有人再敢踏入，而我母后生前所用的东西，也没人再敢触碰，只是我一直疑惑，为什么我母后会得疟疾？”

“的确，疟疾一般发生在水灾以后的灾区，皇宫内出现此病的情况很少。”钟子归思忖道。他记得青国的母亲河云河还没有治理之前，算是一条害河，每年夏季都会发生水灾，造成下游地区民不聊生、疟疾爆发，但那都是多少年前的事情了。

“因我离开得太匆忙，母后身边伺候的宫人也都因疟疾而去世了，所以调查起来，一直没有头绪。”这些年叶清婉不是没想过查一查当年的事情，只是她身边没有像叶玥母后为叶玥留下的伺候过自己的老嬷嬷那样的人，她想找个当年伺候她母后的人询问情况都找不到。

“既然如此……”钟子归寻思着，他看着屋子里陈列的那些东西，眼前一亮，“如果这里一切东西都没有被人动过，还保留着从前的痕迹，

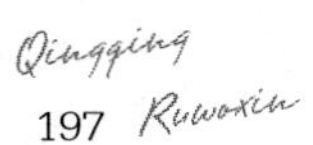

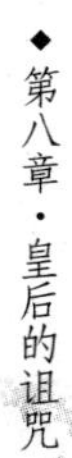

那我们可以找一下当年的留档。”

留档是宫里记录主子生病的档案笺，每次看病的记录都会做成一式两份，一份留太医院寄档，另一份则留在患者身边。太医院寄档的那份，上面由太医写下病者的症状、对应治疗的药方以及患者签字留印，而自留的那一份则由宫人们将主子每日的情况、饮食和碰过什么等日常事无巨细地写在上面，附加太医开的药方与太医的签字留印，以备日后出现什么问题后可以翻档查阅。

“公主可记得，当年明德皇后自留的那一份留档放在哪里？”钟子归问道。这留档为防有人改动，一般都是由身边的亲信存放在某处，普通宫人是不知道放在哪里的。

叶清婉认真回想了一下，小时候每次母后喝完药，身边的贴身宫女送走太医后，都会拿着一张纸朝母后屋内走去，她记得有一次她在房间里，看见宫女走到了……

叶清婉看向屋内的雕花衣柜，快速走上前打开，她记得这个衣柜里放着母后的皇后朝服还有母后喜欢的一些珠宝首饰，留档很有可能就放在这里。

衣柜打开后，她发现多年未见阳光的衣物已经没有了当年鲜艳的色彩，叶清婉刚准备伸出手，手腕就被人握住。

“还是小心点儿为好。”钟子归道。如果明德皇后真的是因疟疾而死的话，那么这里一切有关明德皇后的物品，他们都要小心谨慎。

钟子归扯下脸上的黑布，用其包着手，将明德皇后生前穿过的那些衣服拿出来，但他们搬空整个柜子，也未看见留档。

“或许被放在其他地方了呢？”钟子归道，毕竟叶清婉当时还小，

又过去了那么多年，记错也正常。

“不，一定在这里。”叶清婉盯着空荡荡的柜子。

她记得宫女拿着那留档走到柜子边，再回来伺候她母后的时候宫女的手里已经空了，所以留档肯定在这里面。

叶清婉想了想，用手敲着柜壁，终于在最上层的柜阁里发现了一处声响不一样的地方，那里是空的，说明这柜后是有暗格的。

当他们找到开动暗格的机关后，一个小黑匣子便出现在他们眼前，里面放着的正是当年的留档！

“钟子归！”叶清婉抬眸看向钟子归时，余光扫到窗外的东西，她惊呼一声。

钟子归猛地回过头，发现他身后的窗户上映着一个披头散发的女人身影，那东西不知道在那里站了多久了，猝不及防看见，确实容易让毫无防备的人受到惊吓。可这青天白日里出现一个人影，不是人还能是什么。

“公主，我去追！”

“我跟你一起！”

钟子归破窗而出，这宜和园已经荒废了许多年，今天让他们撞见一个人，其中必有蹊跷！

那女人身形如鬼魅，轻功了得，对宜和园也很熟悉，穿梭在寝殿内没有丝毫慌乱。

钟子归跟叶清婉追到一处偏殿的时候，那女人已经没了踪影。他们警惕地看着周围，这偏殿大概是用来存放冬季物品的地方，钟子归看到了很多棉被与衣物布料。

“公主，你没事吧？”钟子归询问道。刚才她喊他的时候，脸色都白了。

叶清婉摇了摇头道：“没事，只是忽然看见被吓到了。”

钟子归想到她刚才第一时间叫了他的名字，很是满足，他笑了笑：“我还以为公主天不怕地不怕呢？公主这样才像个小女孩啊。”

叶清婉：“钟子归！”

“好了，我……”钟子归刚想调笑几句，突然眉头一皱。

“怎么了？”叶清婉见他神色有异，连忙问道。

钟子归闻着空气里那缕有些奇怪的味道，猛然间惊醒：“公主，快走！”

偏殿的纱幔已经被人用火给点着了，这屋里的东西本就干燥易燃，等他们从偏殿出来的时候，火势已经很大了。

“走水了！走水了！”

守在宜和园门口的侍卫看到殿内突然冒出滚滚浓烟，慌忙敲着手中的锣鼓。

一个荒废已久的宫殿怎么就突然走水了？侍卫们心里发颤儿的同时忙着去救火。

趁着守门侍卫乱作一团的时候，钟子归带着叶清婉出了宜和园，快速离去。

第二节 黑匣子上的花纹

宜和园的火被扑灭了，但因为无故走水，也在整个皇宫掀起了轩

然大波。

栖梧宫内，钟子归看着那个坐在廊檐下怔怔出神的女子，想了想，走过去坐在她的身边，手摸上她的小脑袋道：“别想了，再想下去，头发就要朝国子监那几位老学究看齐了。”

叶清婉白了他一眼。

钟子归扬起一抹微笑，头靠在她的肩膀上蹭了蹭道：“公主，开心点儿嘛。最起码，我们知道的越多，就越接近事情的真相啊。”

“我怕……最后的结果可能我无法接受。”叶清婉垂眸看着手中的黑匣子道。随着他们的抽丝剥茧，她开始有种感觉，可能答案会是她无法接受的。

“别怕，无论结果是什么，有我在呢。”

钟子归变成一只小猫蹭着叶清婉，叶清婉终于弯了嘴角，将他抱在怀里道：“你怎么这么黏人。”

“公主开心点儿了吗？”

“嗯。”

小猫立刻从她怀中跳出来，变成一个大男人：“不枉我牺牲美色了。”

钟子归拿过她手中的黑匣子，里面的药笺已经被拿了出来，黑匣子的底部，可以清晰地看到一个花纹，这花纹他们并不陌生，是这段时间不断与他们交手的“帝女花”的专属花纹。

他们原本是想看药笺有什么问题的，结果意外发现了盒子底部的花纹。

明德皇后为什么会有一个这样的黑匣子？“帝女花”与明德皇后有

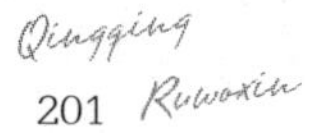

关系吗？宜和园那个披头散发的女人是谁？“帝女花”到底是个什么样的组织？

当他们从宜和园出来后，太多太多事情交织在一起，显得越发扑朔迷离起来。

“孟少保跟皇姐那边怎么说？”叶清婉问道，他们在看药笺的时候，对比了最后几次的药方与前面几次的药方，发现最后几次配方有所改动。因为他们都不了解药理，便将药笺送到了孟景行跟叶玥那儿。

“大公主说药方是没有问题的，后宫里有些娘娘不喜药太苦，太医院就会改动几味药，很是正常，这上面改动的药材就是因为如此。只是改动后的药方有一味名叫苏紫的药不常用，但确实是用来治风寒的。”钟子归道。

“所以真的是误诊吗……”叶清婉喃喃道，再次抬眸的时候，她眼神坚定，“我要彻查最近死掉的那三个官员。”

既然从留档上着手没有任何突破，那她就从“帝女花”开始调查！

藏书阁的顶楼。

钟子归走后，孟景行就发现叶玥陷入了沉思。

“怎么了？那药方有问题吗？”孟景行开口道。

“不是。”叶玥摇了摇头。药方的确是治风寒的药方，只是她想着刚才看到的那些药笺上的症状，风寒确实是会有发热、头痛、身痛等症状，从前期描述的症状上看的确是风寒的症状，但是到了后面，症状描写上就开始出现了发冷又发热的情况，很像……很像她母后当年的症状。

当年她母后小产后就一直身子不好，月子里又碰上云河水灾，她母后因组织后宫捐款，太过劳累又留下月子病，之后半年里身子越发不济，最后因为没挨过去一场高烧而突然离去。

她记得，当年她母后死前，也是不断地发冷发热。

如果说，这不是风寒而是疟疾，明德皇后是死于疟疾，那她母后呢？

月明星稀，栖梧宫的寝殿内还亮着灯。

灯火映照着钟子归深邃的眉眼，他看着案牍上那些账目，往日里的一双笑眼也淡漠了几分，他侧过脸看向身侧的女子道：“公主怎么看？”

因为叶清婉要彻查，所以有关那三个官员贪污受贿的所有证据孟景行都给送来了。原先他们以为，只是有人想设计打压慕安王府跟镇国侯府的权势，杀死这三人只是为了从中获利。但是眼下关于那三个官员的位置的替补人选，朝中议论纷纷，目前皇上还没有定下来由谁替补。而他们从今晚得到的这些资料来看，如果大理寺那边要查，那死掉的三人只是一个引子，到时候牵扯出来的不只是命案，还有政治上盘根错节的问题，涉及方方面面。

死掉的这三个官员，每一个人背后都有许许多多的利害关系，腐败的不只是这三个人，若是仔细追查，恐怕朝堂上三分之一的官员都会牵扯进去。

“慕安王府跟镇国侯府势力庞大，这么多年下来，他们两家早已在朝中形成了自己的集团势力……”叶清婉开口道。虽说慕安王府跟镇国侯府分别是叶玥跟她的外公家，但是身为太女，叶清婉在深查此事后对那些人的所作所为感到深恶痛绝，这些人简直就是白蚁，正将

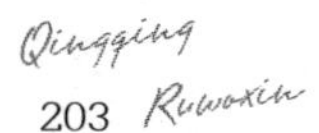

青国的千里之堤一点点毁掉。

从前她没有真正接触过这些，学到的都是书本上关于前朝的前人前事，而那些都离自己的生活太远，她并没有什么切身感触。如今，当她自己看到自己这背后的阴暗面时，只觉得怒不可遏。

眼下不管“帝女花”组织是敌是友，是谁获利，这个案件她都要彻查下去！除掉这些蛆虫！

“公主，慕安王府跟镇国侯府的势力不是一朝一夕就能瓦解掉的，即便经历过两代帝王，哪怕现在商家风头正盛，但瘦死的骆驼比马大。你也看到了，这两大家族的势力依旧不容小觑，如果公主想用一人之力去撬动这两块巨石，以公主现在的实力，恐怕还做不到。”钟子归冷静分析道。

叶清婉抿了抿唇。

“公主还记得那个‘女鬼’吗？”

“嗯？”

“我记得公主说过，在传闻里，有宫人听见宜和园里传来女人的哭声，还有人看到了女人的身影。而我们见到的那个‘女鬼’，除了披头散发、身上穿的衣服破旧以外，鞋子可是崭新干净的，上面甚至绣着现下宫女们很喜欢的云影朝霞的纹样。”那“女鬼”轻功了得，在追“女鬼”的过程中，钟子归不止一次注意到那“女鬼”所穿的鞋子。

肯定是有人装神弄鬼，但是，会是什么人从很久以前就开始装神弄鬼，一直到了今天？

叶清婉眉头逐渐拧了起来。

钟子归继续道：“只有一个可能，有人不想让别人接近宜和园，

宜和园里有秘密，所以那个‘女鬼’看见我们的时候，其实不是想跑，而是想把我们往库房的方向引，她想一把火把我们烧死！而这一切的动机，很可能是这个‘女鬼’一直在找宜和园里的那个秘密，而那秘密，或许正是公主手上拿到的留档。”

叶清婉猛然睁大双眼，她拿过一旁摆着的小黑匣子，将里面的纸张全都倒了出来！

若说太医院自留的那份留档与明德皇后自留的留档有什么不同，应该就是上面会交代明德皇后每日的衣食住行。

如果那个“女鬼”在意的是她手中的这份留档，而不是太医院的那份，那很有可能就是她母后的这份上面记录的衣食住行暴露了什么！

“五月初三，皇后午后吃了一块叶子糕……”

“五月初四，皇后……八宝粥……”

“……”

“五月二十七，皇后……杏花糕……”

…………

叶清婉读着每张药笺上面的饮食记录，身子再也不可控制地颤抖起来，她母后每一日吃的糕点都是商莜兰送来的！

商莜兰擅长做糕点，她做的糕点堪称一绝，因为当年叶清婉极其喜欢吃，她母后就去找商莜兰学，在不断地接触中，她母后跟商莜兰成了好姐妹，对商莜兰做的糕点赞不绝口。后来她母后病倒，商莜兰得知母后讨厌药苦，便做了各种各样的点心来看望她母后，将一些滋补的药掺在糕点里面，虽然味道有些奇怪，但比药的味道可要好多了。

“糕点太医院那边都事先检查过，就算商莜兰再傻也不会直接在糕点里面动什么手脚。”叶清婉攥紧拳头道，“但是只有商莜兰日日送东西来，如果那个‘女鬼’担心这留档，怕也正是留档里的这一点最容易让人怀疑吧。”

“公主会害怕吗？害怕这周围的人没有一个是真心的，害怕自己的真心交付出去却被人践踏吗？”钟子归看着叶清婉问道。帝王之路，这些东西都是必经的，所以很多帝王为了站在那个万人之上的位置，也将自己的一颗真心深藏起来，不肯交于任何人。

“嗯。”叶清婉轻轻点头，眼泪划过她的脸颊。商莜兰对她来说，算是半个母亲，在她母后去世后，商莜兰一直对她照拂颇多。那些年里，她没有母亲的关爱；叶天又对她过于严苛，只想把她训练成一个完美的继承者；叶玥身子不好，来看她的次数有限；只有商莜兰会心疼她、为她落泪，会在她被叶天惩罚的时候偷偷带糕点来哄她。这些年来，她对商莜兰有了一种特殊的情感，但是眼下的事实告诉她，她母后的死很有可能与商莜兰有关，这些年商莜兰对她所做的一切都可能是虚与委蛇，她怎么会没有一种被人背叛、被人设计的感觉呢？

“公主，别难过了。”钟子归用指尖拭去叶清婉眼角的泪。

叶清婉只是沉默不语。

他叹息一声，就算把情绪隐藏得再好，她也只是一个十七岁的女孩子啊，想了想，他一拍桌子道：“我们来忘了这一切好吗？”

一炷香过后，钟子归抱着一坛子酒再次出现在了屋内。

他咬掉那猩红的酒塞，酒香瞬间就弥漫在了整个屋子里。

“没有一杯酒解决不了的烦心事，如果有，那就两杯，来！”钟

子归笑着拍了拍坛身，然后拿过桌上的两个茶杯，分别斟满后将其推至叶清婉的跟前。

“公主，一醉解千愁，今晚过后，明天你就是这青国内最冷酷无情的太女！”钟子归做了一个凛然的表情。

叶清婉看着他，嘴角抽了抽。

“我说过，你不准喝酒，况且，你这不是来安慰我，是自己酒瘾犯了吧？”

“怎么会！”钟子归想了想，双手撑着下巴看着她，“不过说到禁酒，公主可否告诉属下，当年是发生了什么事让公主下令禁止属下我喝酒的？”

他承认他的酒品是不好，酒醒了自己做过什么都会忘记，但是他应该也不会胆大到喝醉后去骂或者打她吧？不过除此之外，他也想不出叶清婉要禁他酒的其他原因了。

叶清婉垂眸看着摆在自己跟前的两杯酒，她道：“你真的想不起来了吗？”

又是这副令人窒息的冷冻表情！钟子归瞬间进入一级警戒状态，他当年该不会真的趁着自己喝醉后，大骂她平日里对他不好，还出手与她打了一架吧？他喝醉酒后这么渣的吗！

“我真的想不起来了……”钟子归心惊胆战。

叶清婉没再说话了，而是拿起面前的酒杯仰头一饮而尽，然后将另一杯推到他的跟前，语气生硬道：“你喝！”

钟子归愣愣地看着她，他觉得自己好像掉进了自己挖的大坑中。

钟子归喝完一杯后，第二杯又递到了他的跟前，他错愕地看着面

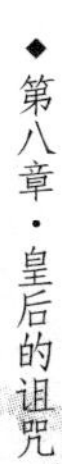

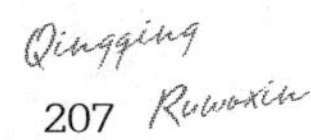

前的女子，但那女子眉眼间的冷意，促使他心虚地接下酒杯。

他越发确信自己当年可能打骂了叶清婉！

这样一杯又一杯地喝着，七八杯过后，钟子归开始有些晕了，面前的叶清婉在他眼里变成了两个，他甩了甩脑袋，听见叶清婉的声音。

“喝醉了吗？”

这声音激起了钟子归一身鸡皮疙瘩，他感觉这声音很是熟悉，好像从前，他也这样喝醉了，叶清婉看着摇摇晃晃的他问他“醉了吗”。

不过钟子归想追根究底是在哪儿听过这句话，酒劲已让他沉醉不知身在何处……

叶清婉走到钟子归身边，喝醉后的他最明显的特点就是一双桃花眼眼尾泛红，看起来漂亮极了。她很爱他这双眼睛，似乎天生就带着笑意，眯着眼睛看人的时候，总让她觉得整个世界都明媚温暖了起来。

“钟子归，你……”

她话还没有说完，整个人就被钟子归拉进了怀里圈着。

“年纪比我小，眉头倒是皱得比我深。”修长有力的手指抚上她的眉心，试图抚平她的烦恼，叶清婉身子骤然一僵。

像是察觉到她身体的反应般，钟子归轻笑一声，声音要比平日里喑哑许多，带着几分撩人的意味开口道：“公主也会怕属下吗？”

叶清婉看着近在咫尺的俊脸，之前肖绥跟温润在她身边的时候，她听见他背地里叫他们“妖精一号”跟“妖精二号”，他恐怕自己都不知道，他才是那个货真价实的妖精。

“明明那么软的一个小包子，平日里非要装作什么都不在乎的样子。”钟子归咬牙切齿，但转眼间又想到了什么，他心满意足地笑着，

眼里星光点点，“公主不要难过，我在啊，我一直都在啊。就算全世界的人都离开你，但我不会。”

“钟子归，你醉了吗？”叶清婉冷静了下来，她盯着他的眼，“你又忘记了吗？”

“忘记什么？”

忘记你说过的话，忘记你做过的事情。叶清婉垂下眼睑，一句话却说不出口。

“嗯？”钟子归看着怀中的少女，询问地发出一个音。

叶清婉再次抬眸，眸光因为恼火而变得亮晶晶的，她揽住钟子归的脖子，吻上了他的嘴角。

钟子归一下怔住，有什么记忆猛地蹿在了眼前，他原本混沌的大脑一瞬间变得清醒无比。

他想起来了！

“公主，酒虽然是个好东西，但是公主未及笄，这东西你沾不得。”

一个十七八岁的少年出现在了一个少女跟前，即便那少女冷着一张脸，但一点也不影响少年脸上的笑意。

“钟子归，谁让你进来的？”少女冷声发话道。

“公主别那么冷冰冰啊，这样以后谁还会喜欢公主。”少年语气轻佻，他拿过少女手中的酒杯，一饮而尽后赞叹一声，“好酒！”

“钟子归！”

“哎，公主以为我是没事来碍公主的眼吗？”那少年打断少女的话，再次给自己斟了一杯酒，“明德皇后应该也不想看到公主在她的祭日这天黯然神伤吧。”

少女怔住。

“既然如此，公主的愁思，都由属下替公主消了吧。”少年莞尔一笑，笑意从脸上淡去，认真地喝着酒。

苑内，少女看着少年一杯又一杯地喝着，眼神复杂。

“钟子归，不许再喝了。”半壶酒被喝掉后，少女终于忍不住开口。

少年单手杵着头，一双桃花眼沾染些许醉意，他道：“那……公主……就给……属下笑……一个……”

“你喝醉了。”

“嗯？”少年没听清对方说什么，猛然凑近跟前的人，半眯着一双眼想要看清对方的表情。

“钟子归！”少女又惊又羞。

“哎！明明是个小糯米团子，还要跟我装成小大人的模样。”少年突然伸出手捏住少女的脸，视线从少女的眼一路下移，落到少女红润的唇上，少年微微动了动喉咙。

少女没注意到他眼神的变化，只是气结得一把打掉少年的手，谁知道少年就像是失去了支撑身体的重心，就这样俯下身，压上了她的嘴角。

他记起来了！但真的还不如记不起来！原来，是他早早地占了她的便宜！事后还全然忘记了！

钟子归忆起了那一幕，但是因为当时他喝了太多酒就忘记了这件事。他记得第二天他酒醒后，听到自己被禁止喝酒，还跑去质问叶清婉她怎么这么绝情，亏他昨日还想帮她喝酒消愁呢！他认为她再不喜欢他，最起码昨天他做得那么有情有义，她应该对他稍微好点儿，结果还不让他喝酒了？

而当时的叶清婉只是盯着他看了许久后才冷若冰霜地问：“你还记得你喝醉后做了什么吗？”

他只是茫然地看着她，问：“我做了什么？”

她没有再回答他，只是脸色变得很难看。

原来，自己真的是一个渣男！占了人家姑娘便宜后，不仅把这件事给忘记了，还像个受害者般不知羞耻地追问人家姑娘“有本事你说我做了什么啊”这么多年！

“叶清婉。”钟子归看着她，“我想起来了。”

叶清婉眸光一滞。

“你应该很讨厌我吧，我……”钟子归很是心虚。

“没有。”

“啊？为什么？你喜欢我喜欢到觉得我不要脸也挺可爱的吗？”

叶清婉从来都没有讨厌过他，他虽然忘记了，但是他一直都做到了。

她永远都不会忘，那个恣意明媚的少年，拿着酒杯对她笑着说：“公主的愁思，都由属下替公主消了吧。”

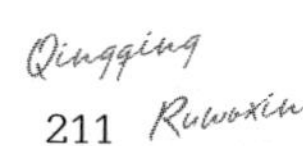

第九章 幕后之人

第一节 其心可诛

叶玥去看望商莜兰的时候，商莜兰刚服下安胎药。

“大公主身子不好，就应该在自己的寝殿内多休息，虽说现在入了秋，但是这日头还毒辣得狠，大公主的礼物我已经收到了，何须再跑一趟。”商莜兰嗔怪地看着叶玥，她拉过叶玥的手，“我听说前不久大公主又病了，身子可好些了？”

叶玥落座后道：“商贵妃此次有喜，父皇不知道有多高兴，赏赐如水般地入了六宫，我也沾了娘娘的光。按理来说，我应该早点儿来看娘娘的，可我一直都是这样小病不断的，劳娘娘挂心了。”

“你这孩子啊，最让人心疼。”商莜兰顿了顿，连忙道，“正好，我这里有好多补品吃不完，反正在这里搁着也是浪费，不如你待会儿带回去一些，就当是为我分忧了。”

说完，商莜兰就命人将补品和药材拿上来。

“商贵妃，这……”叶玥面露难色。

“你也别跟我客气。”商莜兰怜爱道，“你身子不好，需要好好调养滋补，女孩子家，身体最为重要。”

宫人很快将补品药材拿了上来，放满了一桌。

叶玥怔住道：“商贵妃，这也太多了吧。”

“不多，这里面有一些是你父皇还有其他嫔妃送的。”商莜兰语气里有掩饰不住的高兴。

“这是芷白吗？”叶玥看着其中的一味草药，“我平时吃的药里就有这一味。”

“这可不是芷白，这叫首莲，宫里面可是没有的，是西域那边的药，很少见，刚才连张院首都认错了，他也以为是芷白。”商莜兰略有些得意地说道，“听说这东西对女子极好，所以我娘家特地派人送进宫的。”

叶玥看着那些草药，有些黯然神伤道：“娘娘真是好福气，有娘家照拂。”

商莜兰见叶玥一下伤感起来，想起自己刚才说的话，连忙打着圆场：“大公主不必伤感，若是以后闲来无事，可以来我的宫里坐坐，我也缺个说话的人。”

叶玥点了点头说：“这些年也多亏商贵妃照拂我跟阿婉，我跟阿婉也一直把商贵妃当成最亲的人。”

似是想到什么，叶玥有些不好意思地开口道：“昨日我还跟阿婉说，以后商贵妃有了自己的孩子，我们可能就没人疼了，阿婉还说再去宜和园看看呢。”

“再去宜和园？”商莜兰的声音突然拔高。

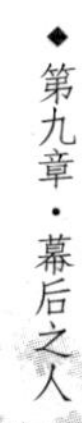

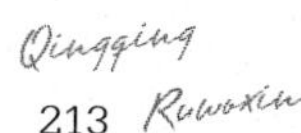

叶玥眼底闪过一抹光，她看着商莜兰很快镇定下来对她假笑道："我的意思是，她怎么突然想去宜和园了呢？皇上不是下令封了那边吗？而且，为什么是再去？太女之前去过吗？"

"阿婉可能是把上次河神祭算作去过一次吧。"叶玥故作叹气，"我也不知道阿婉最近怎么了，一副心事重重的样子，昨天跟我嘀咕了这么一句话后就再没说话了。我也劝她还是不要去那边为好，毕竟父皇将宜和园设为禁地，况且那地方最近又无故走水，实在是不祥之地，还是远离为好……许是看到贵妃有孕，以后会有自己的孩子，所以她最近又想到明德皇后了吧，毕竟阿婉年纪还小，想亲人也是应该的。"

"唉……"商莜兰心疼地叹息了一声，她垂下眼睑，暗自盘算着。

栖梧宫内。

叶清婉跟钟子归看了一眼面前摆放的草药，最后看向叶玥。

叶玥放下手中的茶杯，淡淡道："这药是商贵妃赠予我的，我看到这药的时候突然想到了一件事。"

叶玥看向叶清婉："此药名叫首莲，虽不是我国所产，但是样子与我们青国芷白一药极其相似，听商贵妃说，刚才连太医院的张院首都认错了，可见这东西宫里面没几个人认识。商贵妃说，这药是她娘家派人送来的，我曾在医书上看到过首莲的记载，这药的确对女子极好，但对孕妇是大忌，因为此药最主要的一个功能就是活血，而商贵妃怀孕，她娘家却送此药过来，你们不觉得很可疑吗？"

叶清婉沉吟道："皇姐是怀疑商贵妃……"

"也可能不是我们想的那样，或许商贵妃的娘家只是觉得首莲是

个稀罕物，便送进宫来。撇下这个问题先不说，主要是这件事，让我想到了另一点。”叶玥顿了顿，继续道，“阿婉，你还记得你给我的药笺吗，我曾说过，那药方除了苏紫那味药不常见外，整个药方是没有问题的。”

叶清婉点了点头。

“但是现在，我开始怀疑，商家既然可以得到那么多药材，甚至很多药材连宫里的太医都不认识，如果有人将苏紫换成另外一种药，就像连张院首都会把首莲认为芷白，那么这个药方就另当别论了。”

叶清婉沉默不语，慢慢攥紧了拳头。

钟子归握住了她的手，看向叶玥：“今天的事，多谢大公主。”

叶玥今天去看望商莜兰都是他们计划好的，让叶玥以皇姐担心皇妹的角度，“不经意”地向商莜兰透露叶清婉最近有些心事重重以及说了一些“不着边际”的话，如果宜和园的“女鬼”与商莜兰有关，那么他们的计划就可以实施了。

叶玥垂眸看向钟子归握着叶清婉的手，道：“其实，我开始怀疑我母后的死与商莜兰有关。”

钟子归眉头一皱：“大公主此言何意？”

“我细细看了你们给我的药笺，发现明德皇后离世前的病症与我母后离世前的症状很像，只是当年我母后小产后身子一直不好，各种病不断，最后连太医都说是我母亲在那半年里被各种病折腾得油尽灯枯，没有抵过一场高烧。如果说德皇后其实是因疟疾而死，那我母后得疟疾的可能性可要比明德皇后大很多。”叶玥沉了沉眸子。

钟子归不解地看向叶玥，为什么会说可能性大很多？

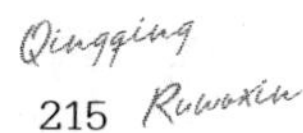

“你们难道忘了，最后一次云河泛滥成灾，疟疾爆发的那一年是哪一年吗？”叶玥一字一句地道。

叶清婉瞳孔一缩，青云十二年！也就是叶玥母后去世的那年！

钟子归也想到了，那一年云河洪涝，整个云河下游民不聊生，水涝过后，疟疾又大面积爆发，年末时皇后身故，那年算是青国有史以来最艰难的一年。

那一年里，因疟疾死掉的人不计其数，而叶玥的母后若说是因疟疾死亡，倒比明德皇后得疟疾逝世的可能性要大，因为自那一年后，朝廷便大力进行云河的水利建设，云河没有再泛滥成灾，疟疾也没有再爆发过了。

“商贵妃当时还是个官女子，在我母后身边伺候，因为父皇要亲自去云河下游巡查灾情，当时我母亲的身体情况不允许她跟随，便派了商贵妃伴驾。你说，能接触那些灾民，回来后再与我母后日日接触的人，会是谁呢？”叶玥道。最可怕的是，当年那些伺候她母后的人，现在大部分都成了商贵妃的手下。她从前觉得是因为商莜兰为人忠厚诚恳，所以她母亲的那些旧人，都愿意去伺候商莜兰。为此，她还很亲近商莜兰。现在细想，如果是这样，那么她不得不佩服商莜兰的手段。

钟子归跟叶清婉都因为叶玥的这段话而怔住，他们以为商莜兰是有害明德皇后的嫌疑，但叶玥也这么怀疑的话，那商莜兰的手上就不止沾染了一个人的血，而是青国两任皇后的命。

“皇姐，你帮我看看这玉有问题吗？”叶清婉忆起上次去看望商莜兰时对方送她的暖玉，自从她开始戒备商莜兰后，她对商莜兰的东西一直都有所顾忌。

“这是块暖玉。”叶玥在拿到那块玉的时候不假思索道，她自己也有一块，是孟景行赠予她的。

“没问题吗？”叶清婉问。

“这东西贴近人的皮肤便可升温，利血活血，女子重保暖，这东西对女子较好，没有任何问题，这东西是商贵妃给你的？”叶玥将那块玉放在鼻下嗅了嗅，没有什么奇怪气味，是一块正常普通的暖玉。

“是的。”

叶清婉看向钟子归，难道自己太过小心了？

叶玥看着他俩之间很自然的小动作，面上突然流露出一丝不自然，叶玥道：“不过……如果女子打算要孩子的话，这东西还是不要戴在身上了。”

“为什么？”叶清婉下意识地问。

“活血，孕妇大忌。”钟子归眸子一沉。他想到了那日在叶清婉袖中听到的她与商莜兰之间的对话，他终于明白了商莜兰为什么早不给晚不给，偏偏这个时候给叶清婉这个东西。

商莜兰恐怕是担心叶清婉有了伺候的宫人后，会怀孕生子，一旦太女有了后人，那就算皇后换人当、太女意外身亡，只要有太女的孩子在，帝位就会传给太女的孩子。如果叶清婉日日戴上这块暖玉，她的身子是会被一点点调养好，但同时，她也会养成一副易滑胎的体质，就算日后太医院查，也只会查出是她自己身体有问题不易保胎，根本不会想到是因为一块玉。

只要叶清婉无法有自己的孩子，那么在商莜兰顺利生下孩子并当上皇后后，她的孩子就可以取代叶清婉的位置。

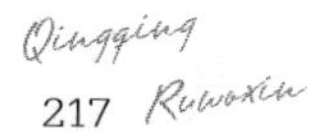

钟子归越想，眼中杀意越足。

商莜兰，其心可诛。

第二节 设计与反设计

三日后。

“虽然今晚我们会在暗地里保护公主，但是公主您也要小心警惕。”孟景行道。

叶清婉嘴角弯了弯：“钟子归说他今晚要扮演我。”

钟子归扮她？孟景行愣了愣。

这时候，轻罗强忍着笑走了进来，而她身后跟着一位持扇掩面的女子，那女子一身青衫长裙，青丝半挽，看得屋内两人齐齐一怔。

轻罗抿嘴一笑，对着那持扇的人道：“好了，既然说要扮演公主，为什么还这么不高兴呢？”

“那也不用给我涂脂抹粉吧。”熟悉的男声咬牙切齿道。

“做戏当然要做全套啊！”轻罗的声音里透着幸灾乐祸的意味。

叶清婉忍不住站起了身，走到那人跟前，伸出手拿下那人手中的扇子，怔了一下后嘴角一下弯了。

他之前还笑肖绥扮女人，有没有想过有一天他自己也会被打脸啊！

钟子归看着她，只见她眸光微微一滞，随后眼里溢满了笑意。他恨得牙根痒痒，抬手掐住她的脸，低声道：“公主你最好保证你可以忍住不继续笑了，不然这辈子你就别想撸猫了！”他知道他现在这个样子有多好笑，但是谁都可以笑，除了她！

“咳咳。”孟景行看着眼前旁若无人亲昵的这两人，“时间不早了，

我们可以动身了。”

“嗯。”叶清婉颔首。

“走吧。”钟子归从腰间拿出一面小铜镜，理了理刘海后扭着腰走了。

众人憋笑。

刚才说不准笑的人是谁来着，他进入角色也太快了吧！

夜幕一点点降临，宜和园内，几天前的大火留下了一片狼藉，空气中似乎还残留着烧焦的味道。

因为救火及时，所以只有偏殿的几间房间被烧毁。

钟子归看了一眼隐藏在梁柱上的叶清婉跟孟景行，开始按照原定的计划在宫殿内游荡，表现出一副似乎在寻找什么东西的模样。

为了活捉“女鬼”，必须得有“女鬼”感兴趣的诱饵，这个诱饵自然是叶清婉。但作为叶清婉的侍卫，钟子归自然不会让叶清婉处在任何一个可能会发生危险的情况里，所以他便提出了男扮女装。

“奴家杜十娘，自十三岁破瓜，今一十九岁，七年之内，不知历过了多少公子王孙。锵锵锵，一个个情迷意荡，破家荡产而不惜……”

角落里，叶清婉的脸色突然变得有些一言难尽，她看着下面甩着袖子的钟子归，额角有青筋凸起。

钟子归甩着袖子，突然戏精上身，他在心里面哼着戏文，这女装的衣袖比他们男装的要长且宽大不少，甩起来很有唱戏的感觉，他在心里面开始唱了起来：“李公子，风流年少，与十娘一双两好，情投意合，奴家杜十娘有心向他，锵锵锵……”

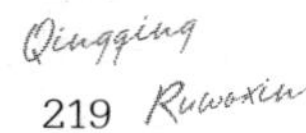

“公主怎么了？”孟景行发现叶清婉神色有异，压低声音道。

叶清婉摇了摇头，盯着下面面色如常的钟子归。

钟子归心中咿咿呀呀唱着，想着上面的两人，觉得他们还需要等一会儿才能见到上次那个“女鬼”。

“再说杜妈妈，女儿被李公子占住，别的富家巨室，闻名上门，求一见而不可得……”

钟子归在心里面唱得正欢快，却在对上叶清婉的眼神时瞬间僵住。

她刚才也在想他？所以她听到了他心里面在唱什么喽？这些唱词在她这种规规矩矩长大的女孩子听来岂不是觉得他是个流氓？

不对！钟子归摇了摇脑袋，他现在为何要觉得尴尬？叶清婉知道他不正经又不是一天两天的事情了。

“叶清婉？”他在心里面小声唤了一下叶清婉的名字，发现叶清婉的目光不自然地移开了。

他一下起了捉弄的心思：“叶清婉，你有本事想我啊，你没本事回应啊？”

“小阿婉，我叫你一声你敢看我吗！”

钟子归本来就觉得有些无聊，这会儿突然发现叶清婉在想着他，就在心里面一声声逗弄着叶清婉。

叶清婉翻了个白眼。

月上东山，有乌鸦在宫殿四周鸣叫。

钟子归拿着烛台翻看着殿内的东西，火光突然轻微地晃动，钟子归余光一凛，睨向身后拂过的人影。

梁柱上的叶清婉也看到了那快速闪现的人影，正待有所动作的时候，孟景行拉住了她。

叶清婉不解地看向孟景行，只见他神色冰冷地看向其他地方。

叶清婉顺着他的视线看去，在另一根房梁上，月光点亮了一点森然的光，像是遗落在房间里的星，仔细一看，却是杀人的箭。

“帝女花”！黑衣人！

叶清婉心头一震，对方是什么时候出现在那里的？

孟景行挡在了叶清婉的跟前，那黑衣人并没有任何动作，只是盯着他们。

殿内，钟子归发现鬼影不止一个，而是三个，他弯了弯嘴角，眼中狠决，对方这是怕一个人杀不死叶清婉，派了三个“女鬼”来啊！

他将全部的注意力集中在了耳目。角落里细碎的脚步声、衣袂被风掀起来的声音、刀剑轻颤声，都在他耳边无限放大。

他握住腰间的剑柄，待到身后人影跃起时，瞬间转身拔剑相抵。

剑光划过那“女鬼”的脸，也让钟子归第一次看清对方的面容。凌乱的头发、森然的白粉与刺目的红唇，赫然一副死人入殓时的装扮。

那“女鬼”看到钟子归的脸时也是一愣，动手的速度迟疑了那么一会儿。

钟子归气笑了，论冲击，他看到这一脸的死人妆冲击更大好吗？怎么对方看他的感觉不亚于走夜路看到鬼？他扮女装还不是为了引她们出来。

“女鬼”看到钟子归的时候才知道自己被骗，她喑哑着声音对影藏在黑暗里的另外两个“女鬼”道：“杀了他。”

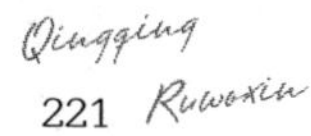

瞬间，两道剑风从两处向钟子归袭来，三人开始围攻钟子归一人。

她们的武功不错，对付钟子归却是有些吃力。钟子归从那吃人不吐骨头的“炼狱”走出来，自有记忆起就过着以一敌百的生活，对付眼前的这三个人，倒也不算难，只是他没想到，在他与这三个“女鬼”打斗的时候，房梁上的孟景行与叶清婉也在作战。

三个“女鬼”听到动静看了一眼头顶。

她们这是遇见了几路人马啊！

当“女鬼”发现局势有些混乱且她们看不明白后，决定还是以退为进。

“想跑？”钟子归察觉“女鬼们”的意图后快速出击，他现在有些担心叶清婉跟孟景行，只想速战速决。

那些个黑衣人经验丰富武功上乘，即便是他对付起来都有些吃力，更何况不是以习武为主的叶清婉跟孟景行？

叶清婉跟孟景行与黑衣人不断过招，虽然那黑衣人自始至终没有动过自己背上的箭，但他们也没有因此占到上风。

直到黑衣人看到那三个“女鬼”被钟子归捉住后，从背后迅速拿出一支箭，朝叶清婉射去，随后又掏出三支箭，三支齐发。

“公主小心！”

钟子归听到孟景行这么一声大叫后猛然抬起头，他纵身一跳，抓住那支射向叶清婉的箭，箭头从他手中划过，他却像丝毫不知道疼痛般转过头看向叶清婉，关切道：“公主你没事吧？”

血不断从他的手中溢出，叶清婉上前握住他的手失控道：“还不松开箭吗！”

“嘭”的一声，黑衣人趁着所有人的注意力都放在叶清婉身上时，破窗而逃了。

“不好！”钟子归猛地回过头，地上的三个“女鬼”已被射杀。

“我们中计了。”孟景行回过神。

其实黑衣人的目标不是叶清婉，只是想利用叶清婉吸引他们的注意力，好去杀掉那三个被钟子归捉住的“女鬼”。

在暗卫之间有一个不成文的规矩，那就是为了保护主子，一般暗卫被人捉住后，同时也为了避免被用酷刑，会选择自杀；但是还从未有过他们眼前的这一幕。如果黑衣人跟这三个装神弄鬼的女人是一伙的，那这个黑衣人的手段未免也太过狠决。

“你没事吧？”孟景行看向钟子归。

钟子归摇了摇头，笑道：“还好这箭上没毒。”

“刺啦”一声，叶清婉撕下自己的一段衣襟，拉过钟子归的手，沉默地帮他包扎着伤口。

钟子归挑了挑眉，看着叶清婉不规则的裙摆道：“公主为什么不撕我的衣服？不是说姑娘家最在乎的就是衣物吗？撕起来不心疼吗？”

叶清婉依旧一言不发。

钟子归看了一眼孟景行，孟景行知趣地撇过脸，朝那三具尸体走去。

“心疼我吗？嗯？”钟子归抬起她的下巴，面上依旧是平日那副没心没肺的笑颜。

“如果箭上有毒怎么办？你不要命了吗？”叶清婉抬眸，眼里压着火气。

钟子归愣了愣，虽然他知道她是担心他，但她真正说出来又是另

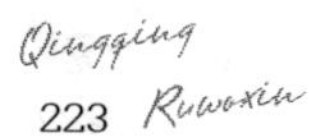

一种感觉了，他眯着一双桃花眼，满足地笑起来道：“公主不就是属下的命吗？”这种被人在乎的感觉还挺不错的？

“好啦，公主不要生气了，这点儿小伤对我来说算不了什么，如果公主担心，不如给我吹一吹？”钟子归将那只包扎好的手伸到叶清婉跟前，故意逗她开心，她之前在他跟前装失忆时不就让他吹吹？

叶清婉看着那已经沁出点点红梅的布条，眼神暗了暗，像是对他无语至极。

“好了，我们还是……”钟子归见她一直不说话，刚开口准备转移话题办正事，结果叶清婉突然拉过他的手，在他的掌心落下一个吻。

钟子归恍若雷劈般地杵在原地，他是真的没料到叶清婉会做这个动作。她……她叶清婉怎么可以这么撩他！

他为从前说她无趣而道歉！

是他眼瞎！

他跪下！

“孟少保，有看出什么线索吗？”钟子归伸出叶清婉帮他包扎好的那只手拨了拨刘海。

“这些人既然来了，身上就不会留下任何与她们主子有关的线索，不过这几个人被杀死了，她们的主子就得不到回话，一定会盯上我们的。”孟景行顿了顿道，“你的手既然受伤了，就不要老是动它。”

“哦，你说我手啊！哈哈，只不过是皮外伤！我们家小婉小题大做了点，给我包成这样！其实你看啊，我手动起来还是没事的！哎，这包扎的技术不错吧！哈哈！”钟子归再次显摆地在孟景行跟前晃了

一下自己受伤的手。

“或许这也不算最坏的结果。”叶清婉一把按住钟子归的手，“我们设了局，有人进来了，对方的身份现已经昭然若揭，接下来商家肯定还会有所动作，最近我们得盯紧点儿那边的动静。”

“嗯。”孟景行颔首。

第三节 张院首是她的人

一场秋雨后，天气渐渐转凉，皇帝的肺痨病情加重，缠绵病榻，已三日未上朝了。

藏书阁的顶楼——

叶玥翻看着书架上的书，赫然发现一处暗窗，那暗窗可以打开，从而看到整个藏书阁内的情况。

“这暗窗是用来观察外面的动静的。”身后，有人在帮她解疑。

叶玥转过身，看着那紫衣男子。

“如有人靠近，顶楼内的人便可察觉，不过这顶楼本就隐蔽，不知道机关就进不来，我常常就在这里看一人找书。”孟景行盯着叶玥的眼神十分温柔，“大公主，上次的书看完了吗？大公主还想看什么？”

叶玥微微怔住，之前……他拿走那些书，都是为了在藏书阁看到她？

难得见她有些窘迫的样子，孟景行轻笑一声道：“大公主，先说正事吧。”

“你应该听说了，先前死掉的那三个官员的位置，都由商家的人替补上了吧？”叶玥坐到孟景行的对面，指尖轻点着茶杯。

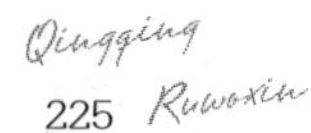

孟景行轻轻"嗯"一声："我有想到会是商家，但是没想到三个位置都给了商家人。现在大理寺那边案子还没结，商家这边又风头正盛，慕安王府跟镇国侯府两方都有不少人暗中给商家递出橄榄枝，以示交好之意。"

"墙倒众人推，树倒猢狲散。"叶玥淡淡道。

这个道理她很久之前就明白了，当她的母后去世，她不再是太女的时候，慕安王府就已经将她视为一枚弃子。

叶玥看着栏外的琉璃碧瓦，这看似平静的皇宫下其实暗流涌动，原来她一直觉得安逸平淡的生活，全都是假象，果然无论是后宫还是前朝，都有人像蛀虫一般在破坏着。

她收回视线："温润前段时间从江南调查回来，查到当年商莜兰随父皇南下抚恤灾民的时候，她身边的宫人感染了疟疾。"

闻言，孟景行微微皱眉。

"商莜兰回宫后，赠予我母后江南暖香阁的胭脂水粉，那时候我母亲身子一直未见好，病容缱绻，是商莜兰鼓励我母后打扮起来，但父皇那段时间忙于政务，我母后一直未能再与他见上一面，后来没多久，我母后就病逝了。据温润查到的来看，商莜兰确实去了暖香阁买了水粉，但是那水粉又与普通水粉不同，因为当时母后脸上出痘有伤，而商莜兰带回来的那些胭脂水粉有祛痘祛疤之效，据暖香阁的掌柜说，商莜兰买的那些水粉是特别定做的，脂粉里掺有药材。"

孟景行沉吟道："大公主的意思是……"

"当然，商莜兰不会那么傻在药材里面动手脚，那药方到现在暖香阁还留了一份，所以从药里查是查不出来什么的，只是调胭脂色用的鹿血，那暖香阁的掌柜说，是商莜兰特地送来的。胭脂里用鹿血是为了让胭脂的颜色看起来更加明艳，鹿血越是上乘，胭脂的颜色越艳丽，越贴合人的气色。据暖香阁的掌柜回忆，他拿到商莜兰送来的鹿血时，是第一次看见那样漂亮的血色……”

“你怀疑……是人血？”孟景行眸光暗了暗。如果是得了痣疾的人的血液，再涂抹到有伤口的脸上，那么血液进入伤口，日积月累外加那人身体本就虚弱，便可以引起虫媒传染。

“你把这个交给阿婉。”叶玥从袖口中掏出一样东西。

孟景行迟疑道：“这是……苏紫？”

“很像是吧？”叶玥嘴角扯了扯，“温润颇费一番气力才帮我买到这味药，此药名叫双姝，是蛮荒小国的一味猛药，与我们青国的苏紫一药外形极像，但是与苏紫的功效却千差万别。虽说是药，但大多都用在制毒上面，人长期服用的话，内脏会严重受损，你懂我的意思吗？”

孟景行神色凝重。

日夜交替之时，天空可以同时出现月亮与太阳，但日月同辉的结局，终究是一方驱走另一方。

叶天的寝宫内，商莜兰仔细地给叶天擦着嘴角的药汁，叶天拍了拍她的手道：“咳咳，你怀着身孕，这些事情就交给下人来做，回去休息吧。”

“皇上。”商莜兰眼中有泪，“皇上一定要顾好自己的身子。”

“哭什么？”叶天笑了笑，“人固有一死，你又不是不知道朕这些年的身体情况，好在，阿婉也长大了，你照看得很好，朕就算此刻

去了，帝位给阿婉，也没有什么不放心的。”

“皇上说什么胡话呢，皇上一定会长命百岁的。”商莜兰虽伏在龙榻边低声啜泣着，但眉眼阴翳，哪有悲伤的神色。

从寝宫出来后，商莜兰打道回府，身后不起眼处，有一只灰色的小猫一直跟着她。

“娘娘。”有宫女迎上商莜兰福了福身子。

“怎么了？”商莜兰眉心跳了跳。

那宫女四下看了一眼，凑近商莜兰的耳边低语了几句。

“没用的东西！我们走！”不知道那宫女说了什么，商莜兰脸色大变，大袖一挥急匆匆朝寝宫的方向赶。

灰色小猫连忙从墙头跳下跟上，可真是忙死他了。

月色朦胧，钟子归回到栖梧宫的时候，叶清婉正坐在灯下发呆，他走近才发现，她面前摆了一味药。

听到他的脚步声，她抬起头看向他：“你回来了。”

钟子归点了点头，这几日他盯着商莜兰那边的动静，好在皇天不负有心人，今天终于让他发现了商莜兰的大秘密。

“这是什么？”钟子归指着案牍上的药。

叶清婉沉着一双眼，将上午孟景行带给她的话复述给钟子归听。

听完后，钟子归挑了挑眉，不置可否，而是先将他这几日查到的情况说给叶清婉听。

“我这几天跟着商莜兰发现，每日都会有宫人给她送去安胎药和大量的进补药膳，张院首每日也会来请平安脉，这一切看起来很是正常对不对？但我发现那些药汤药膳之类的东西商莜兰从来不碰，只是吩咐身边的贴身宫人，将东西端进屋，似乎屋里有其他人。我进了屋子查看，却一直没有发现有何异常，直到今天我跟着商莜兰，终于发现她房间里有一个密室，公主能猜到这密室里面有什么吗？”钟子归的眼尾一挑，明晃晃的火苗在他眼中摇曳着，有些诡谲。

“有什么？”

“商莜兰的密室里，藏着一个怀有身孕的女人。”

“什么！”叶清婉一下站了起来。

钟子归看见的时候也很震惊，一开始叶玥跟他们说商莜兰娘家送的那些补药的时候，他们就有些怀疑商莜兰是不是假怀孕，但是他们没想到商莜兰不仅假怀孕，还在自己的寝殿里藏了一个孕妇，准备狸猫换太子。要不是今天密室里的那个女人吃多了肚子疼，惊得商莜兰着急回去看，他恐怕不会那么快发现这个大秘密！

“她是不是疯了！”叶清婉握紧拳头。

皇后那个位置真的有那么大的魅力吗？能让商莜兰不惜手染鲜血，不惜铤而走险去假怀孕？她难道从来没有想过事情败露的那一天自己会受到什么惩罚吗？

“除了这件事情以外，我现在开始怀疑太医院的张院首是商家的人了。”钟子归道。商莜兰能有底气这么做，极有可能是张院首在其中提供帮助。

张院首是商莜兰的人？叶清婉猛然看向钟子归。

“如果张院首是商家的人，那么商莜兰在太医院里换药、假怀孕便轻而易举。”钟子归眸光微敛，修长的手指敲了敲桌面，“眼下如

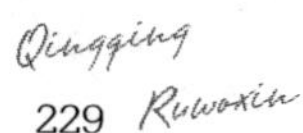

果想查张院首到底是不是商家的人的话……”他还没有想到有什么好办法。

“宜和园走水一事不是开始有人传是皇后的鬼魂又开始作祟了吗？”叶清婉开口，“我们不妨利用这一点，等到张院首在太医院值夜的那天，用点儿可以令人意识恍惚的药……”

五日后。

伴随着一道惊雷声落下，天空下起了瓢泼大雨，风将半开的窗户吹得吱吱作响，与呜咽的穿堂风在空荡荡的太医院里交织出一场诡异的声响。

“呜呜呜……”

风声又急又响，似女人尖细的声音，屋内的张院首抬眼看一下窗外，放下手中的茶杯，有些厌恶地皱了皱眉，接连两天都是这种鬼天气，居然还不消停。

张院首无奈地叹了一口气，起身走到窗户边准备将窗关上，猛然间，一抹身影在对面的窗台闪过，吓得他心头一激，等他再次望去的时候，什么也没有，仿佛刚才的那个人影只是他的幻觉。

连忙将窗户关好后，张院首就朝自己的位置走去，而他的身后，有一点火星在窗纸上烫出一个洞，一缕香烟摇曳落地。

屋外的雨越下越大，电闪雷鸣间，张院首恍惚听到了女人如诉如泣的声音，他仔细再听，又像是风在呜咽，但过了一会儿，那呜咽声里响起了许多脚步声。

屋内的张院首如坐针毡，不知为什么他的心绪越发不宁，正掏出

银针准备给自己扎针凝神时，一道疾风破门而入，吹灭了屋里的灯，吓得他一下从板凳上跌坐在了地上。

“轰隆”一声，巨大的雷声响起，白光乍现，照亮了整个夜空，也照亮了漆黑的屋子，张院首看向被风吹开的门口，瞳孔骤缩。那里，真真切切出现了一抹女人的身影。

“张院首，本宫来拿药了。”

张院首张着嘴巴，喉咙咯咯作响，他的身子抖成了筛子，惊恐万分道：“明……明……明德皇后！”

很快，他自我否定道：“不不不！不可能是明德皇后！明德皇后已经死了！你是谁？为什么在这里装神弄鬼？来人啊！来人！”

迷幻药的药效还没有全部发挥作用，张院首还保留着一丝理智。

“张院首，你还记得什么是双姝吗？”站在门口的女人幽幽开口。

那声音此刻落在张院首的耳朵里，竟与他记忆里明德皇后的声音如出一辙！

苏紫？双姝？那个他换掉的一味草药！

张院首整个人陷入了震惊当中，他听着那女人继续道：“阎王跟本宫说，是你害了本宫的命，一命抵一命，本宫今日回来便是取你的命的。”

黑暗里突然蹿出一撮火苗，顺着梁柱而上，宛如一条金色的小蛇。

张院首大叫了一声，惊恐让他体内的迷幻药加快了发挥，在他的眼里，那火已经变成了熊熊烈火在燃烧。

钟子归之前就在张院首的茶水里放了“炼狱”特制的迷幻药，此药无色无味，入水即化，很难让人察觉，食用后可以让人产生幻觉、

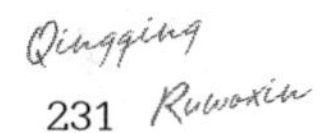

幻听，精神受到刺激，心中越是惊恐什么事物，那件事物就越会在他的幻觉中栩栩如生地出现，“炼狱”里经常拿这药去惩罚任务失败的暗卫。

叶清婉穿上了明德皇后的衣服，在张院首眼里，就是明德皇后来找他了。

他大叫着：“不是我！不是我要害娘娘的，不是我！别杀我！”

“不是你？”女人冷笑了一声，对着脚下的东西道，“去把他说谎的舌头割下来。”

张院首顺着看了过去，这才发现死去的明德皇后脚下还有一只黑色的猫，那猫身子一摇，就在他的跟前变成了一个高大的男人，手里还拿着利剑。

“猫……猫……人……人……”张院首受到刺激乱叫着，看着那男人拿着剑走了过来。

他抱住头，缩在角落里道：“别杀我！是她！是她让我给娘娘下药的，是她！要取……取娘娘的命！”

“她？”叶清婉看了一眼钟子归。

钟子归立马会意蹲下身揪住张院首的衣领，张院首蹬着腿尖叫道：“是商贵妃！她说只要我下药，再指认谢院首说他误诊！她就可以帮我登上院首的位置！是她！”

“你们还害了谢院首？”叶清婉道。

“不……我没害他，我只是下药，让娘娘身体受损，但娘娘你怎么得痞疾的我不知道……不是我让娘娘得痞疾的，不是我杀了娘娘的，不要杀我……”

“就算你没有害本宫，那你为什么要帮商莜兰假怀孕？”叶清婉疾言厉色道。

张院首浑身一颤，伏在地上不停地磕头：“是商贵妃说等她当上了皇后，她可以给我享受不尽的荣华富贵，我是被利欲蒙蔽了心，我错了！娘娘饶了我吧！我真的不想死啊，我家里面……”

张院首已经不知道自己在说些什么了，说的话前言不搭后语，显得有些疯疯癫癫。为了避免他承受不住刺激，钟子归一掌击晕了他，虽然他们想要的答案已经被问了出来，但此人现在还不能一刀杀了，日后还要当证据的。

“公主。”钟子归看向叶清婉。

叶清婉隐在黑暗里，脸上的表情让人看不真切，她道：“钟子归，我们恐怕有一场仗要打了。”

钟子归嘴角勾了勾，走到叶清婉身边：“就算是一场恶战，我也会与公主并肩作战、坚持到底的。”

第十章
陪伴是最长情的告白

第一节 有一场仗要打

太医院的张院首值了一晚上夜后，邪风入体，大病了一场。当太医院的人都在窃窃私语张院首被宫人发现晕倒在值夜的屋子里这件事时，青国皇帝叶天病情加重，虽然有太医院众太医轮番上阵救治，但叶天依旧陷入昏迷当中，情况危急。

为了稳定朝臣的心，太女叶清婉监国，由少保孟景行辅佐。

表面上看，所有机制都好像照旧在运行，但私底下暗流涌动，各大势力拉帮结派，蠢蠢欲动。

“主子。”有人单膝跪在了宫装女子的跟前，“属下去看了张院首，张院首有些疯疯癫癫，似乎受到了很大的刺激，满口叫着‘明德皇后饶命’。”

闻言，那宫装女子手中的茶杯掉落在地上，发出清脆的声响，跪在地上的人头更低了下去。良久，那宫装女子漫不经心地道：“张院

首已经没什么用了，以防他说出什么不该说的东西，去把他弄哑吧。”

“是。”地上的人收到任务后准备离去。

那宫装女子喊住她：“我们的计划要提上日程了，回去跟我家人说，上次我派出去的人没有回来，这次张院首又出了事，看样子太女已经盯上我们了，我们得准备下手了，不然，越拖情况对我们越不利，等我家那边安排好后，我会亲自出面，去摘星阁。”

“摘星阁？”那人有些不可置信。摘星阁是宫装女子家族的产业，表面是酒楼，但这么多年以来，私底下一直起着另一番作用。很多不为人知的交易都是在这里完成，为现在家族其他的产业拉拢了不少人脉、做出了不小的贡献。可是，眼前这位一向将摘星阁的事宜交给家里面的人接手，从未亲自出过面……

“既然要做事，那就得拿出诚意来。不必多言，快去吧。”宫装女人眼神坚定。

叶天之前因生病堆积起来的折子已经摞成了小山，叶清婉没日没夜地看着，好在叶玥也过来帮忙，倒是减轻了她不少的负担。

叶清婉看了一眼外面的天色，扭过头对着叶玥道：“皇姐，今日就到此吧，你身子不好，早点回去休息，剩下的我来看就行。”

叶玥揉了揉眉心，放下手中的折子：“我无事，倒是你要好好注意身体，我们可是有一场硬仗要打的，你可不能先垮下来了。我让宫人替你准备点吃食，待会儿用过膳后我们再继续看吧。”

叶清婉歪着头一笑，道：“那我还得多谢孟少保发现皇姐这个宝，不然待在这后宫就埋没了皇姐的政治能力了，我这几天恐怕也得累死。

不过皇姐还是不用操心我这边了，孟少保在等你。”

叶玥错愕，回过神后面上红了起来，犹如染了胭脂一般。她看着叶清婉，半晌道：“阿婉变得越来越像小时候的阿婉了。”

小时候的阿婉？叶清婉愣住。

小时候的她是个什么样子？应该是有母后的陪伴、有叶玥的照顾，她应该整天过得无拘无束很是开心吧？

如今她渐渐像从前那般模样？叶清婉摸上自己的脸，突然温柔地笑了一下。

二更天刚过，有一道身影从窗户翻进了屋，烛光轻晃了一下，拉长了一抹清癯的身影。

钟子归看了一眼案牍上堆积成山的奏折，又看了一眼趴在案牍上睡去的女子，他轻轻走到她身边，这些天他虽然在外跟查商家的动向，但是也听说了宫里面的情况，她一个人辛苦了。

钟子归看着叶清婉眼底的青黑，刚弯下腰准备将她抱至床上，低头却发现她轻颤的眼睫，他饶有趣味地停了原先的动作，突然揽住她的腰将她向后压倒制伏，大喊一声：“刺客！暗杀装睡的公主的。”

没承想，叶清婉头磕在了地上，发出一声闷响。

叶清婉一懵。

钟子归干笑两声：“不好意思，力气大了点儿。”

叶清婉抿了抿唇，睁开眼，眼中有些怒气。

钟子归一双桃花眼眼尾上挑，他看着身下的女子，原以为她会丢给他一个白眼就此罢了，没想到她给出了回应，抬起脚就朝着他腹部踹了一脚。

“噗！”她还真踢啊！钟子归配合地捂住肚子倒在了一旁，余光里瞥见叶清婉坐起了身，理了一下案牍上乱掉的折子，没有管他。

钟子归挑了挑眉，她这是生气了？因为他戳穿了她的装睡，没有亲亲抱抱举高高？

钟子归嘴角扬起，计上心来，他躺在地上，“痛苦”地哀叫起来。

“公主好狠的心啊，我本来就受伤了，公主还给了我一脚……嘶，好疼啊……”

叶清婉无动于衷。

钟子归继续半阖着眼惨叫：“早知道公主这般不待见我，我就直接回房间了，哪还会因为想着公主，特地来看公主。”

叶清婉微微动容。

钟子归一看有好转，再接再厉道：“好痛啊……”

“我看看！”女声猛然间凑近，着急与紧张之意尽显在语气当中。

钟子归嘴角一咧，将近在咫尺的女子拉进怀里。

叶清婉愣住。

钟子归揉了揉她的脑袋宠溺道：“刚才是属下的错，属下给公主赔礼道歉了，公主还疼吗？”

“钟子归，你居然骗我！”怀中女子反应过来后挣扎着。

“我可没有骗公主，我想公主啊。”钟子归收紧了臂膀，权当她的挣扎是小兔子撒泼，一副眉开眼笑的样子，“有句话怎么说的来着，一日不见，当刮目相看，瞧瞧，我们家小婉的脸都瘦尖了。”

叶清婉：“那是一日不见，如隔三秋！”

“啧，小婉你这么想我啊。”钟子归眉开眼笑。

叶清婉怒瞪他，她信了他的邪！

“不生气了吧！”

叶清婉坐在他怀里撇过头。

钟子归噙着笑意咳嗽两声道：“那我可要说正事了啊？”

“嗯。”

得到回应的钟子归笑了笑。

“商莜兰近期要动手了。”说到正事上面，钟子归敛起了原先的一副笑脸，“眼下慕安王府与镇国侯府的势力远不如从前，因为三位官员的事情，这两大家族内部都有人害怕大理寺那边查出来什么牵连到自己，如今商家一家独大，有些人暗地里准备要抱商家大腿了，而商莜兰想借此机会，扩大自己的势力范围。”

叶清婉颔首道：“与我预判的差不多，现在我们已经搜集到许多证据了，只要商莜兰动手，我们就可以将这些东西交到大理寺那边，来个一网打尽。”

“嗯。”

聊完后，空气里陷入安静，钟子归搂紧叶清婉的腰，两个人都在享受白日疲惫后这刻难得的相处。

“等这一切结束了，我带公主去南山看雪吧。”钟子归突然道。

“南山？”叶清婉不解地看向他。

“对。”钟子归温柔一笑。

青国很难得有下雪天，从前他出任务的时候路过南山，被那里的雪景所迷倒。那时候他只身一人，身边没有人可以分享他的那份开心，他便想着回去一定要说给宫里的人听。而他蓦然发现心里想到的第一个宫里人是她时，他才发现，他虽然嘴巴上喜欢跟她唱反调，心里已经将她放在了一个很重要的位置上，不容忽视。

“好，等一切结束，我们一起去看雪。”

第二节 被困

两个月的时间已到，但大理寺那边并没有查出射杀三位官员的人到底是谁，太女叶清婉决定亲自查案，一时间，朝堂一片哗然，众官员议论纷纷。

有官员说叶清婉整日除了国事要处理，还要处理案件，身子恐怕吃不消，劝她不要管；有人说叶清婉太过年轻，大理寺都查不出来的东西，她怎么能查出来，劝她放弃……

叶清婉冷笑，到底是查不出来，还是不能查？不想让她查？

她接手这个案子，目的就是刺激那帮人加快动作。

她越逼他们，他们就会越快动手。

七日后，京城最大的酒楼摘星阁内，与往常一样，门口的马车纷来沓至，宾客络绎不绝。此时日暮微垂，坐在顶楼三楼临窗的地方，便可极目远眺“楚天千里清秋，水随天去秋无际”的景色。

“这摘星阁是商家的酒楼，他们选这个地方，也算是看中了这里人多眼杂。”钟子归扫了一眼熙熙攘攘的酒楼，放下手中的茶杯看向打扮成下人、戴着人皮面具略显平庸的叶清婉，眯着眼睛笑了，“时间也差不多了，小婉，我们该赴宴了。”

叶清婉点了点头，今日他们不仅易了容，也换了一个身份。

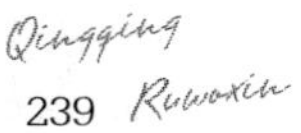

“掌柜，我要天字一号房间。”随着话音落，钟子归掏出一锭银子、三枚铜板，放置在柜台上。

原本正在拨弄算盘的掌柜听到这话，眼皮一掀看了看桌上的钱数，淡淡道：“本店三楼天字号的客房都满了，公子还是去别处吧。”

“三楼满了，那就给我开一间四楼的房间吧。”钟子归压低声音。摘星阁总共只有三楼，根本就没有四楼。

掌柜手中的动作一顿，看了看钟子归，道：“公子，四楼的房间一般人可住不了。”

钟子归轻笑一声，从腰间掏出一块牌子。

那掌柜眸光闪了闪，随后同身后的仆人耳语了几句，回过头来时已笑容满面道：“这位客人运气真好，正好刚才有一位客人退房了，小二，带公子去歇息。”

“哎，好嘞！客官您这边请！”

小二热情地带着钟子归跟叶清婉在酒楼里穿梭着，没有引起周围人的怀疑，似乎他们就是两个普通得不能再普通的住店客人，由小二带去房间。

跟在小二身后，钟子归将手中那块牌子递到叶清婉跟前，挑了挑眉道：“物归原主。”

叶清婉看着那牌子上面的“镇国侯府”的字眼，接过道：“你倒是游刃有余。”

他们刚才的一段对话、动作全都是暗号，首先一锭银子跟三枚铜板，没有人会拿出一锭银子还外加三枚铜板来定房，而“三”与“商”谐音，代表商家；其次他们说的四楼，这是摘星阁没有的层数，代表的是双

方会合的地点；最后一问则是亮明自身身份，这就需要腰牌，而他们今天冒充的是镇国侯府的人。

这一环环的设计，足见商莜兰的小心翼翼。

“还不是小婉早年训练得好。”钟子归突然倾过身子，对她笑道。

叶清婉的心猛地一跳，她下意识看了前面带路的小二一眼，再回过头的时候，钟子归对她眨了眨眼，似乎在说她是不是想歪了？

她抿了抿唇，今日的他穿了一袭紫衣，举手投足间风流不已，一双漂亮的桃花眼噙着笑看着她，越发像是谁家出来寻乐的不羁的贵公子了。

“客官，到了。”小二带叶清婉跟钟子归进了一间储放食材的房间。

屋子很大，屋内的食材琳琅满目，看得出来这是摘星楼后厨之地，只是此刻偌大的房间里并没有其他人。

小二走到房间的一角扭动了机关，地面上赫然出现一个甬道口，那甬道朝地下延伸，不知通往何处。

小二道：“公子请吧。”

叶清婉跟钟子归对视一眼，两人下了甬道后，头顶的地面入口便合上了。

“跟在我身后。”钟子归道。

“嗯！”

好在这甬道两边都有壁灯，不至于一点也看不见，他们不知道走了多久，依稀听见了喧闹的人声，随着他们越靠近，人声越来越嘈杂，直到他们来到一扇门前，推开门后宛如来到了另一个世界，一个地下世界。

他们原以为只是一个用于议事的地下房间，结果眼前却是一座极尽奢华的两层楼的酒楼，一楼的大厅内还设有赌场和戏台。

青国明令禁止酒楼设赌与暗娼，而这里却什么都有。

戏台上有名伶咿咿呀呀唱着，台下有人喝着花酒听曲，有人在赌桌上一掷千金。

“这些人是……”叶清婉的视线从一些熟悉的面庞上掠过。

“有一部分是商家的人，有一部分是此次来的慕安王府与镇国侯府这两家的人。”钟子归接过话道。许多人的资料他们之前都查过，商家身为皇商，走南闯北几十年建立了一个庞大的人脉体系，正是这些人脉，让商家从一个九品芝麻的小官变成现在人人忌惮的皇商。而眼下这里的大部分人，都是商家的“伙伴”，估计都是待会儿商家谈判的筹码。

“各位。”二楼的走廊上出现一个戴着面纱的白衣女子。

那女子拍了拍手，一时间一楼所有的人都停下了手中的动作，下人们有序地退了出去，只剩下一些今晚谈事的人。

待场子清理完后，那白衣女子继续开口道：“今晚到场的，都是彼此之间相互信任、谋求合作与共赢的，你们想要的，主子绝不会亏待。此刻我家主子已到，待会儿各位就可以带着你们的条件与要求上楼与我家主子详谈了，至于上楼的顺序，我们会以抽签的方式排序，最后一位是十一号。”

那白衣女子又拍了拍手，有人拿着一个签筒出现在他们跟前，众人开始抽签。

“你来抽还是我来抽？”钟子归问。

“你抽吧。”话音刚落，叶清婉侧过脸看向自己的肩膀处那只不断蹭着的手。

叶清婉眼皮一跳：“你在干吗？”

“嘻，小婉运气好，我这不是在蹭你的运气，保佑我们能多待一会儿，抽到最后一号嘛！”钟子归笑得没皮没脸。

签筒很快来到钟子归跟前，他随手一抽。叶清婉原本是没有任何好奇心的，但因为他刚才的那一番动作，让她也忍不住看了过去。

是九号，虽不是十一号，但也足够靠后了。

“我就说小婉运气好嘛。”钟子归撇过脸一笑。

叶清婉脸热了起来。

“好，抽到一号的客人请跟我来，其他的客人可进房间休息等候，客房都已为大家备好，各位可以根据手中的号码进一楼相应的房间休息。”白衣女子说完这段话后，众人才发现一楼每间房间门口都挂了一盏红色的灯笼，灯笼上写着数字。

钟子归有些玩味地把玩着手中的竹签，回过头对叶清婉道：“走吧小婉，轮到我们还需要一段时间，先回房补个回笼觉。”

叶清婉知道他们的身后都有人盯着，她点了点头，跟着钟子归进了房间。

“好困啊。”钟子归伸了一个懒腰，青年精瘦有力的腰让人有些移不开眼，他突然扯开腰带。

叶清婉眉心一跳，道：“你干吗？”

“睡觉啊，我们九号，不知道前面的人要聊多久，不如先睡一觉养养精神。”钟子归说得理所当然，一句话的工夫，他已经脱掉了外套坐在了床边。

“要不要一起？”他故意拍了拍床沿。

叶清婉瞪了他一眼，上前拉下床幔道：“公子还是别逗小的了。”

粉色的床幔放下，钟子归握住叶清婉的手腕道：“我去了。”

叶清婉低下头看着他，低声道：“你要小心。”

钟子归颔首道：“你也是，这房间肯定有人在暗中盯着，以防我们这些来的人搞小动作。”

“我知道了。”叶清婉的声音正常道，“公子好生歇息吧，等到我们了，我再叫醒公子。”

粉色的纱幔并不算透，隐隐约约还可以看见里面躺着的黑色身影，似乎床上的人真的就这样休憩了。

只有叶清婉知道，床上只有钟子归的一件黑色外套了。

她坐在桌子边，倒了一杯茶，门外的一双眼睛盯着她，倒是没看见一只灰黑色的小东西顺着墙角溜到了窗户边跑了。

亦人亦猫的样子方便了钟子归办许多事情，他一路避开人，来到了二楼。

钟子归跳到窗台上，蹑手蹑脚地将窗户推开一条缝隙，屋内不知焚烧着什么香料，闻后让人为之一振。

此时进来的第一个人已经聊到了尾声，那人看着层层珠帘后面的女人，小心翼翼道：“行吗？”

那女人朱唇轻启，吐出一个“好”字后道：“我们现在是一根绳子上的蚂蚱，你给予我这份承诺，我不仅可以保你一条命，等事成之后，还可以给你五分利。”

钟子归眯着眼睛听着屋内人的对话，变成猫后的他听力变得比人要好很多。随着第一个人的离开，第二个人由刚才的白衣女子引了进来，接着是第三个、第四个……

随着漏壶里的水逐渐减少，时间已经过去了大半，守在摘星阁对面的孟景行看着已过中天的月亮，神色凛然。

钟子归认真听着屋里人的对话。这些进来的人每个人都身居要职，他们开出的价码，都是自身官位所能谋求到的最大利益，他们让屋里的女人保住他们不被叶清婉查出，这女人不仅答应了，还将他们提供的条件成倍地返还给他们，而这女人做的目的只有一个，让这些人归顺于她。

“就是你吗？”身后突然传来一个鬼魅般的声音。

钟子归猛然警觉的时候，才发现自己已经吸进了太多屋内的香气，嗅觉跟灵敏度变弱了许多。

屋内的香果然是有问题的！钟子归想跑已经来不及了。

身后的人捉住了他，并将他带到屋里。

“主子，抓到了。”

珠帘后面的女人正不紧不慢地喝着茶。

听到这话，那女人睨了地上的钟子归一眼道：“传说，‘炼狱’里有一只亦人亦兽的怪物，只是后来在‘炼狱’残酷的淘汰制中死去了，没想到，这个怪物，不仅没死，还成了太女身边的侍卫大人啊。”

钟子归瞳孔一缩，他亦人亦兽这件事，她是怎么知道的？

“是不是很好奇我怎么知道你身上的秘密的？呵，这世界上本来就没有不透风的墙，更何况我要知己知彼，花点心思自然可以查到，只是有些可惜了，不能为我所用。”女人眸光阴翳，“不过，少了你，叶清婉那小丫头就等于断了臂膀，你帮她坏了我很多事情，留不得了，来人……”

“在！”一旁的白衣女子立刻上前。

随着时间一点一滴地流逝，叶清婉越发如坐针毡，直到有人敲门，钟子归都没回来。

“走吧。”白衣女子站在门口看着叶清婉，也没有诧异为什么只有她一个人。

叶清婉眼神一暗，跟着白衣女子上了二楼。

一进屋，叶清婉开门见山道：“你把人怎么了？”

闻言，珠帘后面的女人一下笑了起来，那女人道：“你来我的地盘，被我捉住了，却问我会怎么对那个人，岂不是笑话吗？”

“你最好保证他没有事，不然我可保证不了你能活着走出去。”

“怎么，太女殿下要杀了我吗？”那女人反问。

叶清婉此时脸上戴着人皮面具，而对方能直接认出她，很显然他们的身份已经被戳穿了。

“商莜兰，收手吧，在一切都还没有酿成大错的时候收手吧，你这样下去，只会一错再错。”叶清婉道。

“呵，现在乾坤未定，你有什么资格叫我收手呢？不如，太女殿下安安静静的，不要搞事情，说不定本宫还可以许你一世平安。”商莜兰撩开珠帘，一步步走到叶清婉跟前。

叶清婉的视线落在她的肚子上，道：“皇后之位就那么有魅力吗？让你不惜铤而走险假怀孕也要登上那个位置？”

“你居然知道？”商莜兰眼神一凛，随后她了然地笑了笑，“也是，有那样可以变成猫的属下，你什么消息查不到？我几次在我的寝殿外听到猫叫，想必就是公主身边的那位侍卫在监视我吧？”

商莜兰怎么知道钟子归可以变成猫的？叶清婉心头一震，越发有些不安，她道：“你到底把他怎么了？”

“那个怪物啊？”商莜兰嘴角扬起一抹捉摸不透的笑容，“太女那么着急干吗，那个怪物，寻常人避都来不及……”

“他不是怪物！商莜兰，你应该明白，我既然来到这里，就不可能打无准备的仗。”叶清婉打断她的话，“你们商家所犯下的全部罪行，我都已经搜集到证据，从这里出去的每一个人，都逃不掉干系，若是你想求一条活路，就把他完好无损地还给我。”

所有证据？商莜兰不可置信地看着眼前的年轻女子，他们到底做了多久的准备？

很快，商莜兰便冷静下来，她冷笑了一下道：“倒是我看轻了太女殿下，本以为太女殿下还是一个不谙世事的小姑娘，没想到早已暗中羽翼丰满。太女殿下想要你的侍卫，这很简单，你的侍卫被我的手下关了起来，现在正在地牢里。”

“把人带过来！”叶清婉命令道。

“把人带过来不如太女跟我去，因为我不知道你的那位侍卫，能不能走过来了。”商莜兰嘴角带着嗜血的笑容。

叶清婉的心猛地一颤。

依旧是长而幽深的甬道。商莜兰提着一盏灯走在前面，叶清婉警惕地环顾着四周，为了安全起见，她让商莜兰不准带任何人，因为她知道商莜兰自身是没有武功的，没有那些下人，对她来说就少了一分危险。

“喏，你的侍卫就在那里面。”终于走到了地牢，商莜兰把灯笼往前一提，示意叶清婉往里看去。

“钟子归！”叶清婉看到那被铁链锁住的男人急急道。

“公主别过来！”

钟子归的话音还未落地，一个白色的身影就从叶清婉的头顶落下，掌风凛冽地朝她袭来。

叶清婉闪躲后发现，那白衣身影正是那个白衣女子。

商莜兰朝那白衣女子使了一个眼色，那白衣女子立刻会意与叶清婉纠缠在一起。

趁着白衣女子与叶清婉交手，商莜兰连忙转身逃走，叶清婉想回身拦住她，却被白衣女子纠缠着不得分身。

两人不断过着招，最后那白衣女子从怀中掏出一枚毒针朝叶清婉射去，叶清婉一个翻身躲过的工夫，白衣女子已朝门口跑去，等叶清婉追去的时候，白衣女子已经按下了机关，一道石门落下，堵住了这地牢唯一的出路。

叶清婉奋力地拍了拍面前的石门，尝试着推开它，但发现那石门巨重无比，根本不是寻常人能推开的；她又转变策略，摸向石门两边的墙壁，试图寻找开门的机关。

“公主，别找了，开门的机关只会设在门外不会设在地牢内的……”身后传来钟子归有些虚弱的声音。

叶清婉立刻放弃，朝他跑去。

“你怎么样了？有没有事？”她着急地看着他，这才发现，他被一条铁链囚住，而这条锁住他的铁链足有人的手臂粗，将他牢牢锁在墙上。

“我没事。”钟子归摇了摇头，原本他也以为商莜兰会对他痛下杀手，结果没想到那个白衣女子带他来到这里后只是将他给锁住了，或许对他们来说，他这具亦人亦猫的身体很有价值吧。

“有没有办法可以将这铁链打开？”叶清婉试图寻找着可以打开那条铁链的工具。

“这是玄铁制成的铁链，除非有钥匙，不然无法打开。相比去开这东西，还不如想法子将这东西从墙上拔出来，但是眼下我们都没有工具，而你我的力气也不足以将铁链从墙壁上拽出。”钟子归笑了笑，安慰她，“不过公主不必着急，孟景行他们就在摘星阁外面埋伏着，等到天亮他将那些人都抓到后，没看见我们，他会回来找我们的。”

“你可以变成猫出来吗？”叶清婉问。

“暂时变不了猫了。”钟子归嘴角一扯，有血溢出。他被那白衣女子一掌击得内脏有些受损，身体现在比较虚弱，无法变成猫。

“你怎么了？你……”

钟子归大手一揽，将叶清婉的脑袋按到自己胸口处：“一些小伤而已，公主不必担心，陪着我，我就好多了。”

都这个时候了，他还在顾及她的情绪，云淡风轻地说自己没事？

叶清婉眼睫轻颤着，道："钟子归，你可不可以不要每次受了伤，还笑眯眯地说自己没事，我真的……很心疼。"

钟子归眸光忽地一滞，想起从前在"炼狱"的时候，他过的都是刀口舔血的生活，即便他杀出重围，也依旧会被人戳脊梁骨说他是个怪物。他自身有优越之处，没人在乎他身上的那些伤，更没人去尊重他、心疼他……而如今，有个人对他说心疼他了？

钟子归微微一笑，抱紧了怀中的女子，温柔道："有公主这句话就够了。"

"对了，我要跟你说一件事。"

"什么？"叶清婉仰起脖子看他。

"刚才那个白衣女子，应该就是上次我们在宜和园看到的'女鬼'。"钟子归回忆，"我与她交手，发现她轻功了得，像极了那天那个'女鬼'。而且刚才我看她与你过招，她的招式与我们第二次在宜和园见到的那三个'女鬼'相似，应该师承一人，加上她又是商莜兰的人，八成就是那天那个跑掉的'女鬼'。"

叶清婉想着那白衣女子的身影，确实与那天他们遇到的"女鬼"身形很像。

"我……"

地面突然轻微地震动起来，不断有灰尘沙土落下。

叶清婉跟钟子归看向四周，似乎有什么声响从远处传来。

"怎么了？"叶清婉刚说完话，石破天惊的爆炸声响起。

"轰隆！"

地面剧烈一颤，叶清婉伏在钟子归的怀里。

“火药！”钟子归瞳孔一缩，“是火药！商莜兰想炸了这里！”

那女人是疯了吗！钟子归震怒。

“嘭！嘭！嘭！”

爆炸声震耳欲聋，且一声声离他们越来越近，声音越来越响，地面震动的幅度越来越大。

叶清婉抓住钟子归腰间的铁链，努力站稳身子。

“砰”的一声，原本封闭着的石门被巨大的爆破力震了个粉碎，这个地下赌场，正被火药毁灭着。

“公主快闪开！”钟子归猛然推开叶清婉。

叶清婉回过头发现，一块碎石被震飞，正朝钟子归袭去。

她想都没想挡上前，背部被重重一击，整个人倒在了地上。

“叶清婉！”

她听见钟子归歇斯底里的吼叫声，但是那声音她听得并不是很真切，她满嘴都是血腥的味道，身子痛得让她觉得呼吸都是一件奢侈的事情，她努力抬起头看着面前缩在墙上的男人，心想，只要他没事就好。

爆炸声还在不断响起，不断有石块从头顶落下。钟子归双目发红地盯着地上的女人，一声声叫着她的名字。

叶清婉努力让自己的思绪集中起来，她不能死，他也不能死。

她往前爬了一步，明明与钟子归只有一步之遥，她却爬得面色煞白，满头大汗。

“钟……子归……”她倒在他的身上，钟子归抱住她已经完全没有力气的身体。

"公主……"他的声音颤得厉害，"公主坚持住！孟景行会来救我们的！"

叶清婉在他怀里点了点头，她半阖着眼睛，似乎累到了极致。

"叶清婉你不能睡，不要闭上眼睛！"钟子归心慌地哄着，但是叶清婉已经听不见他的声音了。

钟子归眼角发红，手握成拳，他第一次感受到无能为力。

"轰！"

他们头顶的石块泥土"哗啦啦"全都跌落下来，钟子归死死抱住叶清婉，将她护在怀里。等一切趋于平静后，他仰头发现，因为他们在墙边的三角区，使得他们幸免于难。

"叶清婉？"

他轻声唤了一声，像是小心翼翼地在守护一个易碎的梦。

这里被炸毁了，孟景行要救他们，得先挖开摘星阁的地下，况且他们来这边的也看到了，这地下赌场如此之大，孟景行要找他们，也需要一段时间。

这里没有食物，更没有水，她又身受重伤……

叶清婉感觉有水滴落在她的眼睫上，她缓缓睁开眼睛，视线已经半模糊。

她感觉自己好像身陷混沌，所有的感官都在逐渐失灵，仿佛有个声音在告诉她……她快撑不下去了，她很累，很想睡。

钟子归没有得到叶清婉的回应已是浑身颤抖，突然有一只手摸上钟子归的脸，让他欣喜若狂而又慌张地低下头看着她："公主，你怎么……"

叶清婉抬起头，吻住了他。

“谢谢你来到我的身边……”

她气若游丝的声音让钟子归的瞳孔骤然一缩，一瞬间，钟子归就感受到身体内有什么东西被解开了封印一般，强大蛮横地从他丹田处迸发，充盈了他的全身，他的眉眼更加深邃凌厉，三千墨发瞬间从腰身长及脚踝，整个人没了往日里半分的亲近暖意，有的只是令人惊心的寒意，这才是他在“炼狱”里的真实模样，而这股力量，正是他那被命咒封住的原始力量。

钟子归指尖颤抖，这就是她当初给他下的命咒吗？这就是他心心念念想知道的命咒咒语吗？

——“谢谢你来到我的身边。”

原来她……从未讨厌过他。

叶清婉看着他那一头的长发，这才是她最爱的他的模样，也是她最初见到他的模样。

她画了一幅他的画像藏了起来，一袭紫衣的他，眉目里充满自由不羁的他。当他第一次出现在她跟前，她就有种感觉，这辈子可能要输给他了。

只缘感君一回顾，令她思君朝与暮。

叶天告诉她，身为太女，不能有弱点，她既害怕又贪恋着那种感觉，她将他困于自己身边，试图让天长地久改变心底的那份悸动，但时间只让她对他越陷越深。

“咳咳……”叶清婉咳出了血，五脏六腑就像是被捏碎了般疼。她蹙着眉头，她知道钟子归在努力跟她说话，希望她别睡，但是她真的疲惫不堪了，她累了。

黑暗对于此刻的她来说有着致命的吸引力，将她的意识一点点吞入，没有痛苦，没有悲伤。

钟子归……叶清婉闭上眼睛，思绪慢慢坠入无边的黑暗中，她真的困了，等她醒来，他们就去……南山看雪吧。

“叶清婉！”

京城西南的钟楼敲响，在寂静的夜里显得格外惊心动魄，这一夜，京城最大的酒楼摘星阁陷入一片火海之中，火光冲天，染红了漆黑的夜。

有只灰色的小猫，在努力唤醒睡着了的姑娘。

第十一章
你就是我的风景

第一节 年少的欢喜

京城最大的酒楼摘星阁在一场大火中化为灰烬，死伤无数。而让人们更为震惊的是，当朝贵妃商莜兰因假怀孕、暗中勾结党羽、私相授受等罪名被打入大牢，与商贵妃假怀孕一事有关的所有人员皆受处罚，只有那名商莜兰养着的孕妇，被网开一面送出了宫。商家因这些年利用职务之便搜刮民脂民膏，以及帮商莜兰暗地里做了不少事情而被抄家，一夕间三大家族里风头正盛的商家从云端跌入泥里。同时，因为商家这一案牵扯出朝中不少官员腐败，太女叶清婉下令严惩不贷，朝堂迎来一场洗牌。

只是叶清婉一直在下着旨意，朝堂上却再也不见她的身影了。

栖梧宫内。

谢衣看着屋内的几个人，视线最后落到孟景行身上，道：“你知

道的，我是不会救治皇室中人的，况且，已死之人没什么好救的。”

坐在床边的男人闻言猛然抬起头，看向谢衣：“她没死！”

“她这个样子，死与没死又有什么区别？”谢衣淡漠道。

孟景行沉吟开口：“我知道你有法子，我也知道你因为你父亲一事痛恨皇室人，只要你救公主，我们会还谢院首一个公道，将凶手送至你跟前，任你处置。”

“凶手？”谢衣好笑地吐出这两个字，杀了她父亲的不就是叶天吗？还有什么凶手？

“当年的事情并非那么简单，谢院首也是遭人陷害，明德皇后确实一开始得的是风寒，谢院首并没有诊治错误。”孟景行道。

“什么？”谢衣震惊。她一直相信以她父亲的医术是不会误诊的，但是一直没有机会也没有能力去调查当年的事情。

“是谁害了我父亲？”

“是张院首。”孟景行继续道，“他当年受商莜兰指使，将明德皇后药方里的药材给偷换了，日积月累，明德皇后内脏受损，而商贵妃借此机会将得了疟疾的人用过的餐具给明德皇后用，最后明德皇后感染疟疾而死。张院首出来指认你父亲，为的就是挤掉你父亲登上院首之位。”

商莜兰？谢衣震惊过后想到最近的传闻——青国两任皇后，皆是命丧商莜兰之手。

良久后，谢衣上前走到床边，伸出手搭上叶清婉的手腕。

“她身体受到严重的创伤，意识也残弱，恐怕撑不过五日，不过……”谢衣抬眸看了一眼床边那个长发及踝的男人，“传说中鹿灵

山有一种可令人起死回生的神草，名为翕花，生在鹿灵山的最深处，你若是能找到这味草药，说不定尚有一丝转机。”她看得出来，眼前的男人很是与众不同，且对床上躺着的女子感情很深。

“鹿灵山离京城就算以最快的脚程来往也得五天，外加上寻找翕花还得费上一番工夫，时间恐怕……”

“我去！”钟子归打断孟景行的话，他看向谢衣，“你应该有办法帮我再多争取两天的时间吧？”

谢衣点了点头道：“两天，最多两天，我会用汤药吊住她的一口气，你需要在七日之内回来，不然，药石无医。”

钟子归收拾好所需的一切后就准备出发了。

孟景行看着他道：“你此去一定要万分小心，鹿灵山可不是普通的地方，那里终年瘴气缭绕，野兽众多，毒物数不胜数，你要进的还是鹿灵山的深处，一定要小心知道吗？”

“我知道。”钟子归看着床上沉睡的女子，“朝堂上的事情就交给你跟大公主操持了，千万不能让那些人知道太女已陷入昏迷。”

“嗯。”孟景行点了点头。

“我会回来的，等我。”钟子归俯身在叶清婉的额角落下一吻。

叶清婉做了一个很长很长的梦，她梦见钟子归进入一片迷雾般的地方，那里草木茂盛，不见天日，钟子归只身一人，她在身后着急地唤着他的名字，他像是没听见一般，头也不回地往深处走去。

空气里弥漫着血与尸体腐烂的味道，她看见无数双隐藏在黑暗里

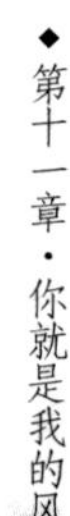

的眼睛，那些眼睛发着诡异的绿光，虎视眈眈地盯着钟子归，而钟子归斩断缠上他脚踝的带刺的藤蔓，继续往丛林深处走去，他似乎很着急，脚步匆匆，连身上大大小小的伤都没有顾及。

她看着他攀过陡峭的岩石，涉过湍急的河水，与恶兽搏杀，身上到处是伤，面部轮廓因消瘦越发分明，他猩红着一双眼，明明那么疲惫了，却依旧走在月下的丛林里，一刻也未停歇过。

叶清婉心疼得厉害，她落下泪来，她想让他回来，想让他停下！

“哇！”坐在药浴里的叶清婉吐出一口血来。

“公主！”轻罗大叫一声跪在浴桶边，她急急地看着一旁的谢衣，“公主这是怎么了！她怎么吐血了？”

“无事，那是瘀血，吐出来就好了，再泡一个时辰，将她抱出来。”谢衣吩咐道。

轻罗放下心来，她擦去叶清婉嘴角的血，却惊讶地发现紧闭着双眼的叶清婉眼角落下一滴泪来。

轻罗心情复杂地抿了抿唇，已经过去三天的时间了，钟子归可一定要在最后时限前赶回来啊！

钟子归终于在第四日的清晨到了鹿灵山的最深处，天光破云而出，山谷生风，将山里的瘴气吹散了不少，他看见了生长在崖壁上的翕花，小小的一朵，在一堆繁茂的绿叶里柔弱地摇曳着。钟子归目露喜悦，刚要上前，发现那堆“绿叶”动了起来，他眼神一凛。

自古灵木跟前都会有灵物守护，那堆“绿叶”根本不是什么绿叶，而是一条绿色的蛇，虽不是什么庞然大物，但很显然是有剧毒的。

但他没有丝毫犹豫，脚尖一点，提剑便朝着崖壁飞去。

叶清婉昏昏沉沉地做着梦，梦中，她看着钟子归一剑将那条绿色的蛇钉在崖壁上，就在他伸出手摘取那朵黄色的小花时，原本死掉的蛇的蛇头突然抬起。

“钟子归！”她大叫一声，看着他的身影如落叶般坠入崖下。

心口处钻心的疼如潮水般将她淹没，她眼前一黑，再次看到光亮的时候，她听到无数珠子落地的声音，她朝着那束光慢慢走去。

透过一扇半开的窗户，她看见年少的自己一个人端坐在案牍跟前，案牍上有无数颗黄豆，她看见自己随手抓了一把黄豆，然后用筷子沉默地拨动着。

日影从窗外投射进屋内，由短变长，再由长变短，她看着自己自始至终都保持着这个姿势，窗外偶尔有宫人走过，但没人敢上前打扰她。

终于，那个自己停下了，盯着案牍上的黄豆怔怔出神，突然，一个语带轻松的男声在窗外响起。

“轻罗，公主呢？”

叶清婉看着那个她嘴角弯起了一抹笑容，将桌上的黄豆给藏了起来。

“公主，我出任务回来了，有没有想我啊？”少年钟子归从外面走了进来，他从来不在乎那些规不规矩的，知道少女一个人在屋里就直接进来了。

“公主你怎么老是一个人待着啊，不无聊吗？嘿，我给你带了一样好东西，你猜是什么？”少年总是自说自话，恰好少女是个不爱说

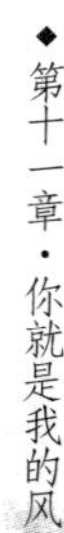

话的，倒意外的和谐。

少年拿出来一只竹蜻蜓，得意道："公主应该没见过这东西吧，这叫竹蜻蜓，还可以飞，你看。"

少女看着少年将手中的竹蜻蜓一转，它徐徐飞了起来。

其实少女很小的时候就玩过竹蜻蜓，但是她没说，她看着少年高兴的样子，眼神温柔。她知道他从小便被困在那个不见天日的地方，没有见过外面的世界，她便总是让他去出任务，实则是想看到他回来时的笑。

他是她年少的欢喜。

哪怕这深宫再寂寥，有他在，她也不会感到孤单。

竹蜻蜓越飞越高，少年说话的声音也逐渐缥缈起来，叶清婉听到有人在一声声唤她。

"公主！公主……"

"阿婉，醒一醒。"

"叶清婉，你再不醒，我就要给别人摸了。"

…………

叶清婉在黑暗里不知走了多久，终于，她看到一束光。

"醒了！醒了！"

轻罗惊喜的声音落入叶清婉的耳朵里，她缓缓睁开眼睛，看到了床头那个鸦色的身影。

"公主，你终于醒了。"那人看着她叹息一声。

叶清婉眼泪溢出，喑哑着声音笑着道："钟子归，你还是人吗？"哪有用威胁唤醒人的？

钟子归握住她的手低头一笑道：“属下是猫啊。”

第二节 最终的策划者

钟子归是在第七日晚上赶到的，叶清婉服下药后又昏睡了五日才醒，她昏迷的这段时间，青国的朝政全都由孟景行跟叶玥操持着，所有事务都有条不紊地进行着。

商家一案获罪官员三十多人，皆已入狱，太医院院首以谋害皇后之名处以死罪，朝中职位大量空缺，叶清婉推出推举制广纳贤才，让各地推选贤良有才干的人，为朝廷所用。

与此同时，叶天的情况有所好转，虽然还下不了床，但神志逐渐清醒。

叶玥跟叶清婉去看叶天的时候，将这段时间发生的事情全部告诉了叶天，叶天沉默听完后道：“父皇也老了，这天下，你们姐妹俩要好好守护，朝堂的事朕不再过问，一切全都由你们处理。”

一切到此看似都要结束了，他们的生活又归于平静。

“今晚我会去见商莜兰最后一面。”叶清婉靠在钟子归的肩膀上道。

他们坐在屋檐下，看着天边大地上最后一点儿余晖。

“可要我与你一起？”钟子归低声询问。

叶清婉摇着头，道：“皇姐会跟我一起去的。你呀，还是早点睡早点起，太医不是说了，你的身子还需要养一段时间吗？”

“我看起来就那么弱不禁风吗？”钟子归哑然失笑。这段时间她处处管着他，不准他晚睡、不准他乱吃，就连他偶尔上蹿下跳，她都

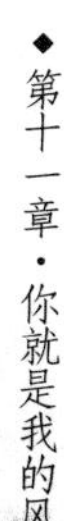

要板着脸教训他，关键是他还吃她这套。

叶清婉没有说话，只是环住了他的胳膊，更加贴近他。当她知道他为了救她深入鹿灵山时，她就想到了她做的那个梦。

或许是命咒早已让他们心意相通，她梦见了他在鹿灵山的一切，但只要忆起他坠入崖下的那一刻，她就无比惧怕。

所幸崖下有条河，救了他一命，但也因为从那么高的地方跌入水中，他身体受损，再加上没日没夜地赶回京城后又守在她身边五日，她醒来后，他支撑不住，倒下了。

“公主快去吧。”钟子归摸了摸她的头。

“嗯，早点休息知道吗？不要偷看话本！”叶清婉警告。

“知道啦，小老太婆，我等你回来。”钟子归好笑道。

待叶清婉的身影消失在他的视线里后，他才站起身往屋内走。

风将梧桐树上的叶子吹得哗哗作响，钟子归脚步一顿，微微侧过脸，神色冷然道：“既然来了，还躲躲藏藏什么呢？”

赫然间，栖梧宫的墙头出现了四个背着箭筒的黑衣人。

天牢内，商莜兰闭眼靠在冰冷的牢壁上，听到开锁声，她缓缓睁开了眼。

“怎么，我还有这个面子，让二位公主在我临死前送我一程吗？”商莜兰冷笑一声。

她原以为只要炸死叶清婉，她就可以毫无意外地登上那个位置，谁想到孟景行带人埋伏在摘星阁的外面。

“我们今夜来，是要问你一些事情的。”

叶清婉看向叶玥，叶玥点点头道："商莜兰，我问你，我母后待你不薄，你一个被撂了牌子的秀女，如果不是我母后将你推到父皇跟前，你这辈子都只是个宫女，你为何，要将得了疟疾的人的血，掺入送给我母后的胭脂里？你就这样害她死掉！"

"呵，你们来就是问我为什么要害你们母后的吗？"商莜兰嘲讽道。

她扶着墙慢慢站起了身，指着叶玥："你说你母后待我不薄？不薄是什么意思，供我吃穿拿我当棋子使就是不薄吗？如果我一直做个宫女，二十五岁就可以出宫，可她自己怀了身孕不能侍寝，便把我推了出去！因为我长得普通、家世卑微，皇上看不上我，她好操控我！结果呢？我怀孕了……我认命了，想着留在宫里好好养大这个孩子，可是她不允许我生下这个孩子，硬生生打掉我的孩子！我这么多年来没有身孕，皆是你母后的错！你说我为什么不想杀死她！难道别人的人生就不是人生，就是蝼蚁一样卑贱可以任人玩弄吗！"

"你胡说，我母后根本不是这样的人！"叶玥情绪激动道。

"我胡说？哈哈哈！"商莜兰仰天长笑，她看着叶清婉跟叶玥，"在你们眼中，你们的母后都是好人，都是最好的母亲，那是因为你们是她们的女儿，是她们今后的倚仗，她们怎么会对你们下手呢？在那些你们看不见的地方，你们的母后可不比后宫的那些女人好到哪里去。"

商莜兰指向叶清婉："还有你！你的母后明德皇后，是，她是跟我没有直接的仇恨，但是她何尝把我放在了眼里？需要我的时候，我就是她最好的仆人，给你们宜和园做糕点；不需要我的时候，我就是一条被人遗忘的狗。皇上让她选几个后宫'老人'晋一晋位分，她从来没有想到我，想到的都是她世家里的那几个好姐妹。她倒霉就倒霉在，

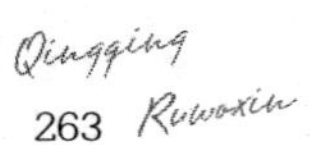

她是皇后，阻了我的路！你们父皇许诺过我，只要我有孩子，他就会册封我为后，可是呢，我等到了第一任皇后去世，却迎来了明德皇后上位。我将第一任皇后用过的餐具留着，精心策划着，我将明德皇后的药换了，让她内脏受损易感染，然后日日给她送糕点，只为让她用那副餐具。终于，她不负我的期望，死掉了，哈哈哈！”

叶清婉握着拳头，恨不得将眼前的女人一箭穿心。

商莜兰笑着笑着，情绪一下变得很是激动：“你们的父皇也不是个好东西！他当初许诺过我，可是现在他都忘了，即便我假怀孕尽心尽力地去照看他，他想到的也是要把江山交给你！我只能靠自己，一点点儿拿回你们亏欠我的东西！”

“所以你就找了黑衣人，一开始是想直接射杀我跟孟景行，失败后你就改变策略，开始设计我跟我皇姐。你让黑衣人给了我皇姐一封信，误让她以为她的母后是我的母后所杀，想利用她对我下手，结果你看没成功，又让黑衣人引钟子归入朝晖殿，让他看见我皇姐跟孟景行在一起，想让我因为孟景行而对皇姐下手对吗？你一方面在宫里动作不断，另一方面又将手伸到了前朝，商家有财但无官职，尤其是兵权，所以你让黑衣人射杀那三位官员，继而让自己的权势更大……”

“你说那些黑衣人，‘帝女花’，是我派的？所以你们从一开始就在查我？”商莜兰愣了一下。

“原来如此，原来如此……”商莜兰喃喃了两声后狂笑不止，亏她还自欺欺人，以为他最终觉得这么多年亏欠了她，派人杀了那三个官员，补给商家。

叶清婉跟叶玥对视一眼，皆是不明白商莜兰为什么突然疯癫。

“如果我说，那‘帝女花’与我无关，我跟大部分人一样只知道他们杀了那三个官员，你们信吗？”商莜兰眼露精光。

“你什么意思？”叶清婉心跳如鼓。

“我什么意思？这话你应该去问你们的父皇。那‘帝女花’，不正是他的暗卫组织吗？”她伺候叶天那么多年，曾经无意中发现这个秘密。叶天对她说，这个组织是用来保护他们的，当时她还觉得无比幸福，如今想来，真的是自己太傻了。

商莜兰的话让叶清婉跟叶玥恍若遭遇晴天霹雳。

“你说什么？你说清楚！”

商莜兰陷入自己的世界当中，她没有回答叶玥跟叶清婉的问话，她跌坐在地上，悲痛欲绝道：“原来，这十几年以来，只不过是你编织给我的一场美梦，什么皇后之位，什么荣华富贵，只是把我变得面目全非，把商家养肥，把我与商家送给你的两个女儿，成为她们走上帝王之路的练手靶子，哈……哈哈哈哈！”

天牢里回荡着商莜兰的笑声，她不停地念着“原来如此”，模样疯疯癫癫的。

“皇姐，这里交给你了，我去见父皇！”叶清婉看了一眼商莜兰。她要问清楚到底怎么回事！为什么商莜兰会说，“帝女花”是叶天的暗卫组织？

叶天的寝宫内灯火通明，似乎屋里的主人早已料到，今晚会有人到访。

“父皇？”叶清婉看着站在窗户边的叶天，满眼震惊，太医不是说他连床也下不了吗？

“我终于等到这一天，咳咳！”叶天脸色虽然不好，但仍挂着笑容，他看着叶清婉，“你是不是有许多问题想问朕，是不是想问朕的病？想问‘帝女花’与朕的关系？想问朕为什么要布下这一个局？”此刻，他宛如一个慈爱的父亲在询问自己的女儿学业上有哪里不懂一般。

叶清婉的喉咙咯咯作响，她握紧拳头道：“父皇，商莜兰做的一切你都知道对不对？包括她当初杀害我母后跟皇姐的母后？”

叶天眸色凝了凝，没想到她问的是这个问题，他道：“你不要怪父皇冷酷无情。”

“你真的……”叶清婉眼中蓄满了眼泪，吼道，“我母后她那么爱你，你却眼睁睁看着别的女人因为你的许诺，杀死了她！”

叶天的脸一下冷了下来：“朕告诉过你，要做帝王，就不能拘于情爱！情爱只会让人变得犹豫，而帝王要杀伐果断！”

“所以你就不惜一步步设计自己的两个女儿，只为让她们变得残忍冷酷吗？”难道她还要感谢他吗？感谢他利用一个女人的嫉妒心，稳固自己的帝位？

叶清婉嘲讽的语气激怒了叶天，他剧烈咳嗽着，怒不可遏道：“朕不这样做，你们能看到青国的危机吗？能长大吗？朕的身子撑不了多久了，倘若朕不早早打算，你，还有你皇姐，能成长成现在这般模样吗？你姐姐阿玥，明明有将相之才，却因为身体不好常年颓废不已，朕用她母后之死做引子，让她开始算计、开始谋划，希望她日后能成为你的左膀右臂，与你共同治理江山。而你以后会是青国的女帝，要走上帝王这条路，就先得经历身边至亲的背叛，让自己不轻易相信任何人！”

他承认自己不是一个好丈夫、好父亲，但在做皇帝上，他一心为了国家，为了叶家的江山，他问心无愧！他想让两个女儿同仇敌忾而不是窝里斗，想让两个女儿互相扶持治理国家而不是只局限在为母报仇，所以他不断设计，让两个女儿在危难中增加感情，同时也让她们看见，现在的青国处在什么样的状况下，激发她们的责任感。

自他登基以来，慕安王府跟镇国侯府一直未把他这个皇帝当皇帝看，他忌惮镇国侯府跟慕安王府两家抱团危及他的皇位，将两府的女儿先后娶进宫里为后。暗地里，他选中了地位低下的商莜兰，一手扶持她当上贵妃。他给了商莜兰做皇后的希望，暗示只要她能生下皇嗣，便让她当皇后。商莜兰害死了第一任皇后，他立刻扶了叶清婉的母亲做皇后，为的就是让慕安王府认为是叶清婉的母亲想当皇后，害死了叶玥的母亲，与镇国侯府敌对起来。这样，这两家这辈子都无法联手，就威胁不到他的皇位了。

他亲手培养了商家，一方面是为了改变朝中慕安王府和镇国侯府这两党势力的局面，另一方面，他也是为了培养自己的羽翼。

“你就算怪朕，朕也不悔自己做过的一切，如今一切已成定局，朕会传位给你，将这青国的江山社稷交给你。你母后给你的凤凰令，就是帝女令。这‘帝女花’本是你母亲训练出来，留给你用的暗卫组织，但是那个时候你还小，朕便接手‘帝女花’继续训练，如今这里面的每一个人都可以以一当十，今后为你办事也会方便许多……”

她的凤凰令是帝女令？

叶清婉突然明白为什么那个黑匣子上面会有“帝女花”的花纹，因为那曾是盛凤凰令的匣子！后来她母后将里面的凤凰令交给她，那

黑匣子便空了出来，用作装留档的东西！

“今晚过后，‘帝女花’就会听命于你，你身边的那个侍卫，你就忘了吧……”

叶清婉猛地抬起头看向叶天，激动道：“你做了什么？你对他做了什么？”

叶天冷哼一声道：“朕知道你喜欢他，所以朕今晚在你离开栖梧宫后派了人去杀他，你身为青国太女，是不能有人成为你的弱点的。”

叶天的话像一块巨石狠狠砸中了叶清婉的心，她不可置信地看着眼前的男人，像是第一次认识他般。

小时候，他对她总是很严厉，她觉得是他不爱她，如今，她却害怕他给的爱。

叶清婉疯了似的从叶天的寝宫冲了出去，她一路狂奔着，等她到栖梧宫的门口，宫殿内安静得令她心尖发颤。

她走了进去，空气里飘浮着的血腥味不断刺激着她的神经，借着月色，她看见了地上的四具尸体，也看见那个以剑相撑单膝跪地的男人。

“钟子归！”她尖叫一声冲了过去，跪在满身是血的他跟前。

“公主……你……可算是回来了……我在等你……我没有食言吧……”钟子归抬眸看着她，笑容温柔眷念。

“呜……”叶清婉眼泪瞬间落了下来，她狂摇着头，“不要……说话了……你……不要说话了！我去找太医，你坚持住！”

她刚准备站起身，手腕就被人轻轻拉住。

“公主……”钟子归的声音很轻，他的眼里似有星辰在陨落，不

复往日的神采，但他还是努力地笑着看着她，“猫有九条命，公主难道忘了吗？”

叶清婉的泪水已模糊了视线，她呜咽着叫着他的名字。

“我只是暂时离开，公主请不要伤心。”他微笑道。他守护长大的女孩，他怎么忍心就这样留她一人。

“等南山的第一场雪落下，我便会到你的身边。”他许诺着。

“答应我，不要哭了……好吗？”

叶清婉重重点着头，剧烈地抽泣着，得到保证的钟子归心满意足地笑了，他向前倒下了身子。

叶清婉的呼吸一下停滞了，她僵硬着脖子低下头，看着落在她怀里的他。

“钟子归？”她小心翼翼地唤了一声他的名字，怀中的人没有任何回应。

叶清婉大口喘着气，胸口剧烈起伏着，她死死抱紧怀中的人，最后崩溃地大叫出声。

“钟子归！啊！”歇斯底里的尖叫也无法发泄出心底的痛，叶清婉痛哭着。

他让她怎么活，怎么活！

她世界的阳光，没了……

第三节 南山的风景

盛隆十二年冬，皇帝叶天因肺痨驾崩，太女叶清婉登基为女帝。次年，改盛隆年号为永安。

叶天为青国做的一切，叶清婉无法判断究竟是对是错。他用一生去算计，临死前，他终于将皇权的两大威胁给摧毁了，留给后代一个皇权稳固的国家。可是他的一生，却没有爱，甚至剥夺别人拥有爱的权利。

一切彻底结束了，叶清婉登基后，青国又步入正轨。

这段时间宫人们发现，原本平日里就话不多的太女，当上女帝后更沉默了，她每天都将自己埋于政务之间，将朝政处理得有条不紊。有个这么能干又精力旺盛的皇帝，朝臣们一下觉得日子有些清闲，但他们向来是最会找事情的，他们注意到了叶清婉那空荡荡的后宫，开始纷纷上奏，国事再重要，女帝也不能忘了充实后宫啊！

于是，他们隔三岔五地询问叶清婉什么时候跟孟景行举办大婚，次数一多，叶清婉下了一道旨意赐婚，让孟景行跟叶玥明年立秋之前完婚。

勤政殿内。

“还是没消息吗？”

孟景行看着神色落寞的女子道：“没有。不过女帝不必担心，谢衣那边没有消息，也算好消息。”

钟子归重伤，太医束手无策，他们便找到了谢衣，当年谢家一案沉冤昭雪，但谢衣不想再与皇室有所牵扯，所以让他们把人送到她那儿，不准他们打扰她。如今已经过去了两个月，那边一点消息也没有。

叶清婉每日都要问他一遍，时间一久，他看着她眼里希冀的光一

点点淡了下去。

叶清婉有些疲惫地道："下去吧，我想一个人静一静。"

孟景行沉吟着开口："还有一事要跟女帝说。"

"何事？"

"南山下雪了。"

叶清婉愣住。

因叶清婉赐婚于孟景行跟叶玥，朝臣们面面相觑，这孟少保不是她叶清婉的"童养夫"吗？咋还把他推给了别人？不过这并不妨碍朝臣们继续当媒婆的心，只是懵了几天，他们再次有了思想上的觉悟，孟景行不行，他们家儿子行啊！

于是，无数让叶清婉充实后宫的奏折再次纷至沓来。但朝臣们没想到，叶清婉一生气，将国事推给孟景行跟大公主，自己一个人跑去了南山看雪。

叶清婉走后，皇宫内就剩孟景行跟叶玥了。

"不知道阿婉看到雪会不会高兴起来。"叶玥眺望远方。

孟景行温柔一笑道："一定会的，那个人在等她。"

叶清婉赶了四天四夜的路才到南山脚下，彼时南山雪下得很大，上山的路已经被堵了，她在南山脚下的客栈歇脚。

京城很少下雪，她的记忆里，这么些年里似乎有过两三次，而且每次都是地还未白，雪就停了。南山这样的大雪，她还是第一次看见，仿佛天地间只剩下素净的白。

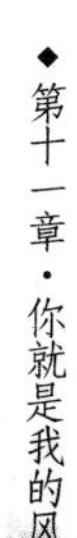

叶清婉站在客栈二楼的长廊上，看着洋洋洒洒的白雪从天井落下，落在了天井里的红梅树上，落在地上。她伸出手去接，雪落在她的掌心，晶莹剔透。

她看着这漫天飞舞的雪，怔怔出神。

许久前，他是不是也是这样？一个人站在这里，看着南山的雪，被震撼，被感动。

她如今来到他走过的地方，看到他曾经看过的景色，可是她却无法感受他当时的那份快乐。

“你不是说等到南山下第一场雪了，你就会回来吗？”泪水潸然落下，叶清婉眼睫一颤，吐出两个字，“骗子。”

“小娘子一人赏雪就好好赏雪，怎么还骂起人来了？”一个揶揄的男声自身后响起。

叶清婉浑身一僵。

“小娘子被负心汉辜负了吗？那正好，我也被一个负心女辜负了，我在这里等了那负心女四日，南山的雪都下了七八场她才到，还骂我骗子，我决定不原谅她了。小娘子，我们在一起，凑合过吧。”

讨打欠揍的声音一如既往。

叶清婉颤抖地转过身，对上了那双熟悉的桃花眼。

他站在那里，与身后的雪景融成了一幅完美的画景，美好得像是一场梦般。

“公主？”他看着呆住的她挑了挑眉，朝她张开怀抱。

叶清婉鼻子一酸，扑向他的怀里抱住他，带着哭腔激动道：“钟

子归！”

不是梦！他就在她眼前！他没事！

“是我。”钟子归摸着怀中女子的脑袋，叹息着，“我回来了，我的公主。”

“嗯！”

南山的雪窸窸窣窣地下着，天井边的两人紧紧相拥。

“公主，从今往后我再也变不了猫了，你还会爱我吗？”钟子归眼带笑意看着她。谢衣虽然救回了他，但也告诉他他这辈子再也无法变成猫了。

他恐怕做不了她最优秀的侍卫了。

叶清婉呜咽着摇了摇头。

“我不信，除非公主接受我的命咒。”钟子归捧着她的脸。

叶清婉一边耸动着肩膀，一边用湿漉漉的眼茫然地看着他。

钟子归轻笑一声，笑意敛去后，他认真地看着她，慢慢低下头在她耳边低语了一句。

“余生归你。”

叶清婉微微睁大了眼。

“这是属下给公主的命咒……”他温柔地吻住她。

从别后，忆相逢，几回魂梦与君同。今宵剩把银釭照，犹恐相逢是梦中。

南山的雪依旧在下着，凛冽的北风吹着白茫茫的大地，而有一间客栈里，温暖如春。

——“公主，你看过南山的雪吗？那是我见过最美的风景。”

少女看着陷入回忆的俊美少年沉默不语，她见过最美的风景，就是他。自此后，京城的云是他，南山的雪是他，往后余生，他就是她的风景。

番外一
深宫皇夫

谢衣虽然救回了钟子归一命，但钟子归的身体还是很虚弱，于是叶清婉将钟子归带回了栖梧宫里调养。

很快，八卦像是长了翅膀一般飞遍了整个京城。

女帝去南山看个雪还带回来一民间男子，让其住在栖梧宫，日日同榻而眠，女帝还有意让该民间男子成为正宫皇夫。

文武百官齐拍大腿惊呼“这还得了”，纷纷上折子。

自从将钟子归带回来以后，叶清婉除了上朝，其余时间都在栖梧宫内待着，连折子都让人送到栖梧宫处理。

可是最近钟子归发现，叶清婉开始回到御书房处理公务。

她刚登基没多久，朝中事物繁杂，只要处理起公务来，大半天的时间都难以抽身，时间一久，钟子归就开始起疑了。

是看他看腻了，还是叶清婉在外面有其他男人了？

钟子归决定要一探究竟！

御书房内，叶清婉听到门“吱”的一声被人推开，头也没抬道：“将折子放在右边吧。”

来人不急不慢走到她身边，视线扫到她面前摊开的折子上，眼尾一挑，念出上面的内容：“一，民间男子来路不明？”

叶清婉猛地抬起头，看到身侧站着的年轻男人后立刻收起面前摊开未批的折子道：“你怎么来了？”

“我是要来看看陛下每日都被哪些小妖精给绊住了脚步，原来是这些啊——”钟子归故意学作深宫怨妇的模样，拖长了尾音，他从叶清婉的手中抽去折子，“来都来了，陛下就给我看看吧。”

“钟子归！”

钟子归打开折子边念边评价道：“二，陛下不可耽于美色……嗯，我是长得挺好看的。三，民间男子出身卑微，正宫皇夫应从世家大族挑选，选品行姿容上乘者……这折子是尚书大人写的吧，他之前好像举荐过自己的儿子给陛下？这种表面上是为陛下你考虑，实则为了自己谋福利的人陛下大可不必理会……”

叶清婉看着他神色自如的样子，握紧拳头：“你不会觉得……”

“觉得生气吗？”钟子归好笑地看着她，“这就是你最近搬到御书房看折子的原因？”

叶清婉神色有些不太自然。

钟子归轻笑一声：“那你告诉我，你在乎他们说的这些话吗？”

“不。”

“真的不吗？”钟子归盯着眼前的人笑意越深，“纵使陛下不在乎，但是这折子上最后一条确实是真的，陛下不在乎青国的血统吗？”

叶清婉的视线垂向他手中的折子，最后一条写的是：“臣听闻民间男子身体羸弱，每日太医院都要源源不断朝栖梧宫送药材，此人若为皇夫，万一陛下无后，如何对得起先皇。”

钟子归眼底深意渐浓道：“万一我真的不……”

叶清婉抬头看着他，打断他的话：“我可以立皇姐跟孟少保的孩子为储。”

钟子归眸光一滞，不可置信地看着叶清婉。

叶清婉眼睫一颤道：“你只要好好地、健健康康地在我身边就行。”

钟子归本想捉弄她的，没想到她真的将这一步给想好了，他心口半是喜悦半是懊悔。

为什么他要这样捉弄他的小姑娘呢？

他伸出手拥她入怀，紧紧搂住她：“孩子还是我们自己生好，不必劳烦别人。”

叶清婉怔住。

钟子归感受到怀中女子的僵硬，低低笑出声：“我答应过你，要告诉你，为什么云云会疼。”

叶清婉反应过来“云云”是谁后，瞬间耳垂红到滴血。

她懊恼地要推开钟子归，却被钟子归越抱越紧。钟子归想，当初她扮演天真无邪也辛苦她了，不过回想过往种种，他还能从哪儿找到这么有意思的小姑娘呢？

“你说我们生一个还是两个呢？你喜欢男孩还是女孩？”

“……”

“如果是男孩应该叫什么名字？女孩又叫什么呢？”

“……”

“等我们孩子出生，睡头形这项任务就交给小婉了。”

“……”这皇夫现在退还来得及吗？

番外二

宫廷深深，愿为卿困

身为孟家的嫡子，孟景行自小便被教导要肩负起家族的重任，成为家族的荣耀。

不负家族期望，他自幼天资聪颖，学什么都快，十六岁时已是青国颇负盛名的世家第一公子。

外人赞颂他翩翩公子举世无双，可是只有他自己知道，那些都是他的伪装，都是为了在家族的重压下喘得一口气、为了行事自由所营造出来的假象。

他骨子里本是一个淡漠、疏离、阴暗的人，可是因为出生在这样的世家里，不得已，要按照规矩行事。

他觉得自己像是一具木偶，被人操控着，按着那些人的意志去行事，去功成名就，甚至去娶妻。

青国这一任的继承人是太女，按照历来规矩，太女的伴读即为太

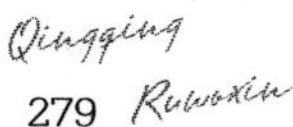

女未来的夫婿。

他被天子看中，点名成了太女叶玥的伴读。

一想到以后的日子，会从一处囚牢跳往另一处囚牢，他就厌恶不已。

传闻中，青国的大公主知书达理，他初见她的时候，她穿着一身鹅黄宫裙，端坐在桌前，虽生得花容月貌，但俨然一副刻板拘礼的小大人模样。

他冷笑，这就是他未来的妻？一个空洞无趣的公主？

可是无意间，他发现她会故意伤自己的脚，去获得外人的怜惜，去换得自己想要的，他才明白，原来她与自己是一路人，只不过，她的循规蹈矩是为了得到更多的赞许。

太女身体不好，朝臣本就有所异议，皇后又对她极为严格，她便学会了伪装自己。

他发现了她真正的一面，她有些慌乱，大概是怕“品性高洁”的他瞧不上这样的她，从而不再当她的伴读，那么她的父皇与母后就会对她失望。

他平静如水的生活，终于有那么一点不寻常的事情发生了。

他先是故作冷眼看着她小心翼翼地示好，后来她见他始终无动于衷，大约也是害怕了，便逐渐远离他，开始亲近起其他的伴读来。

他也不知道那段时间自己是怎么了，看见她与旁人走得近情绪就会失控，当他恼怒拽住她的时候，她讶异的样子让他突然笑了。

这世间本就有些孤独，为何不拉一个人做伴呢？

他将真实的自己暴露给她看，在外人眼中，他们是规矩的“榜样”，暗处无人里，他们卸下伪装，是最亲昵的两人。

所以啊，他将真实的自己奉上，又怎会允许她在知晓后，将他推向外人。

能困住他的，从来不是什么皇权枷锁，而是她。

宫廷深深，愿为卿困。

卿卿入我心